EIN RITTER FÜR PRINZESSIN ISABELLA

DIE ROYALS VON SAN RIMINI

NICOLE BURNHAM

Ein Ritter für Prinzessin Isabella

Die Royals von San Rimini - Eine Familiensaga

Buch 4

Übersetzung: Christina Löw und Eva Markert

Originaltitel: The Knight's Kiss

ISBN: 978-1-941828-80-9 (Taschenbuch)

ISBN: 978-1-941828-79-3 (eBook)

Abonnieren Sie hier den deutschsprachigen Newsletter von Nicole. Abonnenten erhalten Bonusmaterial und Informationen zu kommenden Veröffentlichungen. Sie können sich jederzeit abmelden.

PROLOG

San Rimini, November 1190

Zwei Männer konnte er besiegen. Vielleicht auch drei, wenn das Überraschungsmoment dazukam.

Allerdings zählte Domenico di Bollazio von seinem Versteck hinter einem Gestrüpp aus niedrigen Büschen, tief im waldreichen Hügelland von San Riminis westlichem Grenzgebiet, fünf Männer auf der Lichtung. *Türkische Spione*, stellte er erschrocken fest, als er bemerkte, dass sie Kleidung aus San Rimini anhatten, aber mit schwerem Akzent sprachen und türkische Kurzschwerter trugen. Sie standen im Kreis und traten wütend auf einen spindeldürren Jungen von nicht mehr als fünfzehn Jahren ein.

Nur ein Narr würde eingreifen, warnte Domenico sich selbst und löste widerwillig seine Finger vom ledergepolsterten Griff seines Schwertes, das in der Scheide steckte. Es war besser, wenn er seinen Impuls, dem Jungen zu helfen, unterdrückte und zu seinem Pferd zurückkehrte, um seine eigentliche Mission zu erfüllen.

Dennoch konnte er nicht wegschauen und beobachtete weiter, wie der Junge, der auf dem Boden lag, auf Italienisch um Gnade flehte. Die Ungläubigen schenkten ihm keine Beachtung. Sie wollten Blut und das würden sie zweifellos auch bekommen.

„Wo ist sie?", fragte einer der bewaffneten Männer. Sein Akzent machte es schwer, ihn zu verstehen, aber der drohende Tonfall war unüberhörbar. „Mach es dir leichter und sag uns jetzt, wo du sie versteckt hast." Um der Äußerung Nachdruck zu verleihen, trat er dem Jungen in die Rippen.

Domenico schloss die Augen, als er das hässliche Knacken von brechenden Knochen hörte. Er verfluchte sich selbst, weil er innegehalten hatte, weil es ihm nicht gleichgültig war, und entfernte sich von der Lichtung. Dabei achtete er darauf, dass die dicke Schicht Herbstlaub unter seinen Füßen nicht raschelte.

„Ich weiß nichts von dieser ... dieser Nachricht!" Der verängstigte Schrei des Jünglings drang an Domenicos Ohren, obwohl der Ritter entschlossen war, das Geräusch auszublenden.

„Leugne es, wenn du willst. Unsere Spione wissen, dass der Bote des Königs heute Morgen auf dem Weg nach Messina hier vorbeikommen sollte."

Domenico erstarrte, sein Herz wurde zu Eis in seiner Brust. In geduckter Haltung schlich er zurück zur Lichtung. Seine Aufmerksamkeit war auf die Szene gerichtet, die sich vor seinen Augen abspielte.

„Lasst ihn nicht entwischen", befahl einer der Ungläubigen den anderen, wobei er fortfuhr, Italienisch zu sprechen, damit der Junge seine Worte verstand. „Wenn er weiterhin so töricht auf seiner Unschuld beharrt, macht mit ihm, was ihr wollt, und sucht dann die Gegend ab. Sie ist wahrscheinlich in den Büschen in der Nähe versteckt."

Aus Gewohnheit rieb Domenico mit der Hand über den Knauf seines Schwertes. In seinem Innern wusste er jedoch, dass jeder Rettungsversuch vergeblich sein würde. Der Junge wälzte sich auf dem Boden und versuchte, auf die Füße zu kommen, er hörte jedoch auf, als der Größte der Türken ihm einen Dolch ins Bein stieß.

Wut stieg in Domenico auf, aber er hatte keine Zeit, über die Verletzung des unschuldigen Jungen oder seinen Tod nachzudenken, der wahrscheinlich bald eintreten würde. Danach würden die Spione herausfinden, was Domenico bereits erkannt hatte, nämlich, dass das Pony des Jungen nur mit Proviant für einen halben Tag beladen war. Er hatte nicht genug Verpflegung, um eine Nachricht über schwieriges Terrain zur anderen Seite der Halbinsel zu bringen.

Aber wenn Domenico jetzt nicht selbst entkam, würden die Männer mit Sicherheit *ihn* finden und vielleicht sogar die Nachricht, hinter der sie her waren. Diese war sicher an seiner Brust in das Futter seines abgesteppten Gambesons eingenäht.

König Bernardo hatte Domenico darauf hingewiesen, dass die Nachricht bedeutsam war und einige ihr Leben dafür geben würden, den Inhalt zu erfahren. Weniger als zwei Stunden, nachdem er den König von San Rimini verlassen hatte, erkannte der Ritter die Wahrheit dieser Abschiedsworte. Er konnte von Glück sagen, wenn er Richard Löwenherz und sein Heer, das jetzt mit dem französischen König Philippe Auguste auf der Insel Sizilien lagerte, lebend erreichte.

Innerhalb weniger Minuten fand Domenico sein Pferd, das nicht weit entfernt von der Lichtung zwischen den Bäumen versteckt stand. Er führte das Tier zur Straße, doch bevor er aufsteigen konnte, schreckte ihn ein Geräusch im nahen Gebüsch auf. Er drehte sich gerade noch rechtzeitig um, um zu sehen, wie sich eine verängstigte Frau mit feuerrotem Haar ihren Weg aus dem Gehölz bahnte.

„Bitte, mein Ritter", flehte die Frau und kam ohne Zögern auf ihn zu, um seinen Arm zu ergreifen, „habt Ihr einen Jüngling hier gesehen? Vierzehn Jahre alt, mit Haar in der Farbe von frischem Stroh?“

Der Jüngling. Domenico warf einen Blick über die Schulter, um sich zu vergewissern, dass die Stimme der Frau die Soldaten nicht auf seine Anwesenheit aufmerksam gemacht hatte. Als er sicher war, dass sie nichts gehört hatten, richtete er seine Aufmerksamkeit wieder auf sie. Aufgrund ihres Alters und ihres verzweifelten Gesichtsausdrucks vermutete er, dass sie die Mutter des armen Jungen war. Doch das war es nicht, was seine Nervenenden vibrieren ließ, um ihn zu warnen. Die Frau erschien ihm vertraut, obwohl Domenico wusste, dass er sie noch nie in seinem Leben getroffen hatte.

Mit leiser Stimme fragte er: „Wie ist Euer Name, Signora? Wie kommt es, dass Ihr Euch in der Nähe der Grenze aufhaltet? Wisst Ihr nicht, wie gefährlich –“

„Ich werde Rufina genannt. Bitte, ich weiß, dass Ihr meinen Ignacio gesehen habt. Eure Augen verraten es mir.“

Rufina, die Hexe?

Kein Wunder, dass sie ihm bekannt vorkam. Er hatte von der rothaarigen Hexe gehört, die in dieser Gegend lebte, einer Frau, die das Glück gehabt hatte, aus der Stadt fliehen zu können, bevor sie wegen ihrer Verbrechen gegen die Kirche vor Gericht gestellt wurde.

Obwohl Domenico selbst nicht an Hexerei glaubte, spürte er, dass es ein Fehler wäre, über sie hinwegzugehen. „Ich habe ihn gesehen. Dort drüben, auf der Lichtung. Aber er ist in Schwierigkeiten –“

Die Frau machte sich nicht die Mühe, zu fragen, um was für Schwierigkeiten es sich handelte, und wandte sich in die Richtung, in die Domenico zeigte. Bevor sie zwei Schritte machen konnte, packte er einen ihrer knochigen Ellbogen. „Eine Gruppe von Ungläubigen hat ihn gefangen genommen. Wenn Ihr die Lichtung betretet, werden sie Euch wahrscheinlich töten. Wartet, bis sie weg sind, dann könnt Ihr die Wunden des jungen Mannes behandeln. Das ist das Beste, was Ihr erhoffen könnt."

Rufina war dafür bekannt, dass sie sich in der Heilkunst auskannte, auch wenn die Frommen ihr vorwarfen, den Teufel selbst um Hilfe anzurufen. Dank ihrer Fähigkeiten könnte der Junge eine geringe Chance haben, zu überleben.

Wenn er nicht schon tot war.

Rufina schien den Rat jedoch nicht hilfreich zu finden. Sie starrte Domenico an, ihre Augen waren so voll Hass und Anklage wie die eines jeden Kriegers, dem er im Kampf begegnet war. „Mein Sohn ist verletzt und doch tut Ihr nichts? Wie könnt Ihr es wagen, dieses Schwert zu tragen und Euch einen Ritter von San Rimini zu nennen!"

Sie hob ihre Hand, um ihn zu schlagen, aber Domenico war schneller und hielt ihr dürres Handgelenk mitten in der Bewegung fest. „Ich konnte ihm nicht helfen. Ich bin im Auftrag des Königs unterwegs und Eurem Sohn beizustehen, hätte meine Mission gefährdet." Er fluchte leise und ließ ihr Handgelenk los. Er hätte nicht so viel preisgeben dürfen. „Bitte versteht, Signora. Geht jetzt und tut, was ihm am meisten hilft –"

„Im Auftrag des Königs", fauchte sie, ohne Furcht zu zeigen. „Ihr besitzt das Schwert eines Ritters, tragt aber kein Adelswappen. Ist der Auftrag des Königs so dringlich, dass Ihr nicht innehalten könnt, um jemandem in Not zu helfen? Einem Jüngling, der in bescheidenen Verhältnissen aufwuchs, so wie Ihr? Oder ist es Euer Ehrgeiz – der Ehrgeiz, durch das Buhlen um die Gunst des Königs eigene Ländereien und Titel zu erlangen –, der Euch daran hindert, auch nur das geringste Risiko einzugehen, um einem anderen zu helfen?"

Domenico zuckte überrascht zusammen. In diesen wenigen Sätzen hatte diese Frau, die Hexe, sein Leben besser zusammengefasst, als er es selbst könnte. Ihre Schlussfolgerungen gefielen ihm nicht.

Sein Pferd tänzelte neben ihm und erinnerte ihn an seine

Absicht. „Ich muss aufbrechen. Ihr wärt gut beraten, wenn Ihr –"

„Oh, ich werde ihn retten, habt keine Bange. Und Euch bewahre ich Euer schlechtes Gewissen. Aber wisset", sie schob ihre Hand tief in die Falten ihrer schmutzigen Wolltunika, „bis Ihr Euren Ehrgeiz aufgeben und Eure eigenen Wünsche zum Wohle eines anderen opfern könnt, werdet Ihr weder das wahre Glück dieser Welt noch den Frieden des Todes erfahren. Euer Leben ist Euch so viel wert, dass Ihr Euch weigert, es aufs Spiel zu setzen? Dann sollt Ihr leben!"

Mit einer blitzschnellen Bewegung zog sie ihre Hand aus der Tunika. Domenico wich aus in der Erwartung, sie würde einen Dolch schwingen, wie ihn anrüchige Frauen oft zu ihrem Schutz trugen, aber stattdessen hatte sie nur ein grünes Pulver in der Hand, das sie ihm ins Gesicht schleuderte. Wie Feuer brannten seine Wangen, als er es wegwischte. Wahrscheinlich war es aus Giftefeu oder einer ähnlichen Pflanze hergestellt.

In der Ferne erhoben sich zornige Stimmen, die ihn ablenkten von den Bemühungen der Hexe, ihn einzuschüchtern. Wegen dieser törichten Frau würde er noch getötet werden!

„Schweigt, Signora!", zischte er, dann schwang er sein Bein hoch und über sein Pferd. Domenico wandte sich in die Richtung von Venedig und der langen Straße nach Sizilien und hoffte inständig, Rufina nie wieder zu begegnen.

KAPITEL 1

MIT ETWAS GLÜCK könnte ihn die Schönheit, die auf dem Stuhl aus Messing und Leder in seinem Vorraum hockte, geradewegs zu Rufina führen.

Nick Black betrachtete das Bild auf dem Fernsehgerät der Videoüberwachungsanlage hinter seinem Schreibtisch und beobachtete, wie die Prinzessin von San Rimini, Isabella diTalora, unauffällig auf ihre Rolex schaute. Sie hielt den Rücken gerade und das Lächeln blieb auf ihrem Gesicht, aber er vermutete, dass auch die Mitglieder eines modernen Königshauses es nicht schätzten, wenn man sie warten ließ.

Nick grinste innerlich. Ihr Vorfahre, König Bernardo, hätte nicht so viel Geduld gezeigt. Das Jaulen der Sirene eines Krankenwagens schallte bis zu ihm herauf, fünfunddreißig Stockwerke über dem Bostoner Finanzviertel, und verklang.

Er warf zwei Aspirin in den Mund und spülte sie mit einem Glas kühlem Wasser hinunter, dann wandte er sich Anne Jones zu, seiner Assistentin seit fast acht Jahren. „Ich würde es vorziehen, ihr nicht persönlich zu begegnen."

„Sie ist eine Prinzessin, nicht irgendeine Kunstsammlerin. Sie wird eine Erklärung erwarten."

Anne kannte ihn gut genug, um nicht hinzuzufügen: *Außerdem haben Sie dem Termin zugestimmt.*

Es stimmte, das hatte er in einem törichten Moment getan. Aber wenn sein Sammlungsverwalter Roger Farris herausfinden könnte, worauf die Prinzessin aus war, umso besser. Mit je weniger Leuten Nick in seinem Leben zu tun hatte – vor allem mit so prominenten wie der verwöhnten Prinzessin Isabella –, desto weniger würde sein Name genannt oder ein Foto von ihm gemacht werden. Das verlängerte die Zeit, die er sich an einem Ort aufhalten oder ein und dasselbe Pseudonym verwenden konnte, bevor die Leute Verdacht schöpften, weil er nie zu altern schien.

Die moderne Technik würde ihn überführen, wenn er nicht aufpasste, und dies würde eine ganz andere Art von Hexenjagd auslösen als die, der er gerade nachging.

Er zuckte mit den Schultern. „Roger kann das regeln. Ich vermute, Ihre Hoheit möchte einige meiner Gemälde oder Artefakte für das Nationalmuseum von San Rimini erwerben. Ich habe gehört, dass sie zu seinen größten Unterstützern gehört. Wenn dem so ist, das weiß Roger, erwarte ich eine Gegenleistung. Vorzugsweise einen Austausch von Artefakten. Oder Manuskripten." Von Manuskripten, die ihm Hinweise darauf geben könnten, was mit Rufina geschehen war, und ihm helfen könnten, den Fluch zu brechen.

„Natürlich. Ich werde dafür sorgen, dass Roger ihr besondere Aufmerksamkeit zukommen lässt." Anne strich ihr rotes Haar, das von grauen Strähnen durchzogen war, glatt und fuhr sich mit der Zunge über die Zähne, bevor sie zu einer weiteren Begegnung mit der berühmten Prinzessin im Korridor verschwand.

Er dankte seinen Glückssternen – den wenigen, die er hatte –, dass Anne so tüchtig war und nicht viele Fragen stellte. Es würde ihm äußerst leidtun, sie zu verlieren, wenn es wieder an der Zeit war, seine Identität zu wechseln.

Nick drehte seinen schwarzen Bürostuhl aus Leder so, dass er wieder auf den kleinen Bildschirm blicken konnte. Einen Moment später sah er, wie die Prinzessin aufstand und sich dem Aufzug zuwandte. Roger kam ins Blickfeld, sein Haar ordentlich gekämmt, seine Haltung elegant, und wie immer trug er einen gut geschnittenen marineblauen Anzug und auf Hochglanz polierte Schuhe.

Roger verbeugte sich leicht und streckte ihr die Hand entgegen. „Prinzessin Isabella. Es ist mir eine Ehre."

Die schlanke Brünette erwiderte seinen Händedruck und schenkte ihm dann das Lächeln, das die Paparazzi so gerne auf Fotos festhielten. „Ich freue mich, Sie kennenzulernen, Mr. Black. Wie Sie wissen, habe ich schon seit einiger Zeit versucht, ein persönliches Treffen zu arrangieren."

Ihre Stimme tat Nick wohl wie eine warme Dusche an einem eisigen Wintertag. Er hatte zwar schon Bilder von der Prinzessin und Fernsehberichte über sie gesehen, aber er hatte sie noch nie sprechen hören. Sie hatte keine Spur des Akzents von San Rimini, den er erwartet hatte. Ihre Jahre in Harvard hatten ihr offensichtlich geholfen, amerikanisches Englisch zu meistern. Dennoch hatte ihr Tonfall etwas Königliches und machte deutlich, dass sie alles andere als eine durchschnittliche Frau war.

Sie war die Art Frau, für die er Männer hatte sterben sehen.

Ihre Stimme hatte offensichtlich die gleiche Wirkung auf Roger. Sogar auf dem Bildschirm der Videoüberwachung konnte Nick sehen, wie sich Rogers Kiefermuskeln anspannten, und dessen Nervosität bei der Begegnung mit der beliebten Prinzessin spüren.

„Ich entschuldige mich für die Verwechslung, Hoheit",

brachte Roger schließlich heraus. „Ich bin Roger Farris. Ich kümmere mich um Mr. Blacks Kunstsammlung, insbesondere um die Stücke aus San Rimini."

Sie hob eine perfekt geschwungene Augenbraue, als Nick mit der Kamera heranzoomte. „Bitte verzeihen Sie meinen Irrtum. Ich nahm an, dass Mr. Black in den Vorraum kommen würde, um mich persönlich zu begrüßen."

Roger versuchte mit einem schwachen Lächeln, seine Unsicherheit zu verbergen, sagte jedoch nichts, sondern bedeutete ihr mit einer Geste in Richtung des Konferenzraums direkt nebenan, dass sie vorangehen sollte.

Sobald sie durch die Glastür getreten waren, brauchte Nick nur einen Knopf auf seiner Konsole zu drücken, um Bild und Ton auf den Konferenzraum umzuschalten.

Die Prinzessin drehte sich zu Roger um, als sie bemerkte, dass sich nur zwei Wasserflaschen und Notizblöcke auf dem Granit-Konferenztisch befanden. „Er hat nicht vor, sich uns anzuschließen, oder?"

Nick konnte sich ein lautes Lachen nicht verkneifen. *Schnell begriffen, Prinzessin.*

„Ich fürchte nicht. Ich entschuldige mich, wenn seine Assistentin Ihnen diesen Eindruck vermittelt hat. Mr. Black lebt äußerst zurückgezogen und trifft nur selten jemanden persönlich. Er benutzt diesen Raum hauptsächlich, um seine Forschungsunterlagen auszubreiten." Roger rückte ihr einen der Stühle zurecht. „Warum nehmen Sie nicht Platz? Wenn Sie lieber einen Kaffee möchten –"

„Nein, danke." Sie beachtete den Stuhl nicht und schritt zum Fenster. Nick konnte sich vorstellen, was sie sah: ihre gemietete Mercedes-Limousine, die unten an der Federal Street am Bordstein wartete, den VIP-Parkausweis im Fenster, mit ihrem Wachmann, der neben der Beifahrertür bereitstand.

„Wie ich schon sagte ..." Ihre volle Stimme zusammen mit ihrer beeindruckenden Erscheinung ließ plötzlich eine Welle des Verlangens in Nick aufsteigen. „Ich habe erhebliche Mühen unternommen, um ein Treffen mit Mr. Black zu ermöglichen. Ein privates Treffen. Ich bin den weiten Weg von San Rimini hierhergeflogen, habe meine Familie in einer Zeit großer Turbulenzen zurückgelassen und ich habe sogar mein Sicherheitspersonal angewiesen, unten zu bleiben, wie Mr. Black es gewünscht hat, aus Respekt vor seinem Bestreben, die *Privatsphäre seines Büros* zu wahren."

Sie wiederholte den Satz, den Anne täglich benutzte, um diejenigen abzuwehren, die versuchten, Nicks Büro zu betreten – vom UPS-Mann bis hin zu Innenarchitekten vom Schlag des Architectural Digest, die den zurückgezogen lebenden Sammler überreden wollten, sich von einigen seiner Stücke für ihre Musterhäuser zu trennen.

Die Prinzessin verschränkte die Arme und wirbelte zu Roger herum. „Ich weiß, dass Sie seine Sammlung betreuen, und ich danke Ihnen, dass Sie sich Zeit genommen haben, aber Mr. Black ist der Experte für die Kunstgeschichte von San Rimini. Ihn möchte ich sprechen. Das ist sehr wichtig für mich."

„Ich verstehe, Hoheit, aber ich kann Ihnen versichern, dass ich umfassende Kenntnisse besitze über –"

„Ich bin im Copley Plaza abgestiegen. Sie können mich dort erreichen, falls Mr. Black mich heute zu sehen wünscht." Sie zog eine elfenbeinfarbene Visitenkarte aus ihrer Handtasche, kritzelte eine Nummer auf die Rückseite und legte sie auf den Tisch. Dabei klopfte sie zum Nachdruck mit dem Fingernagel auf die Granitoberfläche. „Ich beabsichtige, morgen nach Hause zu fliegen."

Sie sicherte ihre elegante Handtasche, die über ihrer Schulter hing, nickte Roger zu und ging zur Tür.

„Bitte, Hoheit, es ist Mr. Black wichtig, dass –" Roger verstummte, als offensichtlich wurde, dass Prinzessin Isabella ihre Meinung nicht ändern würde. Sein Blick wanderte zu der Kamera, die diskret in einer Ecke des Konferenzraums angebracht war. Er warf Nick einen Blick zu, der bedeutete: *Helfen Sie mir aus dieser Situation heraus.*

Verdammt.

Bevor die Prinzessin den Konferenztisch umrunden konnte, tippte Nick eine Reihe von Zahlen in sein Telefon. Er verfolgte auf dem Bildschirm, wie der Apparat im Konferenzraum klingelte. Die Prinzessin verharrte, während Roger den Hörer abnahm und seinen knappen Anweisungen lauschte.

Nachdem Nick den kleinen Fernseher ausgeschaltet hatte, riss er seine Bürotür auf und schritt den kurzen Flur entlang, vorbei an der Toilette und Annes Schreibtisch zum Konferenzraum. Als Nick sich der Glastür näherte, drang Rogers Stimme in den Flur: „Hoheit, Mr. Black ist auf dem Weg. Er möchte sich mit Ihnen treffen."

„Danke", erklang ihre seidenweiche Stimme direkt hinter der Tür. Dann stockte sie. „Aber Sie haben am Telefon kein Wort gesagt. Wie konnte er wissen –"

„Mr. Black wird es Ihnen gerne erklären."

Roger eilte zur Tür hinaus, lief im Flur an Nick vorbei. Seine Mundwinkel zuckten, was so viel bedeutete wie: *Ich habe es versucht.*

Nick zwang sich, nicht allzu verstimmt zu sein. Roger bezog ein stattliches Gehalt, um Nick von der Außenwelt abzuschirmen. Der ältere Herr erledigte seine Aufgabe hervorragend und hatte sogar seinen eigenen Namen auf den Mietvertrag und die Steuerformulare der Firma gesetzt. Dank Roger wussten nur die ganz Hartnäckigen von Nicks Existenz.

Entschlossene Persönlichkeiten wie Prinzessin Isabella.

Nachdem Nick tief durchgeatmet hatte, betrat er mit einem breiten Lächeln den Konferenzraum. „Guten Tag, Hoheit. Ich bin Nick Black. Es ist mir ein Vergnügen, Sie kennenzulernen." Er streckte seine Hand aus und als die Prinzessin sie schüttelte, fand er ihre Haut ebenso weich wie ihre betörende Stimme.

„Ich entschuldige mich für das Missverständnis", fuhr er fort,

„aber da Mr. Farris für den An- und Verkauf von Stücken aus meiner Sammlung zuständig ist, nahm ich an, dass Sie es vorziehen würden, mit ihm zu sprechen."

„Freut mich, endlich Ihre Bekanntschaft zu machen, Mr. Black. Entschuldigung angenommen." Sie neigte ihren Kopf in Richtung der kleinen Kamera, die in der Ecke des Konferenzraumes installiert war. „Aber ich mag es nicht, wenn man mich ausspioniert."

Die Prinzessin hatte also einen Verstand, der ihrer Schönheit entsprach. Er warf ihr einen beschwichtigenden Blick zu. „Ich gebe zu, dass ich das auch nicht mag. Es verursacht mir eine Gänsehaut."

Gänsehaut war die Untertreibung des Jahrtausends. Jahrhunderte zuvor, als er in einem ruhigen Dorf außerhalb Londons gelebt hatte, hörte Englands Königin Bloody Mary Gerüchte über einen Mann, der nie alterte, und sandte ihre Spione aus, um dem nachzugehen. Als diese zurückmeldeten, dass niemand im Dorf irgendetwas über Nicks Geburt, seine Familie oder seinen Hintergrund wusste, befahl sie, ihn so lange in den Tower von London zu werfen, bis sich herausgestellt hatte, ob die Gerüchte zutrafen. Zweimal musste er lange Verhöre über sich ergehen lassen und als er nicht die gewünschten Antworten lieferte, deuteten seine Häscher an, dass ein drittes Verhör auch Folter mit einschließen würde. Nur ein halsbrecherischer Sprung in die Themse, gefolgt von der Flucht auf einem Schiff, das nach Frankreich fuhr, bewahrte ihn vor einem Schicksal, das ihn immer noch erschaudern ließ.

Obwohl er schon öfter nur knapp einer Gefahr entronnen war, brachte ihm die Erfahrung mit der Königin zwei wertvolle Erkenntnisse: erstens, dass diejenigen, die seinen Fluch entdeckten, ihn wie einen Dämon oder einen Kriminellen behandeln würden, und zweitens, dass er nie zu lange an einem Ort verweilen durfte. Die Leute merkten etwas. Die Leute redeten. Und er wollte den Rest seines langen, langen Lebens ganz sicher nicht als Laboraffe verbringen.

Er stützte seine Hände auf die Lehne des Stuhls, den Roger für die Prinzessin zurechtgerückt hatte. „Wie Mr. Farris schon sagte, Hoheit, bin ich ein sehr zurückgezogen lebender Mensch. Daher auch die Kameras. Als Mitglied einer der am meisten beobachteten Familien in Europa können Sie das doch sicher verstehen? Ich vermute, dass jeder, der Ihren Palast betritt oder verlässt, ständig überwacht wird, und zwar mit ausgefeilterem Equipment, als ich es besitze. Ich hoffe, Sie betrachten meine Methoden nicht als *Spionieren*."

„Touché, Mr. Black." Sie schenkte ihm ein kurzes Lächeln, um ihm zu zeigen, dass er das Eis gebrochen hatte, und nahm auf dem Stuhl Platz, den er ihr angeboten hatte. „Warum kommen wir nicht gleich zur Sache?"

Er setzte sich auf den anderen Stuhl. „Bitte, nennen Sie mich Nick."

Sie strich ihr Kleid glatt, ein allem Anschein nach schlichtes beigefarbenes Etuikleid aus Seide, von dem er vermutete, dass es noch mehr gekostet hatte als die Perlenkette, die sie um den Hals trug. „Natürlich ... Nick. Ich will ganz offen sein. Ich bin hier, um Sie nach San Rimini einzuladen."

Er bemühte sich, seine Überraschung nicht zu zeigen. Die Besucher des Büros interessierten sich immer für seine Sammlung, nicht für ihn persönlich, und er wollte es gerne dabei belassen. Außerdem war San Rimini der letzte Ort auf der Welt, den er besuchen wollte. Er hatte auf diesem Boden zu viele persönliche Verluste erlitten, um jemals dorthin zurückzukehren, es sei denn, etwas oder jemand dort könnte seinen Fluch brechen. Die tadellos zurechtgemachte Prinzessin vor ihm schien nicht zur Zunft der Fluchbrecher und - brecherinnen zu gehören.

Er faltete die Hände auf dem Tisch. „Ich fürchte, ich halte keine Vorträge, falls Sie das im Sinn haben sollten."

„Nichts dergleichen. Wegen einer solchen Bitte hätte ich auch anrufen können. Was ich vorschlage, dürfte sehr viel interessanter für Sie sein."

Die Prinzessin wusste, wie man einen Köder auslegte. „Und das wäre?"

Sie lehnte sich auf ihrem Stuhl zurück, hielt sich jedoch weiterhin vorbildlich gerade. Er fragte sich, ob sie ihre ganze Kindheit damit verbracht hatte, die richtige Körperhaltung einzustudieren, oder ob es ihr angeboren war.

„Wie Sie wissen, hat die Familie diTalora den Thron von San Rimini seit fast eintausend Jahren inne, seit das Land seine Unabhängigkeit erlangte. In dieser Zeit haben wir eine umfangreiche Privatsammlung von Kunstwerken, Artefakten und historischen Dokumenten zusammengetragen. Während einige Bestände der Familie an Museen ausgeliehen sind, wird der größte Teil unter dem königlichen Palast gelagert. Seit Jahren wurde nichts davon angerührt. Vielleicht seit Jahrhunderten."

Ein Schauer lief ihm über den Rücken. „Hoffen Sie, einige Stücke zu verkaufen?"

„Nein. Ich möchte sie katalogisieren lassen. Feststellen, was bedeutsam ist und was nicht. In einigen Fällen muss ich erst noch herausfinden, worum es sich überhaupt handelt. Dann will ich, dass alles, was bemerkenswert ist, im Rahmen der Erweiterung des Königlichen Museums von San Rimini präsentiert wird. Dieses Projekt wurde von meiner Mutter ins Leben gerufen und nun, da sie nicht mehr lebt, ist es meiner Familie wichtiger denn je, es zu Ende zu führen. Ich glaube, Sie sind der richtige Mann für diese Aufgabe."

Zugang zur königlichen Sammlung? Nicht einmal in seinen kühnsten Träumen hätte Nick gedacht, dass sich ihm je eine solche Gelegenheit bieten würde. Er zwang sich, ruhig zu bleiben und seine Hände still auf der Tischplatte liegen zu lassen, obwohl sich sein Magen vor Nervosität zusammenzog.

Prinzessin Isabella schien seine Aufregung nicht zu bemerken, denn sie fuhr mit einer Handbewegung fort: „Ich gebe zu, dass es schwierig war, an Ihre Referenzen zu kommen, abgesehen von dem, was einige Historiker unserer Universität gesagt haben, aber diese haben mir versichert, dass Sie über ein umfassendes Wissen verfügen. In einigen Fällen sogar über ein weit umfangreicheres als sie selbst."

So war sie also an seinen Namen gekommen. Im Laufe der Jahre hatte Roger diskrete Nachforschungen angestellt, um die Echtheit einiger von Nicks Erwerbungen zu überprüfen. Gelegentlich, wenn Roger Einzelheiten bei seinen Recherchen nicht verstand, ging Nick der Sache selbst nach. Offenbar verfügten die Professoren der Universität von San Rimini über detaillierte Aufzeichnungen über das Niveau seiner Fragen und den Umfang seiner privaten Sammlung.

„Was meinen Sie?", fragte sie. „Möchten Sie diese Aufgabe übernehmen? Ich würde Sie natürlich für Ihren Zeitaufwand großzügig entlohnen."

„Ich bin sicher, das würden Sie tun." Er erhob sich und sein Verstand arbeitete auf Hochtouren, während er langsam durch den Konferenzraum schritt. Es musste einen Haken geben. Eine derart günstige Gelegenheit konnte ihm nicht einfach in den Schoß fallen, nicht nach so vielen Jahren.

„Warum ich?", fragte er schließlich. Am anderen Ende des Raumes drehte er sich zu ihr um und fügte hinzu: „Wie Sie schon sagten, gibt es eine ganze Reihe von Experten in San Rimini."

„Für dieses Projekt möchte ich jemanden engagieren, der einen ungetrübten Blick mitbringt. Jemanden, der nicht darauf aus ist, einen Artikel zu veröffentlichen oder eine unbefristete Stelle zu ergattern, indem er für mich arbeitet. Das könnte die Erkenntnisse verfälschen."

„Vielleicht wären meine Erkenntnisse aus anderen Gründen verfälscht."

Sie begegnete seinem Blick und ihre bernsteinfarbenen

Augen waren von dem ruhigen Selbstbewusstsein erfüllt, das Mitglieder eines Königshauses im Überfluss besaßen. „Als privater Sammler könnten Sie am besten profitieren, wenn Sie bestimmte Objekte unterbewerten würden, vielleicht in der Hoffnung, sie von mir für weniger als den Marktwert zu erwerben. Aber da ich nicht vorhabe, irgendeins dieser Stücke zu verkaufen, ist dieser Punkt belanglos." Sie lehnte sich auf ihrem Stuhl nach vorn, um deutlich zu machen, dass sie in dieser Angelegenheit nicht nachgeben würde. „Außerdem sind Sie ein sehr zurückgezogener Mensch. Ich kann mir nicht vorstellen, dass Sie die Position nutzen würden, um sich in den Medien wichtigzutun oder um Ihr Ansehen in der Kunstwelt zu erhöhen. Wenn Sie neben der Vergütung oder der intellektuellen Anregung, die diese Stelle Ihnen bieten würde, einen weiteren Anreiz haben, das Angebot anzunehmen, wüsste ich nicht, was das sein könnte."

In ihrem Blick lag eine Herausforderung. Er würde nicht darauf reagieren.

Er konnte ihr ganz sicher nicht sagen, dass ihm die Artefakte an sich gleichgültig waren, dass er sie nur auf gut Glück sammelte, um Wissen zu erlangen, das ihn zu Rufina führen könnte. Falls die Hexe überhaupt noch lebte.

Er kehrte an das Tischende zurück, wo Prinzessin Isabella saß, lehnte sich mit der Hüfte gegen die hohe Fensterbank und wechselte das Thema: „Erzählen Sie mir mehr. Was genau wäre meine Aufgabe? Und wie viel Zeit würde sie in Anspruch nehmen?"

Mit anderen Worten, das Wesentliche. Wie viele Leute würden ihn sehen? Fragen stellen?

Angesichts seines Interesses zuckten ihre Mundwinkel. „Ihre Aufgabe würde darin bestehen, die Stücke der Sammlung systematisch zu analysieren und dann einen Bericht über jedes einzelne zu schreiben. Ich möchte wissen, worum es sich jeweils handelt, welchen historischen Wert es hat – alles, was Ihnen wichtig genug erscheint, um es zu erwähnen. Sie werden dem Ausschuss des Museums, das für die Sammlungen zuständig ist, einmal in der Woche über Ihre Ergebnisse berichten. Die Mitglieder werden dann gemeinsam mit mir entscheiden, wie die Stücke am besten im Erweiterungsbau unseres Museums ausgestellt werden können."

„Wie viele Personen gehören dem Ausschuss an?"

„Acht. Hauptsächlich Professoren, Historiker. Und natürlich der Kurator des Museums."

Leute, die sich eingehend mit seinen Qualifikationen befassen würden. Er konnte ihre Fragen nicht einfach beantworten mit einem lässigen: „Oh, ich habe es erlebt. Dafür brauche ich keinen Universitätsabschluss."

„Wie viel Zeit die Aufgabe in Anspruch nehmen wird", sie faltete die Hände auf dem Tisch und legte die Zeigefinger gegeneinander, „das hängt von Ihnen ab. Ich kann nicht absehen, auf welche Schwierigkeiten Sie stoßen könnten. Es möge genügen, zu sagen, dass es ein größeres Unterfangen sein wird. Aber Ihnen werden alle Mittel zur Verfügung stehen, die Sie brauchen: Zugang zu den Universitätsbibliotheken, Unterstützung von anderen Experten – alles, was Ihnen nötig erscheint. Lassen Sie es mich wissen und ich werde dafür sorgen."

Nick blickte einen Moment lang zur Decke und sammelte seine Gedanken. Die Prinzessin machte ihm ein verlockendes Angebot. Aber konnte er das Risiko eingehen? Es würde nicht lange dauern, bis der Ausschuss anfing, Fragen zu stellen. Und er hatte so eine Ahnung, dass die Prinzessin bald ihre eigenen Fragen haben würde.

Fragen, die er unmöglich beantworten konnte.

***

ISABELLA BEOBACHTETE IHN, als er wieder auf und ab zu gehen begann und offenbar über ihr Angebot nachdachte. Etwas

Dunkles schien wie ein Schatten über Nick Black zu hängen, was ihre Neugierde weckte und – obwohl sie das nie zugeben würde – den Teil in ihrem Inneren ansprach, der die sexuelle Energie eines Mannes zu schätzen wusste. Er sah auffallend gut aus: Er hatte dunkelbraune Augen, die vor Intelligenz funkelten, ein perfekt geformtes Kinn und kräftige Wangenknochen. Er hatte die glatte, olivfarbene Haut und den Knochenbau, die in San Rimini häufig vorkamen, aber bei Amerikanern selten anzutreffen waren. Nicht zum ersten Mal, seit sie von dem rätselhaften Sammler gehört hatte, fragte sie sich, ob er aus San Rimini stammte.

Obwohl sie alles, was möglich war, über den Mann in Erfahrung gebracht hatte, war sie von seinem Aussehen überrascht gewesen, als er den Konferenzraum betreten hatte. Nicht von seinem guten Aussehen an sich – sie traf jeden Tag Dutzende gut aussehender Männer im Rahmen ihrer königlichen Pflichten –, sondern von seiner Jugend. In Anbetracht seines breiten Wissens über San Rimini und die Geschichte des Landes sowie der angeblichen Größe seiner Sammlung hatte sie sich einen Mann vorgestellt, der in etwa so alt war wie ihr Vater. Aber Nicks kurzes schwarzes Haar ließ keine Spur von Grau erkennen. Wenn sie raten müsste, würde sie ihn auf keinen Tag älter als fünfunddreißig schätzen. Vielleicht eher auf dreißig. Obwohl er ein lockeres, langärmliges schwarzes Hemd und eine dunkelgraue Hose trug, konnte sie erkennen, dass er den schlanken, muskulösen Körper eines Mannes in seinen besten Jahren besaß. Das machte keinen Sinn. Seine Statur erinnerte sie an einen jugendlichen olympischen Boxer oder Kampfsportexperten, aber er strahlte die Aura von Kraft und Selbstvertrauen aus, die man nur nach Jahren des Erfolgs und der Leistung erlangt.

Noch widersprüchlicher war, dass sie nie gedacht hätte, ein Sammler altertümlicher Artefakte würde ein riesiges abstraktes Gemälde in seinem Vorraum aufhängen oder seine Büroräume mit modernen Möbeln ausstatten. Von der fortschrittlichen Technik ganz zu schweigen. Sie kam nicht umhin, ihren Blick zur Kamera in der Ecke des Raumes schweifen zu lassen, die so getarnt war, dass sie Teil der Deckenverkleidung zu sein schien. Sie hätte sie nie als Kamera erkannt, wenn Chiara Ascardi, die Sicherheitschefin ihres Vaters, Isabella in der Vergangenheit nicht auf ähnliche Kameras hingewiesen hätte.

Sie hatte das ungute Gefühl, dass sie in etwas Komplizierteres als eine einfache Geschäftsvereinbarung hineingestolpert war. Als ob sie den Konferenzraum genauso schnell verlassen sollte wie Mr. Farris.

Es ist üblich, Kameras in Konferenzräumen zu haben, erinnerte sie sich selbst und versuchte, ihr Unbehagen abzuschütteln. Nick wirkte professionell und er war ihr wärmstens als der weltweit führende Sammler mittelalterlicher Kunst aus San Rimini empfohlen worden, also war es nur natürlich, dass er jeden Besuch in seinem Büro sorgfältig dokumentierte.

Außerdem hatte sie ihrer verstorbenen Mutter, Königin Aletta, versprochen, dass sie alles, was in ihrer Macht stand, tun würde, um das Königliche Museum von San Rimini mit neuem Leben zu füllen. Wenn Nick Black ihr helfen konnte, dieses Versprechen einzulösen, konnte sie damit umgehen, in seiner Gegenwart verunsichert zu sein.

„Es tut mir leid, aber ich kann das Angebot nicht annehmen." Er hörte auf, hin und her zu laufen, und begegnete ihrem Blick. „Obwohl ich mich geschmeichelt fühle und wirklich in Versuchung bin."

Eine Mischung aus Enttäuschung und Überraschung durchflutete sie. Nachdem sich fast jeder Experte in San Rimini bei ihr um diese Stellung beworben hatte, lehnte der Mann, den sie schließlich ausgewählt hatte, das Angebot ab. „Darf ich fragen, was Ihre Gründe sind?"

„Die Kontrolle." Seine Stimme war emotionslos, als würde er erklären, warum er ein rotes Hemd einem blauen vorzog.

„Wenn ich diese Position bekleide, muss ich mich vor einem Ausschuss rechtfertigen. Danke, aber nein danke. Ich habe keine Lust, alle meine Erkenntnisse zur Zufriedenheit einer Gruppe von Personen zu belegen, die nichts lieber wollen, als mir zu beweisen, dass ich falsch liege. Wie Sie schon sagten, möchten sich die meisten Professoren und Historiker selbst profilieren."

Unter dem Tisch trommelte sie mit den Fingernägeln gegen ihr Bein. Zweifellos konnte sie jemand anderen für die Aufgabe finden. Aber ihre Quellen sagten ihr, dass Nick Black der Beste war. Und sie hatte ihrer Mutter ihr Bestes versprochen.

„Es muss eine gewisse Kontrolle geben", beharrte sie. „Ein Museum kann keine Stücke mit einem bestimmten historischen Anspruch ausstellen, wenn dieser nicht bestätigt wird."

„Lassen Sie mich meine Erkenntnisse gewinnen. Wenn meine Arbeit abgeschlossen ist, kann der Ausschuss alles über-prüfen. Ich werde den Mitgliedern sämtliche gewünschten Belege liefern, aber ich werde nicht stundenlang in wöchentli-chen Meetings mit ihnen diskutieren. Wenn sie mit meinen Befunden nicht einverstanden sind, nachdem sie alles begut-achtet haben, ist das in Ordnung. Sie können abändern, was sie wollen. Ich werde nichts anfechten."

Sie konnte ihre Skepsis nicht verbergen. „Sie würden zulas-sen, dass Ihre Ergebnisse abgeändert werden? Ohne die Möglichkeit, dies abzulehnen?"

„Ich habe nicht gesagt, dass ich es gerne tue. Niemand mag es, wenn ihm widersprochen wird. Aber wenn ich meine Recherchen nicht ausreichend untermauert oder eine fehler-hafte Schlussfolgerung gezogen habe, dann ist es die Aufgabe des Ausschusses, dies zu korrigieren. Ich sehe aber nicht ein, warum ich während der Durchführung des Projekts über glühenden Kohlen geröstet werden sollte."

Sie betrachtete ausführlich den Tisch und ihr fiel plötzlich auf, dass es keine weiteren Stühle gab. „Ich kann mir vorstellen, dass Sie nicht der Typ für wöchentliche Meetings sind."

„Ich bin überhaupt nicht der Typ für Meetings. Punkt." Er grinste und sie fand das faszinierend. Wie konnte sich ein Mann wie Nick Black mit einem so fantastischen Lächeln gegen jeglichen menschlichen Kontakt abschotten?

Wochenlang hatte sie seine Assistentin bedrängen müssen, um den Termin zu bekommen, aber jetzt, wo sie hier war, fand Isabella ihn recht umgänglich. Und sie hatte das Gefühl, dass sie das Vertrauen des zurückhaltenden Mannes gewonnen hatte, zumindest ein wenig. Vielleicht konnte sie das nutzen, um sowohl Nick als auch das Museum zufriedenzustellen.

„Wie wäre es, wenn Sie sich direkt an mich wenden würden?", dachte sie laut nach. „Ich werde Ihre Berichte weiterleiten und wenn es Fragen gibt, werde ich sie Ihnen übermitteln. Auf diese Weise stehen Sie den Mitgliedern des Ausschusses zur Verfügung, während sie die neuen Exponate vorbereiten, aber Sie werden keinem direkten Kreuzverhör unterzogen."

„Werde ich bei der Arbeit meine Ruhe haben? Ich möchte nicht, dass mir jemand über die Schulter schaut oder jedes Mal, wenn ich ein Manuskript entrolle oder einen alten Topf abstaube, meine Qualifikationen überprüft."

„Ich werde Ihre Fortschritte persönlich verfolgen."

Als er ihr einen zweifelnden Blick zuwarf, fügte sie hinzu: „Meine Schwerpunkte in Harvard waren Kunst- und Architekturgeschichte. Und wie Sie vielleicht wissen, interessierte sich meine Mutter für die Vergangenheit von San Rimini. Sie hat viel Zeit im Königlichen Museum verbracht und kannte die Sammlung wahrscheinlich genauso gut wie der Kurator. Daher hat mich die Geschichte von San Rimini schon immer fasziniert. Wenn ich mir bei irgendetwas unsicher bin, werde ich nachfragen."

„Haben Sie Zeit dazu?"

Isabella dachte an ihren überfüllten Terminkalender. Sie kam kaum zum Schlafen und nahm fast jede Mahlzeit während der einen oder anderen Sitzung ein, um das meiste aus ihren Wachstunden herauszuholen.

Aber sie würde ihre Familie nicht enttäuschen. Alle zählten darauf, dass sie das Andenken von Königin Aletta ehren würde. Und ehrlich gesagt, war dies ein Vorhaben, das sie schon seit Jahren in Angriff nehmen wollte. „Ich werde mir die Zeit nehmen", antwortete sie. „Dieses Museumsprojekt hat für mich hohe Priorität und ich möchte Sie dabeihaben."

Nick atmete hörbar ein. „In Ordnung, Hoheit. Sie haben mich überzeugt. Aber ich behalte mir das Recht vor, zu gehen, wenn ich das Gefühl habe, dass die Umstände nicht optimal sind."

„Mit anderen Worten, wenn man Sie nicht ungestört arbeiten lässt."

Wieder dieses unwiderstehliche Grinsen. Er mochte ein abgeschiedenes Leben führen, aber er wusste genau, wie man eine Frau zum Dahinschmelzen brachte.

„Ich werde mein Bestes tun", versprach sie und reichte ihm die Hand. Er streckte seine über den Konferenztisch, um die Vereinbarung zu besiegeln. Als seine große Hand ihre umschloss, bemerkte sie eine Reihe kleiner Narben auf seinem Daumen. Eine dickere Narbe zog sich über den Handrücken zum Handgelenk. Ein weiteres Geheimnis, das es zu enträtseln galt.

Sie schaute auf und war fasziniert von der Tiefe seiner kaffeebraunen Augen.

Sie unterbrach den Kontakt, zog dann eine ihrer Visitenkarten aus der Handtasche und gab sie ihm. „Wenn Sie bis morgen fertig sein können, ich fliege abends um neun von Logan Airport nach San Rimini. Mein Vater hat mir sein Flugzeug zur Verfügung gestellt. Sie können gerne mitkommen, wenn Sie keinen Linienflug nehmen möchten. Gehen Sie einfach zum Schalter für Charterflüge im internationalen Terminal und zeigen Sie eine Stunde vor Abflug diese Karte.

Man wird Sie erwarten." Sie zögerte und hoffte, dass sie ihn nicht zu sehr gedrängt hatte. „Wenn Sie nicht sofort anfangen können, verstehe ich das natürlich."

Sie konnte an seinem Gesicht ablesen, dass ihm der Gedanke gefiel, die Sicherheitskontrollen im Hauptterminal zu umgehen und einen Privatjet zu nehmen. Gut! Sie würde die Zeit in der Luft nutzen, um sein Vertrauen in sie noch weiter zu stärken. Vielleicht konnte sie etwas mehr über seinen Hintergrund erfahren, bevor sie ihn auf den riesigen Lagerraum unter dem Palast losließ.

Er begleitete sie aus dem Konferenzraum. Als sie bei der Tür an ihm vorbeiging, sagte er: „Ich werde bis acht Uhr da sein für den Abflug um neun Uhr."

„Wunderbar."

Er begleitete sie zu den Aufzügen. Nachdem sie eingestiegen war, drehte sie sich noch einmal zu ihm um. „Ich glaube, wenn Sie die Sammlung erst sehen, werden Sie erkennen, dass dies die Chance Ihres Lebens ist."

„Die Chance meines Lebens? Dann freue ich mich darauf."

Er drückte auf den Knopf, um sie ins Erdgeschoss fahren zu lassen, doch in dem Moment, als sich die Türen schlossen, bevor sich die Kabine in Bewegung setzte, hörte sie ihn noch voll Bitterkeit lachen.

KAPITEL 2

Als die Prinzessin den Aufzug betrat, durchfuhr Nick ein Adrenalinstoß, der so stark war wie jene, die er auf dem Schlachtfeld erlebt hatte, als er noch jung, naiv und feurig gewesen war. Er würde Anne in Boston zurücklassen, damit sie sich um das Büro kümmerte, Roger konnte weiterhin die historischen Dokumente über Hexerei prüfen, die sie in der letzten Woche erworben hatten, und er würde alle Privatsphäre haben, die er sich nur wünschen konnte, während er die unteren Ebenen des Königspalasts von San Rimini durchsuchte.

Perfekter hätte er die Situation nicht gestalten können. Er schlug sich mit der Faust in die andere Handfläche und ging zu Anne und Roger, um ihnen seine Pläne mitzuteilen.

Doch nur vierundzwanzig Stunden später, als Nick die Metalltreppe zum Privatjet der Prinzessin hinaufstieg, wurde ihm klar, dass er alles längst nicht so gut im Griff hatte, wie er sich das vorgestellt hatte. Diese Erkenntnis traf ihn, als er nicht nur von einem uniformierten Piloten begrüßt wurde, sondern auch von einem bewaffneten Soldaten und einem stämmigen Leibwächter mit der Statur eines NFL-Linebackers und dem scharfen Blick eines Mannes, der einiges an Erfahrung im Militärdienst gesammelt hatte.

Diese Frau ist ein Mitglied des Königshauses. Wirklich und wahrhaftig, rund um die Uhr beschützt. Wichtig und sehr im Fokus der Öffentlichkeit. Und sie hatte ihn gerade auf ihrem Terrain in die Falle gelockt.

Ganz gleich, welche Zugeständnisse die Prinzessin selbst ihm gab, seine Privatsphäre war nicht länger garantiert.

Der Wachmann mit dem mächtigen Leib schnallte sich auf einem Sitz bei der Tür an, während der Soldat Nicks Tasche verstaute, ihm bedeutete, sich in den hinteren Teil des Flugzeugs zu begeben, und dann mit dem Piloten im Cockpit verschwand. Nick schritt durch die Vorhänge und an einer Toilette vorbei. Als er die prächtige Hauptkabine betrat, wurde ihm bewusst, dass er mit der Prinzessin in dem abgetrennten Bereich allein sein würde.

So viel zu einem Nickerchen während des Flugs. Ein böser Sturz vom Pferd, den er zwei Tage nach der Begegnung mit Rufina erlitten hatte, sorgte immer noch für anhaltende Kopfschmerzen, die er mit Unmengen von Aspirin bekämpfte, und hatte ihm außerdem eine gebrochene Nase eingebracht. Auch wenn die Nase rein äußerlich gut verheilt war, wollte er die Prinzessin nicht mit dem röchelnden Geräusch seines Schnarchens beglücken.

Isabella saß bereits in einem der edlen Ledersitze der Kabine, war angeschnallt und hatte ihre Füße überkreuzt und ihre langen Beine unter den Sitz geschoben. Ein Tisch aus poliertem Mahagoni ragte seitlich neben ihrem Platz hervor, darauf lag Band eins der Taschenbuchausgabe von *Verfall und Untergang des Römischen Imperiums* neben einem leeren Wasserglas aus Kristall.

Sie trug einen nachtschwarzen Hosenanzug und eine elfenbeinfarbene Bluse, die ihre bernsteinfarbenen Augen und ihre olivfarbene Haut noch strahlender erscheinen ließ als am Tag zuvor in seinem Büro. Ihr langes Haar hatte sie zu einem lockeren Dutt hochgesteckt, aus dem sich ein paar dunkle Strähnen gelöst hatten und nach vorne gerutscht waren, sodass sie ihre Wangen umschmeichelten. Obwohl es schon weit nach der Abendessenszeit war und sie einen langen Flug vor sich hatten, sah die Prinzessin so gepflegt aus, dass ein Fotograf jeden Moment für ein offizielles Porträt hereinkommen und sofort ein Starfoto schießen könnte.

Sie hielt ein Handy an ihr Ohr, nickte aber trotzdem grüßend, als Nick an ihr vorbeiging, um sich das Audiosystem und den kleinen Fernseher an der Rückwand des Fliegers anzusehen. Er hatte das Gefühl, dass er ihr einen Moment Zeit geben sollte, um das Gespräch zu beenden, bevor er den leeren Sitz ihr gegenüber einnahm, doch das Innere des Flugzeugs ließ nicht viel Privatsphäre zu.

Nach dem, was Nick von ihrer Seite des Gesprächs mitbekam, unterhielt sie sich mit ihrem älteren Bruder, dem kürzlich verwitweten Prinz Federico. Isabella klang, als sorge sie sich um seine Kinder. Sie wollte wissen, wer ihnen am Abend zuvor ihre Gute-Nacht-Geschichte vorgelesen hatte, und fragte, wie sie mit der intensiven Berichterstattung über den sechsmonatigen Todestag ihrer Mutter fertigwurden. Dann erkundigte sie sich gezielt, wie es Federico selbst ging. Was auch immer der Prinz sagte, sie schien ihm nicht zu glauben, und das war auch kein Wunder, denn in San Rimini war gerade fünf Uhr morgens und der Prinz war offenbar wach, schließlich redete er mit ihr. Sorgenfalten furchten ihre Stirn, dennoch sprach Prinzessin Isabella ihrem Bruder mit sanfter, beruhigender Stimme Mut zu und versicherte dann, ihre Neffen zu besuchen, sobald sie angekommen war. Die Liebe zu ihrer Familie hallte in jedem ihrer Worte wider. Nick versuchte, den Neid auf Federico zu ignorieren, der in ihm aufwallte, weil dieser eine Person in seinem Leben hatte, die genug für ihn empfand, um sich nach seinem Wohlergehen zu erkundigen.

Als das Gespräch sich dem bevorstehenden Staatsbesuch ihres Vaters in Polen zuwandte, gab Nick die Illusion von Privatsphäre auf und ließ sich auf dem Ledersitz gegenüber der Prinzessin nieder. Als Isabella das Telefonat beendete, sich diskret eine Träne aus dem Augenwinkel wischte und ihn dann so herzlich begrüßte, als hätten sie und ihr Bruder über nichts Ernsteres als das Wetter geplaudert, wurde ihm klar, dass die öffentliche Aufmerksamkeit, die diese Frau erregte, das geringste seiner Probleme sein könnte.

Wie viele Jahre war es her, dass er mit einer anderen Frau als Anne allein gewesen war? Geschweige denn mit einer schönen Frau aus San Rimini, die ein Herz aus Gold hatte, in einem Luxusjet mit voll ausgestatteter Bar und auf einem Nachtflug, der vor ihnen lag.

Nick riss seinen Blick von ihr los und konzentrierte sich auf das Treiben in der nahen Flughafenhalle. Mehrere Leute schienen die Insignien der königlichen Familie an der Seite des Jets bemerkt zu haben und hatten sich zu den nächsten bodentiefen Fenstern begeben, um fasziniert zu beobachten, was vor sich ging.

„Das ist das erste Mal seit meinem Universitätsabschluss, dass ich am Logan Airport bin", sagte die Prinzessin. „Es hat sich so viel verändert. Ich muss zugeben, dass ich ein bisschen emotional bin. Ich verspreche, es wird besser, sobald wir in der Luft sind."

Abgesehen von den erhöhten Sicherheitsvorkehrungen am Flughafen war das Einzige, was sich in Boston in den Jahren seit ihrem Abschluss verändert hatte, die Anzahl der Straßenbauarbeiten. Er bezweifelte, dass diese Veränderungen bei irgendjemandem eine emotionale Reaktion hervorriefen. Bevor er fragen konnte, was sie wirklich bedrückte, schnallte sie sich ab und ging zur Bartheke des Flugzeugs, die in die Holztäfelung in der Nähe des Unterhaltungssystems eingelassen war. „Darf ich Ihnen vor dem Start einen Drink anbieten?"

„Ich würde nie erwarten, dass Sie mich bedienen, Hoheit. Bitte, lassen Sie mich das übernehmen."

Er wollte sich von seinem Platz erheben, doch die Prinzessin bedeutete ihm, sitzen zu bleiben. „Ich hole mir sowieso ein Tonic Water. Es hat keinen Sinn, wenn wir beide aufstehen. Was möchten Sie?"

„Tonic Water ist gut, aber ich trinke meines mit Gin. Danke."

Er sah zu, wie sie die klare Flüssigkeit in ein Kristallglas goss, und war erstaunt, dass sie anders als viele Reiche und Berühmte der Welt ohne Flugbegleiter reiste, die sie bedienten. Prinzessin Isabella diTalora war nicht wie die Mitglieder von Königshäusern, denen er bisher begegnet war, und er hatte im Laufe der vielen Jahre seines Lebens schon einige kennengelernt.

Sie kehrte gerade mit den Getränken zu den Sitzen zurück, als der Pilot durch den Vorhang in die Hauptkabine trat und die Prinzessin fragte, ob sie startklar sei.

„Ich nehme an, Miroslav ist bereit?"

Ihr Blick wanderte in Richtung des Leibwächters, den er auf der anderen Seite des Vorhangs hatte sitzen sehen.

„Er ist bereit, Hoheit."

„Dann bin ich es auch."

Der Mann in Uniform nickte, vergewisserte sich, dass alle Gegenstände an der Bar gesichert und ihre Taschen ordnungsgemäß verstaut waren, erinnerte sie daran, die Gurte geschlossen zu halten, während sie saßen, verbeugte sich vor der Prinzessin und kehrte zum Cockpit zurück.

Isabella nahm Platz, holte ein dickes Paperback aus der Seitentasche ihres Sitzes und begann zu lesen.

„Was, Sie interessieren sich gar nicht für Julius Cäsar?" Er deutete auf den Band auf dem Tisch neben ihr.

Sie sah ihn über den Rand ihres Taschenbuchs hinweg an. „Ich interessiere mich durchaus für ihn. Ich lese dieses Buch tatsächlich zum zweiten Mal." Sie hielt das Paperback, das sie gerade in die Hand genommen hatte, hoch und zeigte ihm den Titel: *Die Zukunft des Indie-Films*. „Aber ich bin Ende des Sommers Zeremonienmeisterin bei den Filmfestspielen in Venedig und ich möchte vorher mehr über die Branche erfahren." Sie hob eine Augenbraue und wies mit dem Kinn auf das Buch, das auf dem Tisch lag. „Cäsar wird warten müssen."

Er konnte sich ein Lachen nicht verkneifen. Eine prominente Gastgeberin, die sich tatsächlich auf die Veranstaltung vorbereitete? „Lesen Sie denn nie etwas zum Spaß? Vielleicht Mystery oder Liebesromane?"

Sie erwiderte sein Lächeln, wobei ihre weißen Zähne hinter ihren verführerisch vollen Lippen sichtbar wurden. „Wer sagt denn, dass mir das Römische Imperium keinen Spaß bereitet? Da gibt es jede Menge Geheimnisse und Romantik."

„Da haben Sie vermutlich recht." Offensichtlich hatte die Prinzessin keine Ahnung, wie sie sich zurücklehnen und entspannen konnte, obwohl sie von Luxus umgeben war. Wenn er an ihrer Stelle wäre, wüsste er, wie er das Beste daraus machen könnte. Irritiert bemerkte er, dass er sich wünschte, er könnte es ihr zeigen. Dabei sollten ihm die persönlichen Angelegenheiten der königlichen Hoheit gleich sein. Er hatte eine Mission zu erfüllen und eine Hexe zu finden. Jemandem näherzukommen, erst recht der unberührbaren Prinzessin Isabella, musste warten, bis sein Fluch gebrochen war und er ohne Angst mit anderen verkehren konnte.

Er nahm einen großen Schluck von seinem Gin Tonic, lehnte sich dann in seinem Sitz zurück und schloss die Lider. Unwillkürlich tauchten vor seinem geistigen Auge Bilder von ihnen beiden auf, wie sie gemeinsam einen Abend in der Stadt verbrachten. Er würde sie zu einem Picknick einladen, anstatt mit ihr in eines der schicken Restaurants zu gehen, die sie vermutlich oft mit ihren ebenfalls hochrangigen Freunden besuchte. Vielleicht würde er ihr ein Barbecue servieren und zusehen, wie sie ein wenig Soße auf ihr Gesicht und ihre Finger bekam. Und dann würde er ihre Reaktion beobachten, wenn sie die Schärfe auf der Zunge spürte.

Er öffnete die Augen und trank den Rest des Drinks, wobei er sich wünschte, dass die Flüssigkeit seine Fantasien wegspülen könnte. Er musste seinen Fluch brechen. Er musste es tun. Wie viele Jahre mit diesem Minimum an menschlichem Kontakt konnte er noch durchstehen, bevor er den Verstand verlor? Zehn? Fünfzig? Zweihundertfünfzig? Seltene Gelegenheiten wie diese, bei denen er sich in Gesellschaft eines anderen Menschen entspannte, machten ihm bewusst, wie allein er auf der Welt war. Schlimmer noch, wenn er zuließ, dass seine Gedanken den Pfad des Selbstmitleids hinunterwanderten, verleitete ihn das dazu, seine Geschichte zu erzählen, und sei es nur, um eine Person zum Reden zu haben – auch wenn das vermutlich zur Folge hatte, dass er danach wie ein Sonderling vorgeführt oder womöglich von Wissenschaftlern untersucht wurde.

„Erzählen Sie mal, was lesen Sie so?"

Die untererwartete Frage verwirrte ihn. Interessierte es die Prinzessin tatsächlich, was er las? Oder wollte sie nur Smalltalk machen?

Er richtete sich in seinem Sitz auf. „Ein bisschen von allem, schätze ich." Allerdings hatte er in der letzten Zeit wegen seiner Besessenheit, Rufina zu finden, kaum etwas anderes gelesen als wissenschaftliche Abhandlungen und die wenigen Texte über Hexerei aus San Rimini, die er in die Finger bekommen konnte.

„Mystery und Liebesromane?", stichelte sie, mit einem schelmischen Grinsen.

„Nun, eher Mystery."

„Aber keine Liebesromane?" Sie trank einen Schluck Wasser und blickte dann aus dem Fenster, als das Flugzeug auf der Startbahn beschleunigte. „Ich weiß nicht, ob dies eine zu persönliche Frage ist, aber ich hoffe, Sie sind nicht gezwungen, einen geliebten Menschen zurückzulassen, weil Sie diesen Job angenommen haben. Wenn Sie möchten, kann ich arrangieren, dass –"

„Nicht nötig." Er drehte das leere Glas in den Händen.

Ihr Tonfall blieb derselbe, aber er konnte an ihrem Gesichtsausdruck erkennen, dass sie von seiner Antwort überrascht war. „Sie wollen nicht, dass Ihre Familie bei Ihnen ist? Da Sie für mehrere Monate in San Rimini sein werden, könnte ich sie gerne einfliegen lassen."

„Danke für das Angebot, aber wie gesagt, es ist nicht nötig."

Eine besorgte Falte zeigte sich zwischen ihren Brauen. „In Ordnung. Aber lassen Sie es mich wissen, sollten Sie es sich anders überlegen. Es fällt mir schon schwer, nur einige Tage von meiner Familie getrennt zu sein, geschweige denn ein paar Monate. Ich weiß nicht, wie Sie das schaffen."

„Ich habe keine Familie", gab er schließlich zu.

Selbst nach all den Jahren vermisste er sie immer noch. Seine Eltern altern und sterben zu sehen, war eine Sache, aber am erschütterndsten war der Verlust seiner Frau Coletta gewesen.

Einige Jahre nach seiner Begegnung mit Rufina, als er vom Dritten Kreuzzug zurückkehrte, wurde Nick bewusst, dass seine Frau zu altern begann, er aber nicht. Außerdem hatte er einen Sturz von seinem Pferd, der tödlich hätte enden müssen, überlebt. Von dem Moment an glaubte er an Rufinas Fluch. Eines Abends machte Coletta eine beiläufige Bemerkung darüber, wie ungerecht es wäre, dass sie schon halb ergraut war, er jedoch keine einzige graue Strähne hatte, obwohl er acht Jahre älter war als sie. Da gestand er ihr das Geheimnis seiner Langlebigkeit. Nach einem ausführlichen nächtlichen Gespräch schlug er vor, an einen abgelegenen Ort zu ziehen, wo niemand ihren scheinbaren Altersunterschied hinterfragen würde, der inzwischen aussah wie das Gegenteil ihres tatsächlichen Altersunterschieds.

Coletta zweifelte an seiner Geschichte, stimmte aber zu,

sowohl aus Treue zu ihm als auch aus Angst, selbst der Hexerei beschuldigt zu werden, sollte sie weiter altern, während Nick jung blieb. Als sie sich jedoch mit der Realität des Fluchs abfinden mussten, wurde Coletta immer distanzierter. Es fiel ihr ohnehin schon schwer, dass Nick durch seine Reisen im Auftrag des Königs so viel Zeit außerhalb von San Rimini verbrachte, und dass sie kein Kind empfangen konnte, führte sie auf seine lange Abwesenheit zurück. Schließlich weigerte sie sich, mit ihm das Bett zu teilen. Es sei zu schmerzlich, sagte sie. Nick versuchte, sie vom Gegenteil zu überzeugen, aber sie siechte vor seinen Augen dahin und erlag schließlich einem frühen Tod.

Er versank in eine Phase tiefer Trauer. Als er sich wieder zusammengerissen hatte, war Rufina leider schon lange nicht mehr in dem Wald, in dem er ihr begegnet war. Niemand wusste, wo sie sich aufhielt, oder wollte überhaupt über die rothaarige Hexe sprechen. Nachdem er sie nicht auffinden konnte, hatte er jahrelang versucht, sich zu opfern, wie Rufina es ihm aufgetragen hatte: Er arbeitete in Lepra- und Armenhäusern, spendete die Einkünfte aus seiner Söldnertätigkeit den Armen, legte sein Schwert sogar ganz ab und trat für eine Weile in ein Kloster ein, um den Fluch zu brechen. Nichts hatte gewirkt.

Jetzt, mehr als achthundert Jahre später, kämpfte er immer noch gegen sein Bedürfnis nach menschlicher Nähe und einer Familie an. Was würde er nicht dafür geben, in der Lage der Prinzessin zu sein. Nicht, um ihren Titel oder Reichtum zu genießen, wie er es sich in seiner Jugend gewünscht hatte, sondern um den Rest seines Lebens umgeben von denen zu verbringen, die ihn kannten und denen er etwas bedeutete, vielleicht sogar eine liebende Ehefrau und eigene Kinder zu haben.

Er klammerte sich an die Hoffnung, dass dieselben modernen Datenbanken und Technologien, die ihn zu entlarven drohten, ihm helfen könnten, Rufina zu finden, vorausgesetzt, sie wandelte noch immer auf der Erde wie er.

„Das mit Ihrer Familie tut mir leid", sagte die Prinzessin. In ihrer weichen Stimme lag dieselbe Sanftheit wie eben, als sie mit Prinz Federico gesprochen hatte. „Das wusste ich nicht."

Er schenkte ihr ein Lächeln, von dem er hoffte, dass es beruhigend wirkte, und warf ihr denselben abweisenden Blick zu, mit dem er im Laufe der Jahre jeden bedacht hatte, der ihn nach seiner Familie gefragt hatte. „Es muss Ihnen nicht leidtun." Er hob seine linke Hand, um ihr zu zeigen, dass er keinen Ring trug. „Ich habe einfach keine Familie. Keine große Sache."

Als ob sie trotz seines lockeren Tons spürte, dass sie sich auf gefährliches Terrain begeben hatte, nickte die Prinzessin nur und richtete ihre Aufmerksamkeit wieder auf ihr Buch.

Das Flugzeug hatte die Reiseflughöhe erreicht und Nick nutzte die Gelegenheit, um seine Rückenlehne zurückzuklappen und die Augen zu schließen. Wenn er nicht aufpasste, würden neun Stunden eingesperrt mit der Prinzessin in diesem Jet seine Zunge lockern und dazu führen, dass er seine Emotionen weniger unter Kontrolle hatte.

Es war viel sicherer, wenn die königliche Hoheit ihn schnarchen hörte.

ISABELLA UNTERDRÜCKTE EIN GÄHNEN, als der Jet auf der Hauptlandebahn des internationalen Flughafens von San Rimini zum Stehen kam, der weniger als eine halbe Stunde mit dem Auto vom Palast entfernt war. Wenn sie sorgfältig plante, könnte sie vielleicht am Nachmittag ein Nickerchen einschieben.

Trotz des reibungslosen Nachtflugs hatte sie kein Auge zugetan. Zu viele Probleme schwirrten ihr durch den Kopf, als dass sie sich hätte ausruhen können. Sie sorgte sich um ihre

Neffen, überlegte, was sie dem Kurator des Museums über ihre spontane Vereinbarung mit Nick sagen sollte, und ging im Geiste die Rede durch, die sie später am Abend bei einer Benefizveranstaltung für das Rote Kreuz im Palast halten wollte.

Aber selbst wenn sie in Gedanken nicht wie üblich mit ihrer Arbeit und ihrer Familie beschäftigt gewesen wäre, hätte sie nicht geschlafen. Wie sollte sie auch, gegenüber einem umwerfend gut aussehenden Mann, der direkt vor ihr schlummerte?

Auch wenn er geschnarcht hatte.

Das Flugzeug machte einen kleinen Ruck, als der Pilot den Motor abstellte. Isabella seufzte und steckte die Bücher in ihre Tasche.

Nick regte sich, dann rieb er sich mit dem Handballen den Schlaf aus den Augen. Er warf einen kurzen Blick aus dem Fenster, als das Bodenpersonal eine Metalltreppe zur Tür schob.

„Danke, dass ich mitfliegen durfte, Hoheit. Viel besser als mit einem Linienflugzeug. Jede Menge Beinfreiheit und bequeme Sitze."

Er streckte seine Beine in den Raum zwischen ihren Plätzen, als wollte er seine Aussage unterstreichen, dann löste er seinen Gurt, stand auf und holte sowohl sein Gepäck als auch das der Prinzessin aus dem Staufach. Miroslav Vulin, der für die Sicherheit ihres Flugs zuständig war, öffnete den Vorhang, um ihnen zu signalisieren, dass sie den Jet verlassen konnten.

Isabella blinzelte im hellen mediterranen Sonnenlicht, das in die Kabine strömte, und wies auf ihre Tasche. „Ich kann mich selbst um mein Gepäck kümmern. Und Sie müssen mich nicht ständig mit ‚Hoheit' ansprechen. Wenn wir allein sind, können Sie mich gern mit meinem Vornamen anreden. Wir werden in den nächsten Monaten ziemlich viel Zeit miteinander verbringen und diese Förmlichkeit wäre zu umständlich."

„Die Tasche ist kein Problem." Nick hob ihr Gepäck schnell hoch, um seine Aussage zu verdeutlichen, und bedeutete ihr dann, ihm zur Treppe zu folgen.

Na schön. Sie würde ihn die Reisetasche tragen lassen. Bevor sie jedoch an Nick vorbeiging, bedachte sie ihn mit ihrem einschüchterndsten Blick. „Und die Hoheit-Sache?"

„Gehen Sie voran, Prinzessin."

Das Lachen sprudelte nur so aus ihr heraus, sodass sie sich wie ein flirtendes Schulmädchen fühlte. Der strenge Blick, den sie bei ihren Brüdern einsetzte, schien bei diesem Mann nicht zu wirken. Im Gegensatz zu den meisten Menschen, die vor einer geistreichen Konversation mit ihr zurückzuschrecken schienen, weil sie befürchteten, dass sie die kleinste Stichelei falsch auffassen könnte, feuerte er unbekümmert eine Bemerkung ab. Dafür bewunderte sie ihn. Außerdem, wie oft hatte sie schon jemanden gebeten, sie Isabella zu nennen, nur damit derjenige nickte und zustimmte, um sie dann weiter mit ihrem offiziellen Titel anzusprechen? Oder noch schlimmer, wenn an ihrem Sitzplatz eine Tischkarte mit der Aufschrift „Ihre königliche Hoheit, Prinzessin Isabella Violetta Maria diTalora von San Rimini" stand. Eine solche Karte hatte vor zwei Wochen den Tisch bei einer Festlichkeit geziert. Preisträchtige Rennpferde hatten weniger hochtrabende Namen.

Wenn Nick sich weigerte, sie mit Isabella anzureden, konnte sie damit leben, einfach Prinzessin genannt zu werden.

Als sie die schwere Metalltreppe hinunterstiegen, hielt sie mit einer Hand den Wind davon ab, ihr das Haar ins Gesicht zu wehen, und wies mit der anderen auf den weitläufigen Königspalast, der auf einem Hügel nahe dem Stadtzentrum stand. „Das ist unser Ziel."

Sobald ihre Absätze den Asphalt berührten, drehte sie sich zu Nick um. „San Rimini ist sehr schön. Da wir zwischen Italien und dem Balkan liegen, haben wir wunderschöne Strände und natürlich sind da auch noch die Casinos. Wir sind über Venedig und den nördlichsten Teil der Adria geflogen, kurz bevor wir landeten. Das war ein beeindruckender Anblick. Ich hatte erwogen, Sie zu wecken, aber ich war nicht sicher, ob Sie gestört werden wollten."

Du warst zu feige, ihn zu wecken, stichelte ihr Verstand. *Und jetzt klingst du wie eine unsichere Reiseleiterin.*

Was in aller Welt war nur los mit ihr? Sie kam in jedem sozialen Umfeld zurecht, konnte sich mühelos mit allen unterhalten, vom Präsidenten der Vereinigten Staaten bis hin zur bescheidensten Nonne aus San Rimini. Warum also fühlte sie sich durch Nicks bloße Anwesenheit, als hätte sie bei einer Dinnerparty ein Glas Champagner zu viel getrunken?

Er blieb für einen Herzschlag stehen und starrte an ihr vorbei in Richtung des Palastes. Eine senkrechte Falte bildete sich zwischen seinen Brauen und verschwand wieder. „Das ist in Ordnung. Ich war schon mal hier."

„Oh, das ist ja wunderbar", sagte sie, als er weiterging, und schämte sich sofort für diese Bemerkung, denn als Experte für San Rimini musste er natürlich bereits zuvor das Land bereist haben. „Haben Sie ein Lieblingscasino?"

Er schüttelte den Kopf. „Mein letzter Besuch ist eine Weile her. Damals habe ich nicht viel gespielt."

Wer besuchte San Rimini, ohne nicht mindestens ein Casino aufzusuchen, selbst wenn er geschäftlich im Land war? „Ich kann das Casino Campione empfehlen. Da gibt es Räume, die privaten Spielern vorbehalten sind. Ich kann einen für Sie reservieren lassen, wenn Sie möchten. Mein Bruder Marco würde sich Ihnen vielleicht sogar anschließen. Er ist immer auf der Suche nach jemandem, der sich einen Blackjack-Tisch mit ihm teilt." Sie versuchte, nicht zu lächeln, als sie an den privaten Raum dachte, den Prinz Marco bevorzugte. Dort hatte er seine Verlobte Amanda kennengelernt.

„Ich weiß das Angebot zu schätzen. Vielleicht schaue ich mir das Casino an."

Nick machte plötzlich einen Stolperschritt, sodass er nun hinter ihr und neben dem Soldaten lief, der für gewöhnlich das

Cockpit bewachte. Sie blickte zurück und erkannte das Problem, bevor sie fragen musste: Kameras.

Seltsam, sie hatte nie auf die Paparazzi geachtet, die sich bei der Landung des königlichen Jets direkt am Rollfeld aufreihten. Sie gehörten für sie fast schon zum Flughafen dazu. Aber Nick hatte sie offenbar bemerkt und sich so bewegt, dass er nicht fotografiert werden konnte, weil sein Gesicht vom Körper des Soldaten verdeckt wurde.

So viel zu ihrem Vorschlag, er solle das Casino Campione besuchen. Der Mann scheute Aufmerksamkeit nicht nur, er mied sie geradezu paranoid.

Der Soldat nahm Nick das Gepäck ab und verstaute es im Fahrzeug, während Miroslav ihr die hintere Tür aufhielt. Nick ging um das Heck des Wagens herum und stieg auf der anderen Seite ein, wobei er die Tür selbst öffnete, anstatt auf den Fahrer zu warten.

Der Chauffeur runzelte die Stirn, dann verharrte er neben der Tür, um mit Miroslav die Fahrtroute zu klären, während der Soldat zum Flugzeug zurückkehrte. Isabella nutzte die Gelegenheit und wandte sich an Nick: „Es gibt zwei Möglichkeiten für Ihre Unterbringung. Meine Assistentin hat für Sie eine Suite im Ritz-Carlton von San Rimini reserviert. Das Hotel ist nur zwei Häuserblocks vom Palast entfernt und einen kurzen Spaziergang von der Strada il Teatro, unserer Hauptstraße, falls Sie einkaufen oder Sehenswürdigkeiten besichtigen möchten. Der Zimmerservice ist natürlich in Ihrem Honorar inbegriffen, aber wenn Sie es vorziehen, gibt es mehrere Restaurants im Hotel oder in der Umgebung –"

Nick hob eine Hand. „Was ist die zweite Möglichkeit?"

Warum war sie nicht überrascht? Sie holte tief Luft und überlegte, wie sie die Unterbringung am besten erläutern sollte. „Nachdem ich Sie persönlich kennengelernt hatte, vermutete ich, dass Sie sich im Ritz nicht wohlfühlen würden. Die zweite

Option wurde erst gestern arrangiert und ich fürchte, sie ist nicht ganz so luxuriös."

„Ich glaube nicht, dass irgendetwas so luxuriös ist wie das Ritz, es sei denn, man wohnt im Palast selbst." Anspannung schwang in seiner Stimme mit, als er die Paparazzi durch die getönten Scheiben der Limousine im Auge behielt.

„Sie könnten überrascht sein."

Er wandte seinen Blick lange genug von den Paparazzi ab, um sie fragend anzusehen.

„Wie ich bereits erwähnte, wird die Sammlung der königlichen Familie in Räumlichkeiten unter dem Palast aufbewahrt. Der Eingang befindet sich im ältesten Teil des Gebäudes, der aus dem späten neunten Jahrhundert stammt. Ursprünglich wurde dieser als Bergfried zum Schutz der Stadt errichtet, aber nach den Kreuzzügen, als sich die politische Lage stabilisierte, bauten spätere Könige ihn abschnittsweise zu dem aus, was heute La Rocca di Zaffiro, der Hauptteil des Palastes, ist."

Er grinste sie übermütig an. „Ich bin mit La Rocca vertraut."

Sie spürte, wie ihr die Röte in die Wangen kroch. Sie war so sehr daran gewöhnt, den Honoratioren, die den Palast besuchten, seine Geschichte zu erzählen, dass sie immer wieder vergaß, dass Nick genauso viel oder mehr darüber wusste als sie. „Dann ist Ihnen vielleicht auch bekannt, dass einige der Zimmer im ehemaligen Bergfried in den 1960er Jahren zu Gästesuiten umgebaut wurden. Sie sind nicht gerade elegant, da sie seither nicht modernisiert wurden, aber Sie wären dort ungestört. Sie müssten nicht jeden Tag durch die Sicherheitskontrollen und hätten Zugang zur Sammlung, wann immer Sie wollen, Tag und Nacht, ohne Unterbrechung. Es gibt komfortablere Bereiche des Palastes, wo wir normalerweise unsere Gäste unterbringen. Sie könnten gern dort wohnen, aber –"

„Der Bergfried ist in Ordnung."

Sie lächelte innerlich. Irgendwie hatte sie geahnt, dass er genau das sagen würde. „Wenn Sie sicher sind. Wie ich schon sagte, sind die Zimmer im Gästeflügel von La Rocca besser ausgestattet. Aber sie liegen zwischen den Privatwohnungen der Familie und den öffentlichen Bereichen, sodass Sie dort weniger Privatsphäre hätten." Sie musste ihm noch eine Chance geben, sich für eine der üblichen Suiten zu entscheiden. Es wäre ungastlich, es nicht zu tun.

„Solange ich ein Bett und eine Dusche habe, ziehe ich das ruhigere Zimmer vor."

„Die Dusche wird wahrscheinlich am meisten Krach machen. Alte Rohre."

Er lächelte darüber, als sie das Gelände verließen, von den Kameras wegfuhren und dann in die Straße einbogen, die zum Palast führte. Als der Flughafen hinter ihnen lag, entspannte sich Nick sichtlich. Sie war versucht, etwas über die Paparazzi zu sagen, beherrschte sich aber. Stattdessen beugte sie sich vor, um das Fenster zu öffnen, das den Chauffeur von den Fahrgästen trennte, und wies ihn in schnellem Italienisch mit dem Akzent von San Rimini an, direkt zum Palast zu fahren, weil der Halt am Ritz nicht nötig sei. Nachdem sie das Fenster wieder geschlossen hatte, wandte sie sich erneut Nick zu. „Ich sorge dafür, dass Sie besonders gute Handtücher bekommen, um Sie für die alten Rohre zu entschädigen."

„Ich komme schon zurecht. Ich bin sicher, ich habe Schlimmeres erlebt." Ein Grübchen zeigte sich auf seiner linken Wange und Isabella musste sich zwingen, ihn nicht anzustarren. Grübchen hatten ihr schon immer gefallen und das Letzte, was sie wollte, war, irgendeinen Mann anziehend zu finden.

„Außerdem", fuhr er fort, „kann ich mich nicht beschweren, wenn ich rund um die Uhr Zugang zur Sammlung habe. Wenn mir mitten in der Nacht eine Idee kommt, möchte ich ihr sofort nachgehen können."

„Und das", antwortete sie, „macht mich froh, dass ich Sie engagiert habe. Aber sollten Sie Ihre Meinung über die Unterbringung ändern, lassen Sie es meine Assistentin wissen und sie wird den Umzug organisieren."

Die Limousine wand sich durch die malerischen kopfsteingepflasterten Seitenstraßen von San Rimini und folgte den pfeilförmigen Schildern in Richtung La Rocca. Isabella machte ihn dabei auf ein paar weniger bekannte Sehenswürdigkeiten aufmerksam. Nick schien nur oberflächlich interessiert, also gab sie auf, nachdem sie ihm ein paar ihrer Lieblingsbuchläden und -restaurants gezeigt hatte.

Nach einigen Augenblicken des Schweigens fragte Nick: „Wann kann ich die Sammlung sehen?"

„Heute, wenn Sie möchten."

„Auf jeden Fall."

Das bedeutete zwar, dass sie auf ihr Nickerchen verzichten musste, aber wenn er bereits heute die Arbeit aufnahm, würde sie vermutlich morgen mehr Zeit für ihre Neffen haben. Außerdem, je eher Nick mit dem Sortieren und Katalogisieren der Sammlung begann, desto größer war die Chance, dass die Museumserweiterung rechtzeitig zur tausendjährigen Unabhängigkeitsfeier des Landes, die in nur sechs Monaten stattfinden würde, eröffnet werden konnte. Ihr Vater wäre begeistert, wenn der Traum seiner geliebten Frau in Erfüllung ginge.

„Meine Assistentin wird Ihnen die Zimmer zeigen, wenn wir im Palast ankommen. Sie werden ein paar Stunden Zeit haben, um sich einzurichten, etwas zu essen oder ein Nickerchen zu machen, wenn Sie möchten. Ich habe leider noch einen anderen Termin und werde Ihnen den Lagerraum erst gegen vier Uhr zeigen können."

Er verbarg seine Überraschung nicht. „Sie werden mir die Räume selbst zeigen? Ich muss zugeben, Hoheit –"

„Bitte, Isabella. Oder Prinzessin, wenn Sie es nicht über sich bringen, mich beim Vornamen zu nennen."

Er hob die Handflächen. „Ich muss gestehen, Prinzessin", sagte er und betonte dabei den Titel, „dass ich immer noch überrascht bin, dass Sie mich persönlich aufgesucht und sich so viel Mühe mit meiner Unterbringung gemacht haben. Es ist unnötig, dass Sie sich noch mehr Zeit für mich nehmen."

„Sie hätten den Job nicht angenommen, wenn ich nicht persönlich gekommen wäre. Das ist mir klar geworden, als meine Assistentin das erste Mal versucht hat, einen Termin mit Ihnen auszumachen."

„Da haben Sie recht."

„Und ich habe gesagt, dass Sie mir Bericht erstatten und nicht dem Ausschuss, der für die Museumssammlung zuständig ist, also ist es nur folgerichtig, dass ich Sie durch den Lagerraum führe. Außerdem bin ich die Einzige im Palast, die sich dort zurechtfindet. Die meisten Kisten wurden seit Jahrzehnten nicht angerührt." Während sie sprach, holte sie ihr Smartphone aus der Handtasche, um ihren Terminkalender zu prüfen. „Ich habe nur eine halbe Stunde Zeit, aber das sollte reichen, damit Sie sich danach zurechtfinden können. Wir werden uns in den nächsten Tagen weiter unterhalten."

Als die schmiedeeisernen Tore des Palastes in Sicht kamen, atmete sie tief ein. Nick richtete sich im Sitz auf und streckte sich, um einen besseren Blick zu haben. Obwohl Isabellas Aufgaben sie häufig von San Rimini wegführten, hatte sie sich nie daran gewöhnt, Zeit in Hotelzimmern zu verbringen. Ihr Zuhause, wo sie umgeben von ihrer Familie unter dem Dach schlafen konnte, das sie seit ihrer Kindheit kannte, bedeutete ihr alles.

Als die Limousine langsamer wurde und der Fahrer dem Wachmann am Tor zuwinkte, dachte Isabella an ihren Bruder und ihre beiden Neffen Arturo und Paolo. Federico hatte sich in den Monaten seit dem Verlust seiner Frau verändert. Er war immer ruhig und nachdenklich gewesen, zumindest im

Vergleich zu ihren anderen Brüdern, dem ehrgeizigen Antony und ihrem lebenslustigen jüngeren Bruder Marco. Aber jetzt bewegte sich Federico wie auf Autopilot durch den Tag und war nicht bereit, über seine Gefühle zu sprechen, nicht einmal mit ihr. Seine Qual ging über die Trauer um seine Frau hinaus, vermutete sie, und sie fragte sich, ob ihre Neffen die Veränderung ihres Vaters spürten. Allerdings hatten sie ihr eigenes Leid auch noch nicht verarbeitet.

Sie hatte keine Ahnung, was sie in dieser Situation tun sollte. Wenn überhaupt etwas getan werden konnte.

„Prinzessin?"

„Ja?" Sie richtete ihren Blick wieder auf Nick. Er musterte sie, als hätte er jeden Gedanken gelesen, der ihr durch den Kopf ging.

„Sie müssen sich freuen, zu Hause zu sein. Sie haben meine Frage nicht beantwortet."

Sie zwang sich zu einem Lächeln. „Das tut mir leid. Der Flug muss mich ein wenig müde gemacht haben."

„Ich hatte nur gefragt, wo wir uns treffen sollen." Sie musste verwirrt dreingeschaut haben, denn er fügte hinzu: „Wenn Sie diese halbe Stunde brauchen, um sich von der Reise zu erholen, kann der Lagerraum bis morgen warten. Ein Tag ist nichts, im Großen und Ganzen betrachtet."

Er sagte all das, was richtig, was höflich war, aber seine Hände erstarrten auf dem Sitzpolster. So hatte er sie auch auf die Granittischplatte in seinem Bostoner Büro gedrückt, damit er sie ruhig halten konnte, als Isabella und er die Arbeitsbedingungen besprochen hatten. Und als die Limousine am ältesten Flügel des Palastes vorbeifuhr, dem Bereich, in dem Nick wohnen würde, sah sie, wie sein Blick zu den massiven Steinmauern des Bergfrieds glitt. Eine Regung – Wiedererkennen? – huschte über sein Gesicht und verschwand wieder. Seltsam, denn Touristen wurden nie in diesen Teil des Palastes gelassen und soweit sie wusste, war er auch noch nie zuvor zu Gast gewesen.

Dieser Mann hatte eindeutig ihre Neugier geweckt.

„Nein, es geht mir gut", versicherte sie ihm. „Ich komme um vier zu Ihrem Zimmer."

KAPITEL 3

Isabella lehnte sich mit der Schulter gegen die schwere Rundbogentür, die zur unteren Ebene des Palastes führte, bewegte den eisernen Schlüssel, bis sie spürte, dass er genau in die richtige Position glitt, und drückte dann so fest, wie sie konnte.

„Ich nehme an, Sie werden mir den Trick noch zeigen, wie man diese Tür öffnet?", fragte Nick von hinten, als sich das massive Eichenholz zu bewegen begann.

„Die Schlösser in diesem Bereich sollten letztes Jahr erneuert werden, aber das Budget wurde für ein anderes Projekt verwendet", entschuldigte sie sich. „Ich mag gar nicht daran denken, wie alt dieses hier ist."

„Das ist noch das ursprüngliche Schloss. Es ist auch noch die Originaltür. Erstaunlich, dass beides so lange gehalten hat."

Sie versuchte, ihre Überraschung zu verbergen. Er sprach, als hätte er sie selbst eingebaut. „Sie sind der Experte. Vielleicht sollten wir die Tür nicht austauschen."

„Das kommt darauf an, was dahinter ist. Wenn die Sammlung ziemlich wertvoll ist und in nächster Zeit nirgendwo anders aufbewahrt werden soll, könnten Sie in Erwägung ziehen, die gesamte Tür herauszunehmen und sie in den leeren Bogen neben meinem Gästezimmer einzuhängen. So können Sie die Tür, die dort fehlt, ersetzen und hier eine mit einer modernen Alarmanlage einbauen."

Sie zog den Schlüssel aus dem Schloss und sah Nick an. „Waren Sie schon einmal in diesem Teil des Palastes? Woher wissen Sie, dass sich in dem Bogen früher eine Tür befand?"

Er zuckte beiläufig mit den Schultern. „Der Bogen ist identisch mit diesem hier und an der Seite, wo die Scharniere sein sollten, sind Kratzer. Es würde Sinn machen, dort den Flur mit einer Tür abzuschließen und so Durchzug zu verhindern." Er hob den Kopf und betrachtete die hohen hölzernen Stützbalken und die sanft gewölbte steinerne Decke. „Als dieser Korridor entstand, gab es noch keine verdeckten Heizungsschächte. Wie ich sehe, wurden diese nachträglich eingebaut."

„Im Lagerraum gibt es leider immer noch keine. Stellen Sie sich darauf ein, dass es dort kühl sein wird."

Sie schaltete das Licht an, wodurch eine schmale Steintreppe beleuchtet wurde, die ein halbes Stockwerk tiefer in die untere Ebene des alten Bergfrieds führte. Nick folgte ihr und stützte sich mit einer Hand an der kühlen grauen Wand ab, während sie die alten, ausgetretenen Stufen hinabstiegen. Als sie den riesigen Lagerraum betraten, hörte sie, wie Nick scharf die Luft einsog.

„Ich habe Sie gewarnt, dass es kühl ist."

Als er nicht antwortete, drehte sie sich um und sah, dass er hinter ihr den Raum durchquert und sich hingekniet hatte, um ein Schwert zu begutachten, das auf einem blauen Tuch aus Samt gleich links neben der Treppe auf dem Boden lag.

„Das wurde vor ein paar Tagen zurückgegeben. Es ist eines der wenigen Stücke, die ich an das Museum ausgeliehen hatte."

„Deshalb liegt es draußen?"

Sie nickte. „Laut den Experten der Universität von San Rimini stammt es aus dem späten zwölften Jahrhundert. Der Kurator des Museums meint, es könnte König Bernardo oder seinem Sohn, König Rambaldo, gehört haben. Ich wollte Ihre Meinung dazu hören."

Nick riss interessiert seine braunen Augen auf. Er ließ seine Hände wenige Zentimeter über der Waffe schweben. „Darf ich?"

„Natürlich."

Vorsichtig hob er das Schwert an und fuhr mit den Fingern über die Länge der Waffe. Er drehte es um und betrachtete den Knauf. „Das gehörte nicht dem König."

„Welchem? Bernardo oder Rambaldo?"

„Keinem von beiden."

Sie trat hinter ihn und beugte sich über seine rechte Schulter, um den Schwertgriff aus demselben Blickwinkel wie er zu betrachten. Dabei vermischte sich der schwache Geruch von Rasierwasser oder Eau de Cologne mit der Wärme seiner Haut zu einem umfassenden Angriff auf ihre Sinne. Plötzlich wurden ihr die Knie weich. Sie kämpfte dagegen an und zwang sich, nicht die Hand auf seine breite Schulter zu legen, um sich festzuhalten.

Das Letzte, was sie gebrauchen konnte, war, Muskeln unter ihren Fingern zu spüren. Sie hatte ihre Wahl im Leben getroffen. Ein flüchtiges Gefühl von Anziehung würde sie jetzt nicht von ihren Verpflichtungen ablenken, egal wie verlockend diese Ablenkung auch sein mochte.

Sie achtete absichtlich nicht darauf, wie sich sein Haar hinter den Ohren kräuselte, sondern konzentrierte sich auf das Schwert. „Wie können Sie so schnell zu einem solchen Schluss kommen? Die Professoren und der Kurator hatten es jeweils einige Wochen lang."

„Sehen Sie diesen Bereich?" Immer noch in der Hocke, verlagerte er sein Gewicht, um sich ihr zuzuwenden, und zeigte auf den Knauf, die Kugel am Ende des Schwertes. „Die meisten Könige von San Rimini ließen hier ihr Wappen eingravieren. Das von Bernardo war eine Kombination aus seinen Initialen und denen seiner Frau. Rambaldo verwendete einen Drachen mit einer Krone auf dem Kopf. Einige Gelehrte behaupten allerdings, er hätte ein anderes Wappen benutzt. Wie dem auch sei, ein Wappen würde jedes Schwert zieren, das er besaß."

„Wem gehörte es dann?" Sie runzelte die Stirn. „Haben die Professoren der Universität überhaupt Recht mit der Datierung?"

„Oh, es stammt zweifellos aus dem zwölften Jahrhundert und gehörte jemandem, der reich und angesehen war. Das sieht man an der Art und Weise, wie es gefertigt wurde. Ich bin sicher, deshalb hat man vermutet, dass es das Schwert eines Königs war. Außerdem ließen sich die meisten Ritter von San Rimini im späten zwölften Jahrhundert ein kleines Kreuz in den Griff eingravieren, bevor sie zum Dritten Kreuzzug aufbrachen. Sie glaubten, das Kreuz an ihrer Handfläche würde ihnen während der Schlacht den Schutz Gottes sichern." Er fasste den Griff des Schwertes mit der rechten Hand und deutete mit der linken auf eine Stelle direkt darunter. „Sehen Sie? Hier ist es. Die meisten Ritter hatten den Griff mit Leder oder Samt umwickelt, sodass dieser Bereich des Schafts geschützt war. Natürlich ist diese Umhüllung längst zerfallen und man kann sehen, was von dem Kreuz übrig geblieben ist."

Sie blinzelte, als sie eine winzige, kaum sichtbare Einkerbung am Griff sah. Wenn sie nicht gewusst hätte, dass sie danach suchen musste, hätte sie gedacht, es würde sich nur um eine kleine Delle handeln. Doch als Nick die Form mit seinem schlanken Finger für sie nachzeichnete, erkannte sie, dass es sich tatsächlich um ein Kreuz handelte.

Er stand auf und reichte Isabella die Hand, um ihr hochzuhelfen. Als sie wieder auf den Füßen stand, lächelte sie und wollte ihm für seine ritterliche Geste danken, doch er wich ein paar Schritte von ihr zurück.

Sie unterdrückte einen überraschten Aufschrei, als er das Schwert auf einmal schwang und damit einen weiten Bogen beschrieb. „Es hat das richtige Gewicht und die richtige Größe", sagte er genauso zu sich selbst wie zu ihr. „Und die Handwerkskunst ist exquisit."

Er trat noch einen Schritt zurück, dann drehte er sich um und durchschnitt die kalte, stille Luft des Lagerraums mit so viel Kraft wie ein Ritter der alten Zeit, der sein Heim gegen einen eindringenden Feind verteidigt. Ein begeistertes Lächeln breitete sich auf seinem Gesicht aus und brachte erneut sein Grübchen zum Vorschein. „Ich bin sicher, dass es einem Ritter gehörte, der am Dritten Kreuzzug teilgenommen hat. Jemandem, der offenbar das Glück hatte, vom Schlachtfeld zurückzukehren, da das Schwert seinen Weg nach Hause gefunden hat."

Er ließ das Schwert sinken, behielt den Griff aber fest in der Hand. Seine Augen funkelten. „Das ist fabelhaft. Was gibt es sonst noch hier unten?"

„Gott sei Dank nur sehr wenige Waffen. Sie wurden im ursprünglichen Flügel des Museums präsentiert." Sie mochte gar nicht daran denken, was er mit einer Lanze anstellen würde. „Die faszinierendsten Stücke sind die Dokumente. Alte Gerichtsakten, sogar einige Geburts- und Sterbeurkunden. Klosterschriften aus mehreren Jahrhunderten. Wenn Sie die Sprache des alten San Rimini verstehen können ..." Sie hob fragend eine Augenbraue, denn selbst die meisten Einwohner von San Rimini hatten Schwierigkeiten mit dem alten Dialekt.

„Das kann ich."

„Dann werden Sie eine Fülle von Informationen finden, mit denen sich noch niemand an der Universität von San Rimini beschäftigt hat. Es gibt auch Wandteppiche, Gemälde, Skulpturen ... alles, was Sie sich vorstellen können, ist wahrscheinlich hier unten irgendwo zu finden. Sogar altes Küchengeschirr und

Vorhänge aus dem Palast, obgleich die meisten davon nur noch Fetzen sind." Sie blickte sich um und war wie immer erstaunt über die riesige Sammlung. „Wie Sie sehen, ist alles nur grob geordnet."

Isabellas Mutter, Königin Aletta, hatte den Bau von Dutzenden von Verschlägen aus Sperrholz und Maschendraht angeordnet, als ihr der Gedanke kam, das Museum zu erweitern. Diese überdimensionalen Abstellräume säumten die Wände der großen freien Fläche. An den Türen war jeweils ein Code angebracht, der grob die Zeit angab, aus der die Artefakte stammten, aber ansonsten war nichts geprüft oder sortiert worden. In der Mitte des Raumes befand sich ein Durcheinander aus allen möglichen Artefakten, die zu groß waren, um in die Verschläge zu passen. Einige Sarkophagdeckel und Teile von drei Altären, die aus alten Kapellen geborgen worden waren, nahmen den meisten Platz ein. Überdimensionale Gemälde, ein großes Eisengitter, von dem Isabella vermutete, dass es einst am Zugang zum alten Teil des Palastes gestanden hatte, und Hunderte anderer Objekte, die sie nicht identifizieren konnte, füllten den Rest des Raumes.

„Ich würde gerne sehen, wo die Dokumente aufbewahrt werden. Die werde ich mir zuerst anschauen. Mit etwas Glück finden wir ein Inventar oder zumindest eine Beschreibung einiger Stücke." Nick blickte sich im Raum um, sein Gesichtsausdruck verriet eine Mischung aus Verwunderung und Vorfreude. „Das hier ist der Traum eines jeden Historikers. Und nicht annähernd so staubig, wie ich erwartet hatte."

„Ich habe Ihnen doch gesagt, es ist die Chance Ihres Lebens", erwiderte sie. „Und es mag jetzt nicht staubig erscheinen, aber das wird sich ändern, wenn Sie erst einmal anfangen, Dinge zu bewegen. Meine Mutter ließ die freien Bereiche des Fußbodens reinigen, und ich habe das nach ihrem Tod auch einmal veranlasst, aber die meisten Artefakte sind unberührt geblieben."

„Das ist in Ordnung." Nick schien wie in einer anderen Welt.

Er legte das Schwert kurz ab und kniete sich hin, um eine kleine Holztruhe umzudrehen, untersuchte den Boden und richtete sie dann wieder auf, bevor er zur nächsten Gruppe von Gegenständen ging.

„Leider sind die Dokumente im ganzen Raum verteilt. Alles, was ein eindeutiges Datum trägt, wurde in den entsprechenden Verschlag gelegt, aber der Rest wurde in Kisten im hinteren Teil verstaut. Ich werde Ihnen Werkzeuge besorgen, damit Sie sie öffnen können. Falls Sie Hilfe brauchen –"

„Davon gehe ich nicht aus."

Er lief mit jungenhafter Fröhlichkeit vor ihr her und spähte durch das Drahtgitter in die einzelnen Verschläge, wobei er sich gelegentlich umdrehte, um im Vorbeigehen einen Sarkophagdeckel zu betrachten. Er hielt das antike Schwert wieder in der Hand und wirbelte es an seiner Seite herum, als wäre es speziell für ihn angefertigt worden. Obwohl er ein schwarzes Polohemd und gebügelte Khakihosen trug, konnte sie das Bild von ihm als mittelalterlichem Krieger nicht abschütteln. Seine Armmuskeln spannten sich, wenn er die Waffe schwang, und für einen kurzen Moment konnte sie sich vorstellen, wie er in voller Rüstung und mit dem längeren Haar eines Ritters die Waffe gegen die Feinde von San Rimini erhob.

„Haben Sie Ihr Haar immer so kurz getragen?", fragte sie und spürte, wie sich ihr Gesicht vor Verlegenheit erhitzte. Ihre Kinderfrau, Gott habe sie selig, würde sich im Grab umdrehen, könnte sie hören, dass die Prinzessin eine solche Frage stellte. „Ich entschuldige mich. Ich weiß nicht, was mich dazu veranlasst hat, etwas so Persönliches zu fragen."

„Das ist nicht zu persönlich. Nach meinen Steuerbescheiden zu fragen oder welche Art von Unterwäsche ich anhabe, das wäre persönlich."

Sobald Nick diese unbedachte Antwort auf die Entschuldigung der Prinzessin über die Lippen gekommen war, hätte er sie am liebsten zurückgenommen. Er war zu entspannt, zu unvorsichtig gewesen. Was, wenn sie tatsächlich nach seinen nicht existierenden Steuerbescheiden suchen würde? Er blieb stehen und drehte sich zu der Prinzessin um, ließ seine Stimme jedoch absichtlich distanziert klingen. „Ich habe mein Haar früher einmal länger getragen. Aber das ist schon lange her. Warum fragen Sie?"

Er war dumm genug gewesen, anzumerken, dass die Eichentür zu diesem Raum die ursprüngliche war. Er war auf dem Weg zu diesem Lagerraum, der zu König Bernardos Zeiten als Waffenkammer gedient hatte, Dutzende Male hindurchgegangen. Nick konnte seinen Fehler leicht korrigieren, aber etwas an der Miene der Prinzessin gab ihm jetzt zu denken.

Es war, als ob sie ihn so sehen würde, wie er war. Als er sein Haar länger trug.

Sie winkte ab. „Es gibt keinen wirklichen Grund, denke ich. Ich habe nur aus Neugierde gefragt. Dieser Schnitt steht Ihnen. Es ist ... Das Haar meines Bruders Antony hat eine ähnliche Struktur – das ist alles. Es ist verteufelt schwierig für ihn, es zu bändigen. Er sagt, sobald es eine annehmbare Länge erreicht hat, kräuselt es sich."

Sie beugte sich vor, um über einen aufgerollten Wandteppich zu streichen, aber als sie ihren Weg entlang der Reihe von Verschlägen fortsetzten, bemerkte er, wie sie ihn und die Art, wie er das Schwert hielt, verstohlen weiter beobachtete. Hinter ihrer Frage nach den Haaren steckte mehr. Sie hatte sich sofort unwohl gefühlt, nachdem sie sie gestellt hatte, und das hatte nichts mit den Haarproblemen ihres Bruders zu tun.

Sie konnte es unmöglich wissen. Es sei denn, sie hätte ein Gemälde von ihm gesehen, doch er wusste mit Sicherheit, dass es keines gab. Er war ein landloser Ritter gewesen und hatte Glück gehabt, dass er Zugang zum Königshaus bekam. Nur der König und einige wenige Mitglieder des Adels von San Rimini gaben Gemälde in Auftrag, nicht aber Ritter, die die Zugehörigkeit zu dieser erhabenen Gruppe lediglich anstrebten.

Er verfluchte sich innerlich für seine Paranoia. Heutzutage würde ihm niemand seine Geschichte glauben, geschweige denn sie erraten nur wegen der Art und Weise, wie er ein Schwert hielt.

Und trotzdem ...

Er hielt die Waffe hoch und fragte: „Wohin gehört das?"

„Das überlasse ich Ihnen. Sie wurden engagiert, um all das hier zu sichten, erinnern Sie sich?" Sie schmunzelte und ihm wurde klar, dass sie auch privat die gleichen unverfälschten Gefühle zeigte, die die Pressefotografen so oft einfingen, wenn sie in der Öffentlichkeit auftrat.

Er erwiderte ihr Lächeln, ohne ihr ins Gesicht zu schauen, damit er nicht in Versuchung geriet durch das, was er in ihren allzu freundlichen Augen sah. Die Intimität ihrer ruhigen Umgebung und die Erinnerungen, die diese immense Sammlung von Artefakten wachrief, strapazierten seine Fähigkeit, Abstand zu anderen Menschen zu halten. Er hatte Jahre gebraucht, sich darin zu üben. Als er seinen Blick durch den Raum schweifen ließ, entdeckte er einen Schreibtisch, der in eine Nische unweit der Treppe gezwängt worden war. In seiner Faszination für das Schwert und für die Prinzessin hatte er ihn übersehen, als sie den Raum betraten. Hoch über dem Schreibtisch unterbrach ein einzelnes Fenster die große Fläche der Steinmauer und ließ etwas Sonnenlicht in den Raum. „Ich lege es erst einmal auf den Schreibtisch."

Sie schob die Manschette ihrer weißen Seidenbluse hoch, um auf ihre Uhr zu sehen. „Das kann ich auf dem Weg nach draußen tun. Meine halbe Stunde ist fast um. Ich überlasse Sie nur ungern sich selbst, während Sie hier unten stöbern, aber ich habe einen Termin, den ich wahrnehmen muss." Sie streckte die Hand nach dem Schwert aus und er reichte es ihr, wobei er sich fragte, ob dies ein Verstoß gegen die Etikette war. Im Allgemeinen erwartete man von einer Prinzessin nicht, dass sie ein Schwert trug.

„Das Gewicht mittelalterlicher Waffen überrascht mich immer wieder", bemerkte sie, als sie es in die Hand nahm. „Ich habe dieses Schwert schon einmal hochgehoben und ich weiß, dass es nur ein oder zwei Kilo wiegt, aber ich habe keine Ahnung, wie die Männer früher so lange damit kämpfen konnten. Man sollte meinen, dass sie sich am Ende eines Tages auf dem Schlachtfeld genauso leicht verletzen konnten wie den Feind."

Er beugte sich vor, um ihr zu helfen, und fasste nach dem Griff. „Früher haben die Männer jahrelang trainiert, um diese Waffen richtig zu benutzen. Es ist ebenso eine Frage der Technik wie der Kraft. Hier, warum bringe ich das Schwert nicht zum Schreibtisch?"

Sie sah zu ihm auf, in ihren Augen spiegelte sich das Licht, das durch das einzelne Fenster fiel, und ihm wurde bewusst, dass ihre Hand unter seiner lag.

Was hatte er sich nur dabei gedacht? Er hätte sie das Schwert ohne Rücksicht auf die Etikette einfach zum Schreibtisch bringen lassen sollen, anstatt die unberührbare Prinzessin zu berühren. Schon reagierte sein Körper auf das Gefühl ihrer zarten Hand unter seiner raueren und erfüllte ihn mit schmerzhaftem Begehren.

„Zeigen Sie es mir?"

Er blinzelte, das Verlangen schickte seinen Verstand auf den Weg, nach dem sich sein Körper sehnte. Was sollte er ihr zeigen?

„Sie schienen die Technik zu beherrschen und ich war schon immer neugierig."

„Oh. Ja, selbstverständlich." Sie hatte ihr Leben zwischen altertümlichen Schwertern und Rüstungen verbracht und wohnte in einem tausend Jahre alten Palast, doch sie hatte nie den Schrecken einer Schlacht erlebt, so wie ihre Vorfahren. Natürlich war sie neugierig, wie die Waffe benutzt wurde.

Er stellte sich hinter sie, legte seinen Arm über ihren und

ließ es zu, dass ihr Rücken seine Brust berührte. Der Duft ihres teuren Shampoos stieg ihm in die Nase und er kämpfte darum, seine unmittelbare Erregung im Zaum zu halten. Es waren viel zu viele Jahre vergangen, seit er sich das Wohlgefühl gegönnt hatte, das eine Frau ihm schenken konnte. Diese flüchtigen Liebesbeziehungen, die sein Fluch erforderte, hinterließen bei ihm ein so schales Gefühl, dass er schon lange darauf verzichtet hatte.

Leider machte ihn sein selbstauferlegtes Zölibat nicht immun gegen schöne Frauen. Vor allem nicht gegen diese schöne Frau.

Sie legte ihre Hand um den Griff und ihr Körper presste sich noch enger an seinen. „So?"

„Genau so."

Er betete innerlich um Stärke, aber nicht um jene, die zum Halten des Schwertes nötig war.

Von dem Moment an, als er ihre Stimme über das Sicherheitssystem in Boston gehört hatte, hätte er auf der Hut sein müssen. Wenn er nicht aufpasste, würde es nur noch Minuten dauern, bis er die Prinzessin küsste. Er hatte in seinem langen Leben genug über Frauen gelernt, um zu wissen, dass sie seinen Kuss wahrscheinlich sofort erwidern würde.

Sie drehte den Kopf und begegnete seinem Blick. Ihre samtweichen Lippen lockten ihn und plötzlich fragte er sich, ob sie ihn zuerst küssen würde. Es kam ihm in den Sinn, dass eine Frau wie Prinzessin Isabella, die im Licht der Öffentlichkeit stand und ihr Heim mit drei Brüdern, ihrem Vater und einer Reihe von Angestellten und Sicherheitsleuten teilte, wahrscheinlich nicht viel Gelegenheit für gestohlene Küsse hatte.

Er begann, sich zurückzuziehen. Wenn er die Prinzessin küsste, würde er nicht nur seinen Job aufs Spiel setzen, sondern auch seinen Seelenfrieden. Doch dann öffneten sich ihre exquisiten Lippen gerade so weit, dass sie fragen konnte: „Wohin soll ich meine andere Hand legen?"

Er starrte sie einen Herzschlag lang an, dann fiel das Schwert klirrend auf den kalten Steinboden.

Bei dem Geräusch, das in dem höhlenartigen Raum endlos nachzuhallen schien, zuckte Isabella zusammen und stieß ein überraschtes Keuchen aus.

„Hoheit! Es tut mir leid. Ist alles in Ordnung?"

„Ja, alles bestens." Sie fasste sich wieder und lachte. „Mir geht es gut. Ich habe mich nur erschrocken."

Er bückte sich, um das Schwert aufzuheben. „Es muss mir aus der Hand gerutscht sein." Er drehte es und zeigte ihr so, dass er die Waffe diesmal besser im Griff hatte. „Fangen wir von vorne an."

Die Prinzessin wich zur Treppe zurück, ihr Gesicht war um einige Nuancen blasser als sonst. „Nein, schon gut. Es gibt gewisse Fähigkeiten, für deren Erlernung ich wahrscheinlich nicht geschaffen bin." Sie schaute erneut auf ihre Uhr, obwohl erst wenige Minuten vergangen waren, seit sie zuletzt nachgesehen hatte. „Ich will nicht zu spät zu meinem Termin kommen."

„Nun, dann vielleicht ein anderes Mal, wenn Sie Ihre Ansicht ändern." Solange sie mit diesen Fähigkeiten meinte, zu lernen, wie man mit einem Schwert umging.

Sie nickte, sagte aber nichts. Erst als sie den Raum verließ, fiel ihm auf, dass sie ihn nicht korrigiert hatte, als er sie „Hoheit" genannt hatte.

ISABELLA GRÜßTE den Wachmann vor ihrem Apartment im Palast flüchtig mit einem Kopfnicken, dann verschwand sie im Heiligtum ihres privaten Bereichs und begab sich auf direktem Weg in das prächtige italienische Marmorbad, dem einzigen Raum im Palast, in dem sie mit Sicherheit ungestört bleiben würde. Nachdem sie ihr Gesicht mit der Flasche auf der Ablage besprüht und mit einem flauschigen Baumwollhandtuch abgetupft hatte, betrachtete sie sich in dem schweren Spiegel.

„Ich muss die berühmteste achtundzwanzigjährige Jungfrau der Welt sein", murmelte sie und schickte dann ein schnelles Dankgebet zum Himmel, dass die Welt nichts davon wusste. Was hatte sie sich nur dabei gedacht, Nick Black zu fragen, wohin sie ihre Hand legen sollte? Sie hatte das Schwert gemeint, aber kaum hatte sie die Worte ausgesprochen, war ihr die Doppeldeutigkeit klar geworden. Und sie hatte sofort seine Reaktion an ihrem Kreuz gespürt, kurz bevor die Waffe zu Boden gefallen war.

Die ganze Episode hatte sie aus der Bahn geworfen. Obwohl ihre Brüder sie schon vor langer Zeit darüber aufgeklärt hatten, dass Männer ohne große Provokation erregt werden konnten, und diese Information als Warnung gedacht gewesen war, faszinierte sie gleichzeitig der Gedanke, dass sie bei Nick eine solche Reaktion hervorgerufen hatte.

„Dumm, dumm, dumm", grummelte sie laut vor dem Spiegel. Hatte man ihr nicht von Kindesbeinen an eingebläut, dass es nur Ärger gab, wenn sie private Wünsche über ihre königlichen Pflichten stellte? Sie brauchte nur an die Grimaldis zu denken. Oder an die Windsors. Sie war genauso wenig gefeit wie diese gegen die Verheerungen, die die Presse anrichten konnte.

Und wie würde sich die öffentliche Aufmerksamkeit auf ihre Familie auswirken? Die königlichen Familien von Monaco und Großbritannien ernteten immer noch heftige Kritik für Fehltritte, die Jahrzehnte zurücklagen.

Sie ging wieder in ihr Schlafzimmer, wo eine Hausangestellte fürsorglich ihre Sachen ausgepackt, die Wäsche mitgenommen und das silberne Valentino-Kleid und die Diamantkette bereitgelegt hatte, die sie beim jährlichen Benefizdinner ihres Vaters für das Rote Kreuz tragen wollte. Die Pflicht stand an erster Stelle und für jemanden in ihrer Position endete sie nie.

Tatsächlich hatte sie nur noch zwanzig Minuten, bis sie ihren Vater treffen musste, damit sie gemeinsam den Königlichen Ballsaal betreten konnten.

Sie fand die Notizen für ihre Rede, die sie auf dem Flug nach Boston geschrieben hatte, las sie ein letztes Mal durch und steckte sie dann in ein kleines mit Perlen besetztes Beutelchen, das zum Ensemble gehörte. Nachdem sie vorsichtig in das Kleid geschlüpft war, um die zarte Perlenstickerei nicht zu beschädigen, zog sie die Träger über die Schultern und schloss den Reißverschluss am Rücken. Als sie sich im Ganzkörperspiegel betrachtete, entschied sie, dass sie den Anforderungen genügte, obwohl sie wünschte, sie könnte Jeans und Flip-Flops tragen. Sie hatte selten die Gelegenheit, das zu tun.

Es klopfte an der Tür und sie schritt durch ihr Wohnzimmer, um zu öffnen, während sie das Schloss der Diamantkette in ihrem Nacken einhakte.

„Nerina." Sie lächelte ihre Assistentin an. „Kommen Sie herein. Ich nehme an, mein Vater wartet schon?"

„Noch nicht, Hoheit." Die ältere Frau verbeugte sich leicht. Isabella forderte Nerina immer wieder auf, lockerer zu sein, doch aufgrund ihrer früheren Tätigkeit als Eventmanagerin der Villa Alfieri – einem Anwesen, das sich seit Generationen im Besitz der Familie von Isabellas Mutter befand – war ihr Verhalten von einem gewissen Maß an Förmlichkeit geprägt. „König Eduardo bittet Sie, in zehn Minuten zur Osttreppe zu kommen." Nachdem sie sich höflich nach der Reise der Prinzessin erkundigt hatte, sagte Nerina: „Bevor Sie den König treffen, sollten wir Ihren Zeitplan für morgen besprechen."

„Ja, bitte", erwiderte Isabella, während sie in ihre Schuhe stieg, dann machte sie sich auf die Suche nach einer Haarbürste.

Nerina folgte ihr bis zur Badezimmertür und hielt diskret Abstand, während Isabella die Bürste und einige Haarnadeln in der Schublade des Toilettentisches fand.

„Morgen früh um acht Uhr werden Sie in der katholischen

Grundschule neben dem Duomo mit den Schülern über die Bedeutung gemeinnütziger Arbeit sprechen. Sie sollten einige Beispiele dafür nennen, was die Kinder tun können, um anderen zu helfen."

Isabella hörte zu, während sie ihr Haar zu einem lockeren Knoten hochsteckte. „Ich habe bereits mit Pater Dario darüber gesprochen. Ich habe mehrere Ideen."

Nerina nickte. „Natürlich, Hoheit. Während Sie die Schule besuchen, wird sich der ungarische Außenminister mit König Eduardo und Prinz Antony treffen. Wenn Sie von der Schule zurück sind, führen Sie ihn durch den Rosengarten, bevor der Lunch im Freien eingenommen wird. Ihr Vater, Ihr Bruder Antony und seine Frau Jennifer werden ebenfalls teilnehmen. Es werden auch mehrere Pressevertreter vor Ort sein, sodass einer Ihrer legereren Hosenanzüge passend wäre. Um 14.30 Uhr müssen Sie aufbrechen. Mehrere Mitglieder des Planungskomitees für das Filmfestival von Venedig möchten hier mit Ihnen den Zeitplan und Ihre Aufgaben als Zeremonienmeisterin in diesem Herbst besprechen. Ihr Vater hat die Palastbibliothek für das Meeting reserviert."

Isabella runzelte die Stirn, als sie sich vom Spiegel abwandte und nach ihrem Perlenbeutelchen griff. „Werde ich überhaupt Zeit für eine Pause haben? Ich konnte auf dem Rückflug von Boston nicht schlafen."

Nerina verzog das Gesicht. „Ich fürchte nein, Hoheit. Vielleicht kann ich am Mittwoch eine kurze Pause einplanen. Das ist das Beste, was ich tun kann."

Isabella dankte ihr, aber als sie durch den Gang zur Osttreppe schritten, skizzierte Nerina einen Zeitplan für die nächste Woche, der so vollgestopft war, dass Isabella wusste, sie musste ihre Zeit im Fitnessraum opfern, wenn sie ein Nickerchen machen wollte. Sie zupfte an der Hüfte an ihrem perlenbesetzten Kleid und entschied, dass es vielleicht doch besser wäre, in den Fitnessraum zu gehen. Sonst würde sie nächsten Monat nicht mehr in ihre Kleider passen, geschweige denn, wenn das Filmfestival anstand.

„Was soll ich Mr. Black sagen, Hoheit?"

Isabella blieb stehen, als der Name sie aus ihren Gedanken über figurbetonte Kleidung riss. „Entschuldigung, Nerina. Was ist mit Mr. Black?"

„Ich war im Lagerraum, bevor ich in Ihr Apartment kam, um mich zu vergewissern, dass er alle Büromaterialien oder Referenzunterlagen hat, die er vielleicht benötigt. Das Material ist bestellt, aber anscheinend haben Sie vergessen, ihm den Plan mit der Anordnung der Verschläge zu geben."

„Ich habe ihn in meinen Wohnräumen." Irgendwo.

„Wenn Sie möchten, kann ich ihm den Plan bringen, während Sie bei der Benefizveranstaltung für das Rote Kreuz sind."

„Ich muss ihn zuerst finden", gab Isabella zu. „Ich bringe ihm die Übersicht gleich morgen früh." Das bedeutete einen weiteren Besuch im Lagerraum und ein weiteres persönliches Treffen mit Nick.

Sie hatte den älteren Teil des Palastes immer als eine Zuflucht betrachtet, wo sie sich von den Zwängen und dem Glanz ihres öffentlichen Lebens zurückziehen konnte. Ein Ort, wo sie ihre Schutzschilde fallen ließ und so tat, als wäre sie ein normaler Mensch. Als Kind hatte sie sich in den alten Gästezimmern versteckt, um Liebesromane zu lesen, ohne von ihrer Kinderfrau beaufsichtigt zu werden. Als sie älter wurde, verbrachte sie die wenige freie Zeit, die sie hatte, in dem Lagerraum, wo sie ihre Neugier auf die Geschichte ihres Landes befriedigen konnte, ohne dass jemand sie unterbrach und Forderungen an sie stellte, wie es so oft geschah, wenn sie sich in ihrem Wohnbereich aufhielt.

Aber jetzt, da Nick Black sich in den stillen Steinmauern des Bergfrieds befand und die Nischen des Lagerraums erforschte, war dies nicht mehr ihr Rückzugsort. Und ihre Schutzschilde herunterzulassen, was sie immer getan hatte, wenn sie sich in den mittelalterlichen Teil des Palastes zurückzog, kam nicht mehr in Frage.

Was würde Nick davon halten, wenn sie es täte? Würde er es wagen, sie zu küssen, wenn sie ihm erlaubte, ihr so nahe zu kommen wie heute Nachmittag? Er hatte es gewollt, dessen war sie sich sicher.

Und wenn er es täte, das wusste sie, würde sie den Kuss erwidern, obwohl ihr Verstand sie davor warnte.

„Du siehst wunderschön aus, *mia figlia*.‟

Ihr Vater betrat den Flur durch eine Seitentür, seine sanfte Stimme beruhigte ihre angespannten Nerven, wie immer, wenn er ihr ein Kompliment machte.

Sie konnte nicht anders, als ihn anzulächeln. „Du bist zu lieb. Und du siehst auch wunderbar aus.‟

König Eduardo hatte sich die Vitalität und das gute Aussehen seiner Jugend bewahrt, obwohl er sich vor fast zwei Jahren einer Herzoperation unterziehen musste und die lange Genesungszeit an seiner Geduld gezehrt hatte. Sein Smoking betonte die schlanke Erscheinung eines Läufers und die dunkle Farbe passte zu seiner makellosen olivfarbenen Haut und seinem kurzen graumelierten Haar. An manchen Tagen störte es sie, dass man ihn, würden sie als anonymes Paar eine Straße hinuntergehen, wahrscheinlich für ihren etwas älteren Partner und nicht für ihren Vater halten würde.

Er bot ihr seinen Arm, als sie sich dem oberen Ende der Treppe näherten. „Wie war deine Reise in die Vereinigten Staaten? Wie ich höre, hast du einen Experten gefunden, der die Museumsarbeit deiner Mutter fortsetzt.‟

Sie nickte und ein Bild von Nick, wie er das Schwert in seiner vernarbten Hand kreisen ließ, schoss ihr durch den Kopf. „Das Projekt ist längst überfällig, aber ich hoffe, dass er es rechtzeitig fertigstellen kann, um den neuen Flügel im Rahmen unserer bevorstehenden Unabhängigkeitsfeier zu eröffnen.‟

„Das ist eine schöne Idee. Und ehrgeizig." Die Augen des Königs verrieten bei ihren Worten Freude und er küsste sie auf die Wange. „Deine Mutter wäre so gerührt! Und ich bin es auch. Hältst du mich über den Fortgang auf dem Laufenden?"

„Selbstverständlich."

Als sie am oberen Ende der Treppe ankamen, verstummte das Gespräch zwischen Vater und Tochter. Die Menge, die sich unter ihnen im Vorraum des Königlichen Ballsaals versammelt hatte, wurde still, während sich alle Augen auf die Prinzessin und den König richteten.

Mitsamt allen Erwartungen.

Am Arm ihres Vaters stieg Isabella die Treppe hinunter. Sie begegnete dem Blick des Direktors des Roten Kreuzes und schenkte ihm ein Lächeln, dann nickte sie einem ihr bekannten Parlamentsmitglied zu. Hier war sie in ihrem Element, auf der Bühne, wo sie glänzte und so vielen helfen konnte.

Was sie an diesem Abend am wenigsten gebrauchen konnte, waren Gedanken an den geheimnisvollen Mann, den sie gerade engagiert hatte.

Sie begrüßte einen langjährigen Freund ihres Vaters, Conte Giovanni Sozzani, und hörte ihm höflich zu, als er von seinem Sohn erzählte, der in den Dreißigern war, so wie er es immer tat, wenn sie aufeinandertrafen. Sie wusste, dass er hoffte, sie würde sich für seinen Sohn erwärmen, aber der stand in dem Ruf, das Nachtleben von San Rimini ein wenig zu sehr zu genießen. Er mochte der wunderbarste Mensch auf Erden sein, wenn er sich von Partys fernhielt, aber Isabella war nicht interessiert.

Während ihr Vater sich unter die Gäste mischte, huschten seine Augen zu ihr hinüber. Sein Lächeln drückte sowohl seine Liebe zu ihr aus als auch seinen Stolz auf alles, was sie tat. Dieser kurze Blick bestärkte sie in ihrer Entschlossenheit, keinen Fehltritt zu begehen.

Während Giovannis Sohn keine Versuchung darstellte, traf das keineswegs auf Nick Black zu. Als sie den Ballsaal betrat, beschloss sie, die Liste ausfindig zu machen und sie heute Nacht, während Nick schlief, auf dem Schreibtisch des Lagerraums abzulegen, anstatt bis zum Morgen zu warten.

Bevor sie Nick wiedersah, musste sie diese irrationale Fixierung auf den Mann in den Griff bekommen. Unter gar keinen Umständen würde die Versuchung die Oberhand gewinnen!

KAPITEL 4

DIE VON MANOLO BLAHNIK designten Schuhe waren zwar eine Augenweide, stellte Isabella fest, als sie kurz nach ein Uhr nachts den Königlichen Ballsaal verließ, aber sie waren nicht dafür gedacht, den ganzen Abend getragen zu werden, erst recht nicht von einer taumelnden Frau, die sich sechsunddreißig Stunden ohne Schlaf näherte. Zum vierten oder fünften Mal an diesem Abend verfluchte sie innerlich die Tatsache, dass die Leute von San Rimini Stil der Bequemlichkeit vorzogen und dasselbe von ihr erwarteten.

Am Fuß der Treppe blieb sie stehen, um für ein letztes Publicity-Foto mit einem Vorstandsmitglied des Roten Kreuzes von San Rimini zu posieren, und strahlte in die Kamera, obwohl ihr die Füße wehtaten. Wenn ein Foto von ihr auch nur ein Jota mehr Aufmerksamkeit für die Organisation brachte, konnte sie die zusätzliche Minute Unbehagen ertragen.

Nachdem sie die letzten Gäste und die öffentlichen Bereiche des Palastes hinter sich gelassen hatte, unterdrückte sie ein Gähnen, blieb stehen und stützte sich mit der Hand an einer Vitrine ab. Sie blickte den langen Korridor hinunter, der sowohl zu den Räumlichkeiten ihres Bruders Marco wie auch zu ihren eigenen führte. An manchen Tagen war sie von der schieren Größe des Palastes überwältigt. Sie könnte genauso gut den Boston-Marathon laufen, wie zu versuchen, in ihre Zimmer zu gelangen.

Nachdem sie sich vergewissert hatte, dass sie allein war, streifte sie die hochhackigen silbernen Riemchenschuhe ab und hängte sie über ihr Handgelenk. Ohne die Schuhe musste sie ihr langes Kleid hochraffen, um nicht zu stolpern, aber wenigstens lief sie sich die Füße nicht mehr wund. Da ihr nächster Termin erst am Morgen um acht Uhr war, konnte sie endlich ein paar herrliche Stunden Schlaf in ihrem eigenen weichen und warmen Bett genießen.

Sie lächelte in sich hinein, als sie daran dachte, wie sie ihre Neffen Arturo und Paolo, die Söhne von Prinz Federico, ins Bett gebracht hatte. Während die Gäste das Dinner verzehrten und bevor sie ihre Rede halten musste, hatte sie es geschafft, sich lange genug aus dem Ballsaal zu verdrücken, um den Jungen eine neue Gute-Nacht-Geschichte vorzulesen, die sie in den Vereinigten Staaten für sie gekauft hatte. Die kleinen Prinzen hatten sich sehr über den kurzen Besuch gefreut, aber sie hatte gemerkt, dass der Tod ihrer Mutter immer noch schwer auf den beiden lastete.

Glücklicherweise hatten die Reporter den Jungen seit dem unerwarteten Tod ihrer Mutter an einem nicht diagnostizierten Aneurysma einen gewissen Freiraum gelassen, aber die Medien stürzten sich auf Federico wie ausgehungerte Hunde, die einen fleischigen Hühnerknochen entdeckt hatten. Vier verschiedene Journalisten fragten sie während des abendlichen Benefiz-Dinners nach ihm. Sie hatte ihnen nichtssagende Antworten gegeben, zum Beispiel, dass Federico immer noch geschockt und traurig wäre, wie jeder Ehemann nach dem Verlust seiner jungen Frau, aber sie spürte, dass hinter Federicos düsterer Stimmung mehr steckte als die Trauer um Lucrezia. Es waren zu viele Monate vergangen, um seine Melancholie nur damit zu erklären.

Sie grüßte den Wachmann vor ihrer Palastwohnung, der sich zum Glück nicht dazu äußerte, dass sie ihre Schuhe über dem Handgelenk trug, und tippte dann den Code ein, der ihre Tür öffnete. Federico war ein erwachsener Mann. Er würde einen Weg finden, mit diesem Schicksalsschlag fertigzuwerden, und sie hatte ihm klar gemacht, dass sie für ihn da sein würde, sobald er bereit war, zu reden. Je eher er das tat, desto besser wäre es für ihn und die Jungen.

Und – wenn sie ehrlich war – desto eher konnte er wieder mit ihr an königlichen Festlichkeiten teilnehmen. Jetzt, da Prinz Antony verheiratet war, schenkte er seine Aufmerksamkeit bei königlichen Dinnern und Bällen für gewöhnlich seiner Frau. Prinz Marco hatte erst vor Kurzem damit begonnen, an offiziellen Veranstaltungen teilzunehmen; er hatte diese wie die Pest gemieden, bis seine Verlobte Amanda ihn ermutigte, eine aktivere Rolle im Palast zu übernehmen. Wie Antony konzentrierte sich Marco jedoch eher auf die Frau an seiner Seite.

Selbst als Lucrezia noch lebte, war Federico dagegen bei offiziellen Anlässen immer in Isabellas Nähe geblieben, nicht nur, um ihr Gesellschaft zu leisten, sondern auch, um einzugreifen, wenn jemand versuchte, ihre Zeit ganz in Beschlag zu nehmen. Er wäre heute Abend ihr Lebensretter gewesen, als sie nicht in der Lage war, einen entschlossenen italienischen Bankdirektor höflich abzuwimmeln, der darauf bestand, zweimal hintereinander mit ihr zu tanzen.

Gott sei Dank hatte der schlaksige Mann sie nahe der Fenster, die auf den Garten hinausgingen, zum Tanzen aufgefordert. Sonst hätte sein nervöses Schwitzen ihr Kleid dort befleckt, wo seine Handflächen ihre Taille umschlossen.

Isabella versuchte, den unangenehmen Gedanken zu verdrängen, und stellte die Schuhe auf das entsprechende Regal in ihrem Schrank, denn sie wollte sie für einen guten Zweck versteigern. Maßgefertigte Manolo Blahniks waren in San Rimini nicht so teuer wie in den Vereinigten Staaten, wo ein Paar wie dieses so viel kosten würde, wie viele für eine Monatsmiete bezahlen mussten, aber sie waren immer noch teuer und trendy genug, um begehrt zu sein. Und das Publikum, das die Palastveranstaltungen besuchte, konnte sie sich leisten.

Sie ignorierte ihre luxuriöseren Nachthemden und holte stattdessen eines aus weicher Baumwolle aus einer Schublade, trug es zum Bett und fragte sich, ob sie die Kraft aufbringen würde, ihr Abendkleid auszuziehen. Heute würde sie die Notizen für ihren morgigen Vortrag in einer katholischen Schule durchgehen. Sie würde die Fahrt zur Schule nutzen müssen, um ihr Gedächtnis für das Gespräch mit Pater Dario aufzufrischen. Den Banker heute Abend auf Distanz zu halten, hatte ihre letzten Reserven aufgebraucht.

Sie ließ sich neben dem Nachthemd aufs Bett fallen, schloss die Lider und versuchte, die Gedanken an ihren übereifrigen Tanzpartner zu verdrängen. Doch da schob sich, schläfrig wie sie war, ein anderes kraftvolles und sinnliches Bild vor ihr geistiges Auge.

Nick Black hatte die Arme um ihre Taille gelegt und wirbelte sie über die Tanzfläche des Königlichen Ballsaals. Aber anders als der italienische Banker bewegte sich Nick mit Leichtigkeit, flüsterte ihr etwas ins Ohr, liebkoste ihren Rücken mit seinen starken Händen und verführte sie mit den Geheimnissen, von denen sie wusste, dass sie in seiner Seele verborgen lagen. Und er hinterließ ganz bestimmt keine Schweißflecken auf ihrem Kleid. Im Gegenteil, er brachte *sie* ins Schwitzen, als er sie mit kaum gezügeltem Verlangen in den Augen ansah, so wie er es an jenem Nachmittag getan hatte, als sie das Schwert im Lagerraum gehalten hatten.

Isabellas Augen flogen auf. *Der Lagerraum.*

Sie hatte Nerina versprochen, dass sie Nick bis morgen früh die Übersicht über die Verschläge zukommen lassen würde. In

Anbetracht der Richtung, die ihre Gedanken genommen hatten, wäre es weitaus besser, ihm diese Aufstellung heute noch auf den Schreibtisch zu legen, als ihm morgen gegenüberzutreten. Sie quälte sich aus ihrem einladend weichen Bett, fischte ein Paar Pantoffeln darunter hervor und suchte dann einige Minuten lang in ihrem Wohnzimmer nach der Liste, bis sie diese neben dem gemütlichen Samtsessel fand, in dem sie sie zuletzt studiert hatte. Isabella klemmte sich die Übersicht unter den Arm und trat aus ihrem Wohnbereich in den dunklen Korridor.

DER GERUCH von Staub und gealtertem Pergament strömte aus der Kiste, als Nick den letzten Nagel löste, dann den aus Holzlatten bestehenden Deckel anhob und gegen die Steinwand lehnte. Im Inneren lagen Dutzende von vergilbten Schriftrollen in ordentlichen Stapeln.

„Sei hier drin", murmelte Nick in den kalten Raum hinein und klopfte dann an der Seitenwand der Kiste auf Holz. Irgendwo, irgendwie musste es eine Aufzeichnung über Rufinas Leben geben. Hatte sie das Land verlassen? Lebte sie immer noch, so wie er? Er hoffte es.

In den letzten sieben Stunden hatte er eine Kiste nach der anderen aufgemacht und mit seinen Bemühungen den Lagerraum in staubigen Dunst gehüllt. Nachdem er den Inhalt der ersten beiden Kisten gesichtet hatte, war er auf den Schreibtisch gestiegen und hatte das Fenster geöffnet, um frische Luft aus den Gärten hereinzulassen. Es dauerte nicht lange, bis Musik und Lachen an seine Ohren drangen.

Er kannte den Grundriss des Palastes gut genug, um zu erraten, dass die Geräusche aus dem Königlichen Ballsaal kamen, auch wenn es diesen Raum zu König Bernardos Zeiten noch nicht gegeben hatte. Am Ablauf solcher Feierlichkeiten hatte sich jedoch nichts geändert. Er kam nicht umhin, sich das Funkeln der Champagnerflöten, die vertraulichen Gespräche und das Lachen der gut gelaunten Gäste vorzustellen, die sich unter goldenen und kristallenen Kronleuchtern unbekümmert auf der Tanzfläche drehten.

Er hatte Coletta bei einer solchen Veranstaltung kennengelernt, kurz nachdem sie die Zofe der Königin geworden war. Obwohl das Getränk der Wahl Wein statt Champagner gewesen war und sie sich einen Zinnbecher geteilt hatten, anstatt einander mit kristallenen Kelchen zuzuprosten, war die Atmosphäre dieselbe gewesen wie heute Abend im Palast. Das unbekümmerte Lachen ausgelassener Tänzer, die geflüsterten Versprechen junger Liebender und die Aufregung darüber, in die königlichen Kreise eingeladen worden zu sein, was ein Gefühl von Zugehörigkeit und grenzenlosen Möglichkeiten mit sich brachte. Selbst nachdem er und Coletta geheiratet hatten, hatte sie ihren Dienst im Palast fortgesetzt und Monate am Stück mit der Königin verbracht, während er im Ausland für San Rimini kämpfte. Nur in den allzu kurzen Friedenszeiten hatten sie das Bett in ihrem Dorfhaus geteilt.

Bis zu dem Fluch. Der hatte einen Bruch mit allem, was sie am Leben liebten, herbeigeführt, sowohl im Palast wie auch in ihrem kleinen Dorf.

Er hatte schon vor langer Zeit gelernt, sein Bedürfnis nach Geselligkeit zu unterdrücken, aber als er die Geräusche der Feierlichkeiten im Hauptgebäude des Palasts hörte, während er alte Schriftrollen und Aufzeichnungen sichtete, ließ seine Entschlossenheit immer mehr nach. Glücklicherweise war die Musik im Verlauf der letzten Stunde verstummt, ebenso wie die Geräusche von Paaren, die am Fenster vorbeischlenderten, sich küssten und verliebt miteinander flüsterten, während sie die Privatsphäre des Palastgartens genossen. Er wandte sich einem weiteren Kistenstapel zu und versuchte, zu entscheiden, ob er bei der einen offenen Kiste bleiben oder zwei auf einmal in

Angriff nehmen und dann die Arbeit für den Tag beenden sollte.

Er griff nach seinem Brecheisen, doch das Schaben der Tür über den Boden des Lagerraums ließ ihn aufhorchen. Er schaute auf seine Uhr, die immer noch die Bostoner Zeit anzeigte, und rechnete schnell nach. Wer würde um diese Zeit noch im Bergfried sein, erst recht in dem normalerweise verschlossenen Lagerraum? Er legte das Brecheisen auf eine nahe Kiste und schritt zum Eingang, wobei er um den zentralen Bereich mit dem Durcheinander aus Artefakten, aufgerollten Wandteppichen und antiken Möbeln herumging.

Als der Fuß der Treppe in Sicht kam, erstarrte er.

Isabella diTalora stand neben seinem Schreibtisch, ihre schlanke Gestalt wurde durch ein glänzendes silbernes Abendkleid perfekt betont. Sie hatte die Lampe über der schmalen Treppe angemacht und mit diesem Licht im Rücken sahen die Strähnen ihres ebenholzfarbenen Haares, die sich aus ihrer eleganten Hochsteckfrisur gelöst hatten, aus wie der Heiligenschein eines Engels.

Die Frau wirkte, als wäre sie direkt vom Himmel herabgestiegen. Trotz der Kühle im Raum glühte das Blut in Nicks Adern. Er krallte seine Finger um den Rand einer jahrhundertealten Kirchenbank und betete um Kraft.

Noch nie hatte er das Gefühl gehabt, dass die Erlösung so nah und doch so unerreichbar war. Er holte tief Luft und versuchte, die Welle der Einsamkeit zu unterdrücken, die ihn durchströmte. Wenn Rufina ihn jetzt sehen könnte, würde sie das Ausmaß seines Leids erkennen.

Sei still, bis sie geht, sagte sein Gehirn.

„Man könnte meinen, Sie hätten einen fröhlichen Abend gehabt", sagte sein großer Mund.

Isabella zuckte zusammen und fuhr herum, dabei schimmerte ihr Kleid im Halbdunkel. Ihre Hand wanderte sofort zu ihrem Dekolleté. Sie trug ein unbezahlbares Collier aus Diamanten. „Nick! Sie haben mich fast zu Tode erschreckt!"

„Das tut mir leid. Ich hatte Sie gewarnt, dass ich gerne zu jeder Tages- und Nachtzeit arbeite." Er kam näher, wohl wissend, er hätte schweigen sollen, doch die Anziehungskraft, die er schon bei ihrer ersten Begegnung gespürt hatte, war stärker. Er deutete auf das Kleid und die Diamanten um ihren Hals. „Waren Sie auf einer Party?"

„Einem Benefiz-Dinner."

„Es muss ein Erfolg gewesen sein, wenn es jetzt erst vorbei ist." Einen Moment lang fragte er sich, ob ihre Stimme unter den Dutzenden gewesen war, die er aus dem Garten vernommen hatte. Hatte sie einen heimlichen Liebhaber in der Rosenlaube getroffen? Mit einem Prominenten oder Milliardär im Mondschein geflirtet? Trotz ihres offensichtlichen Sexappeals bezweifelte er das aus irgendeinem Grund. Die Prinzessin schien nicht der Typ zu sein, der sich auf heimliche Rendezvous einließ.

Isabella lehnte sich gegen die Schreibtischkante. Dabei lugten die Spitzen mokassinartiger Pantoffeln unter dem Kleid hervor. „Es war eine erfolgreiche Veranstaltung", antwortete sie schließlich und hielt dann eine Hand vor ihren Mund, um ein Gähnen zu verbergen. „Wir haben eine Menge Geld für das Rote Kreuz gesammelt."

Nein, definitiv kein Tête-à-Tête für die Prinzessin heute Abend.

„Geben Sie sich nicht zu begeistert, Hoheit", neckte er sie.

Er konnte sehen, dass ihr das Ziel der Organisation viel bedeutete, aber in ihren Augen fehlte der Funke, den er gesehen hatte, als sie von dem Museumsprojekt ihrer Mutter gesprochen hatte. Oder von Federicos Kindern. Wenn sie den Abend damit verbracht hätte, mit einem Liebhaber zu flirten, hätte er das von ihrem Gesicht abgelesen.

Sie lachte kurz auf. „Egal, wie glanzvoll und aufregend diese Feierlichkeiten auch erscheinen mögen, manchmal vermischen sie sich in meinem Kopf, selbst beim Roten Kreuz. Ich weiß, dass die Arbeit wichtig ist und dass meine Anwesenheit für eine Organisation, die Geld braucht, einen großen Unterschied machen kann, aber in den letzten Jahren habe ich meine Teilnahme an solchen Events wie auf Autopilot abgespult. Ich tauche auf, sage etwas Bedeutungsvolles, schüttle die richtigen Hände und eile dann zurück zu meiner Assistentin, damit ich mich auf meinen nächsten Auftritt vorbereiten kann." In ihre Stimme hatte sich der Akzent der meisten Einwohner von San Rimini geschlichen, die Englisch als Zweitsprache gelernt hatten; ihr amerikanisches Englisch, das sie üblicherweise verwendete, war hingegen nahezu perfekt.

Sie keuchte und legte einen Finger an ihre Lippen. „Ich kann nicht glauben, dass ich all das gerade geäußert habe. Bitte, bitte, vergessen Sie, was ich gesagt habe. Ich bin übermüdet."

Er runzelte die Stirn. „Haben Sie geschlafen, seit wir angekommen sind?"

Sie schüttelte den Kopf.

„Und während des Flugs? Ich bin auf der Stelle in einen Tiefschlaf verfallen."

Sie verlagerte ihr Gewicht auf der Schreibtischkante. „Nein, nicht wirklich."

„Warum in aller Welt sind Sie dann hier unten?" Er wies auf die Tür. „Gehen Sie zu Bett, Hoheit!" Er wollte keineswegs, dass sie ging, aber wenn jemals jemand eine Auszeit benötigt hatte, und sei es auch nur für ein paar Stunden, dann war das Isabella diTalora. Außerdem musste er aufhören, sie in diesem Kleid anzustarren, und das war ihm physisch unmöglich, solange sie sich im selben Raum befand.

Ein Lächeln zupfte an ihren Mundwinkeln. „Und ich dachte schon, ich hätte Sie zu ‚Prinzessin' überredet."

Er konnte sich ein Grinsen nicht verkneifen. Sie mochte

müde sein, aber ihre Schlagfertigkeit war noch vorhanden. „Also schön. Gehen Sie zu Bett, Prinzessin."

„Das werde ich. Aber um Ihre Frage zu beantworten …" Sie drehte sich zur Seite und deutete auf ein langes, zusammengerolltes Stück Papier, das er nicht bemerkt hatte. „Ich habe Ihnen die Übersicht gebracht, nach der Sie Nerina gefragt hatten."

„Konnte das nicht bis zum Morgen warten?"

Ihre Schultern, die bis auf zwei spaghettidünne Träger nackt waren, hoben sich kaum merklich. „Ich habe einen frühen Termin. Ich fürchtete, ich würde es erst recht spät am Tag schaffen, hier herunterzukommen." Sie hob ihren wohlgeformten Po vom Schreibtisch und wandte den Blick von ihm ab. Sie schaute zum hinteren Teil des Raumes und fragte: „Haben Sie sonst noch etwas Aufregendes gefunden? Außer dem Schwert, meine ich?"

Ja, dich, dachte er. Doch er sagte: „Ich bin noch dabei, mich zu orientieren."

Sie straffte die Schultern und wurde wieder ganz geschäftsmäßig: „Nun, dann sollte Ihnen die Übersicht helfen. Ich werde vermutlich erst in ein paar Tagen wieder hier unten sein. Wenn Sie also etwas brauchen, sagen Sie bitte Nerina Bescheid. Wenn es Informationen gibt, die an den Museumsausschuss weitergeleitet werden müssen –"

„Warum tun Sie das?"

Sie blinzelte. „Was?"

„Das alles." Er deutete in Richtung des Hauptpalastes. „Sie haben seit ich-weiß-nicht-wie-langer-Zeit nicht mehr geschlafen. Sie rackern sich ab, um Geld für wohltätige Zwecke zu sammeln, dann vereinbaren Sie einen Termin für morgen in aller Frühe, obwohl Sie wissen, dass Sie am Vortag einen Nachtflug hatten. Sie beschließen, meine Arbeit persönlich zu beaufsichtigen, obwohl sie auch jemand anderen damit hätten beauftragen können, um sich das Leben leichter zu machen. Und zu allem Überfluss scheinen Sie auch noch die offizielle

Glucke des Palastes zu sein, die über jeden in diesem Haushalt wacht, um sicherzustellen, dass alle zufrieden sind. Warum tun Sie das?"

Sie starrte ihn schweigend an. Einen Moment lang dachte er, sie würde fortgehen, verärgert über seine unverblümte – und wahrscheinlich respektlose – Analyse ihrer Persönlichkeit. Aber dann wurde ihr Blick weicher. „Ich tue es, weil ich es kann. Und weil ich es will."

Sie schüttelte langsam den Kopf, dabei fiel eine Haarsträhne über ihre Wange. „Wissen Sie, die meisten kleinen Mädchen träumen davon, eine Prinzessin zu sein. Sie verkleiden sich und tun so, als gäbe es nur Feste und galante Ritter, die ihre Herzen im Sturm erobern. Die Wirklichkeit sieht anders aus. Ein königlicher Titel bringt in der realen Welt eine Menge Verantwortung mit sich. Menschen verlassen sich auf einen. Menschen, die man liebt, und Menschen, denen man nie begegnet ist. Auch wenn einem die Füße wehtun und man sich vor Erschöpfung kaum aufrecht halten kann, sorgt etwas hier drin", sie berührte ihre Brust, „dafür, dass man weitermacht. Weil man weiß, dass das, was man tut, für Hunderte, vielleicht Tausende dieser Menschen einen Unterschied bewirkt. Es ist ein Privileg und sehr bereichernd."

„Sie können ihnen nicht helfen, wenn Sie so müde sind, dass Sie kaum in der Lage sind, sich auf den Beinen zu halten", widersprach er.

„Wenn Sie jemanden von ganzem Herzen lieben, werden Sie diese Person nicht im Stich lassen. Ganz gleich, wie müde Sie sind, ganz gleich, welche persönlichen Opfer Sie vielleicht bringen müssen. Und ich liebe meine Familie und mein Land von ganzem Herzen. Ich kann nicht anders." Ihre Augen leuchteten, während sie sprach, und wieder erinnerte sie ihn an einen Engel in ihrem silbern schimmernden langen Kleid.

Bevor er sich eines Besseren besinnen konnte, streckte er eine Hand aus und strich ihr die lose Haarsträhne hinter das

Ohr. Für eine Frau, die so viel Zeit damit verbrachte, die Welt zu bereisen, Würdenträger zu treffen und in der Oberschicht zu verkehren, besaß sie eine Reinheit des Geistes, die ihn überraschte. Sie hatte ihn bei ihrem Besuch in seinem Büro schnell in die Schranken gewiesen, sodass er wusste, dass sie einen scharfen Verstand besaß ebenso wie die Begabung, eine Situation einzuschätzen und sich anzupassen. Bei ihrem ersten Treffen hatte sie ihn gut genug durchschaut, um ihn trotz seiner anfänglichen Bedenken nach San Rimini zu locken.

Doch trotz ihres Intellekts und ihrer verblüffenden Fähigkeit, das grundlegende Wesen der Menschen zu verstehen, glaubte sie immer noch, die Welt verändern zu können.

„Das Leben ist kurz", sagte er. Seine Stimme war ein raues Wispern. „Vergessen Sie nicht, sich Zeit für sich selbst zu nehmen."

Er ließ seine Finger über ihre Wange gleiten. Sie stand unbeweglich da und als er in ihre sanften Augen schaute, konnte er bis in ihre Seele sehen. Er verstand ihr Bedürfnis, anderen etwas zu geben. Er hatte Dutzende Schlachten geschlagen und sich rückhaltlos in den Dienst von König Bernardo gestellt, damit er und Coletta ein besseres Leben hatten. Aber die eigenen Wünsche und Bedürfnisse völlig zu verleugnen … diesen Gedanken hatte er schon vor langer Zeit aufgegeben. Jahre der Aufopferung hatten ihn auf harte Weise gelehrt, dass jeder Unterschied, den man machte, klein oder bestenfalls flüchtig war.

„Was ich tue, macht mich glücklich." Ihre Stimme klang wie ein Flehen, als ob seine Worte einen stillen Kampf in ihr ausgelöst hätten. Oder vielleicht seine Berührung.

„Aber wenn man so viel von sich selbst gibt, wird man einsam."

Die Erkenntnis kam ihm, während er die Worte aussprach. Die berühmteste Prinzessin der Welt, die Frau, hinter der die Boulevardpresse her war und die von Modemagazinen gepriesen wurde, führte ein einsames Leben. Er versuchte, sich an die Artikel über sie zu erinnern. Hatte sie jemals eine Verabredung gehabt? Wurde sie je von einem gut positionierten Teleobjektiv bei einem Kuss überrascht? Ihm fielen Geschichten über ihre Brüder ein – über Antony, der dafür kritisiert wurde, dass er mit berühmten Models und Schauspielerinnen ausgegangen war, Marco, der überall in Europa mit seinen Freunden gezecht hatte, Federico, der die reiche, elegante Lucrezia geheiratet hatte –, aber nichts über Isabella.

„Nein", widersprach sie. Allerdings klangen die Worte in seinen Ohren, als wollte sie eher sich selbst überzeugen als ihn. „Ich bin nie einsam. Ich habe eine fantastische Familie. Mein Vater und ich verstehen uns prächtig und –"

„Das ist nicht dasselbe, oder?"

Die Frage hing einen Sekundenbruchteil in der Luft, bevor er die Wahrheit in ihren Augen sah. Ehe sie das abstreiten konnte, senkte er seinen Kopf zu ihrem hinunter und bedeckte ihre Lippen mit dem sanftesten, keuschesten Kuss, den er je einer Frau gegeben hatte.

Nichtsdestotrotz hatte er noch nie eine Frau so sehr gewollt wie sie.

Er zog sich zurück, bevor sie reagieren konnte.

„Vielleicht sollten Sie jetzt schlafen gehen, Prinzessin", stieß er hervor. „Das Mindeste, was Sie für Ihre harte Arbeit verdient haben, sind ein paar Stunden Ruhe." Außerdem hatte sich sein Verlangen durch den Vorfall mit dem Schwert am Nachmittag und ihren intimen Austausch jetzt fast bis ins Unermessliche gesteigert. Wenn sie noch einen Moment länger im Lagerraum blieb, könnte er sich vielleicht nicht mehr davon zurückhalten, ihr die silbernen Träger von den Schultern zu streifen und ihr zu zeigen, wie einsam sie war.

Wenn er sich auf seine Arbeit und die Suche nach Rufina konzentrieren wollte, durfte er sich nicht erlauben, sich in dem zu verlieren, wonach sein Körper sich verzehrte, oder Isabella zu geben, was sie dringend brauchte.

Denn solange er Rufina nicht gefunden hatte, konnte er sich niemandem hingeben. Diesen Schwur hatte er getan an dem Tag, als er Coletta verlor.

Isabellas Augen trübten sich für einen Moment, dann wandte sie ihren Blick ab. „Sie haben recht. Ich muss schlafen gehen."

Sie entzog sich seiner Berührung und drehte sich zur Treppe um, dabei spürte er, dass sie sich genauso widerwillig von ihm trennte wie er sich von ihr.

Er spürte wieder das erste leise Klopfen von Kopfschmerzen in seinem Schädel, nahm das Aspirinfläschchen vom Schreibtisch und steckte sich schnell zwei Tabletten in den Mund. Als Isabella hörte, dass er die Schreibtischschublade öffnete, hielt sie am Fuß der Treppe inne. Sie stand einen Moment lang da und strich mit der Hand über die Steinwand, als müsste sie ihre Gedanken sammeln.

Sie schaute in dem Augenblick über ihre Schulter, als er die Pillen trocken schluckte. Ihr Gesichtsausdruck war wieder neutral und sie sprach wie gewohnt mit samtiger Stimme und akzentfrei: „Wie ich schon sagte, werde ich in den nächsten Tagen beschäftigt sein. Wenn Sie etwas brauchen, lassen Sie es bitte Nerina wissen. Mein erstes Treffen mit dem Museumsausschuss findet in zwei Wochen statt, da ich während der Sitzung nächste Woche außer Landes sein werde. Ich hätte gerne einen Bericht über Ihren Arbeitsstand, den ich dem Ausschuss vorlegen kann."

„Den werden Sie bekommen."

Sie runzelte die Stirn, als sie das Aspirinfläschchen auf dem Schreibtisch bemerkte. „Ist alles in Ordnung mit Ihnen, Nick?"

Er zuckte mit den Achseln. „Ich hatte vor langer Zeit eine Kopfverletzung. Diese sorgt dafür, dass ich gelegentlich Kopfschmerzen bekomme, aber es ist keine große Sache. Es geht mir gut.“

Sie schaute von den Tabletten zu ihm. Ohne ein weiteres Wort verschwand sie die Treppe hinauf. Er wartete einige Sekunden, dann folgte er ihr geräuschlos. Er blieb an der Tür stehen und lauschte, wie sich ihre Pantoffeln auf dem Flur entfernten, erst langsam, dann schneller.

Er schloss einige Atemzüge lang die Augen und wünschte sie aus seinem schmerzenden Kopf, dann drehte er sich um und kehrte zu den Kisten zurück.

Nur Rufina konnte ihn jetzt noch retten.

KAPITEL 5

Isabella nahm einen schwarzen Montegrappa-Füller aus dem Stiftehalter auf ihrem Schreibtisch und begann, den Stapel an Korrespondenz zu sichten, der ihren Posteingangskorb füllte. Allein heute waren acht Einladungen zu prüfen, mehr als ein Dutzend Dankschreiben zu diktieren und persönliche Briefe des deutschen Bundeskanzlers und des italienischen Ministerpräsidenten zu beantworten.

Nerina sollte besser neuen Kaffee machen.

Laut dem morgendlichen Terminplan, den Nerina auf ihren Schreibtisch gelegt hatte, waren nach Abschluss der Korrespondenz Anproben mit einem Vertreter von Miu Miu vorgesehen, die sich darum beworben hatten, sie für die Filmfestspiele in Venedig auszustatten. Sobald der vom Palastgelände verschwunden war, hatte Isabella private Anproben für zwei Versace-Kleider arrangiert, eines für einen Wohltätigkeitsball, mit dem der Stipendienfonds von San Rimini, das Lieblingsprojekt ihres Bruders Antony, unterstützt werden sollte, und eines für ein Dinner zu Ehren eines kürzlich mit dem Nobelpreis ausgezeichneten Chemikers von San Rimini.

Wenn es auch nicht Isabellas Vorstellung von Vergnügen

entsprach, wenn Edel-Designer Stecknadeln an ihr befestigten und mit der Zunge schnalzten, während sie überlegten, wie sie die Problemzonen ihrer Figur kaschieren könnten, gehörte das leider zum Job.

Hinter Isabella tippte Nerina auf der Tastatur ihres Computers. Obwohl die Standuhr im kleinen Palastbüro der Prinzessin erst halb acht schlug, arbeiteten sie schon seit über einer Stunde und Isabella hatte bereits ihre zweite Tasse Kaffee getrunken.

Sie warf noch einen Blick auf den Zeitplan. Nichts auf der Liste würde sie in die Nähe des alten Bergfrieds führen. Obwohl sie die Begegnung mit Nick Black nicht ewig aufschieben konnte, war es ihr gelungen, ihm seit fast zwei Wochen aus dem Weg zu gehen. Die dreitägige Reise nach Berlin, wo sie an einer Tagung zur weltweiten Flüchtlingskrise teilgenommen hatte, war zwar hilfreich gewesen, doch den Rest der Zeit hatte sie sich mit voller Absicht von dem Lagerraum und dem Bereich bei seinen Gästezimmern ferngehalten.

Als Isabella einen Umschlag mit einer Einladung zum Abendessen auf geprägtem Papier aufschlitzte und feststellte, dass sie von dem italienischen Bankdirektor stammte, der ihre Zeit bei dem Benefizdinner für das Rote Kreuz in Beschlag genommen hatte, kam ihr sofort ein Bild von Nick in den Sinn. Sie konnte sich die Konturen seines Gesichts, den mystischen Blick in seinen dunklen Augen, die Wärme seiner Haut so deutlich vorstellen, als stünde er zum Greifen nahe. Und dann war da noch sein Kuss, so zärtlich und doch voll Verlangen nach mehr.

Sie war begierig gewesen, es ihm zu geben, obwohl sie jahrelang Beziehungen gemieden hatte.

Was um alles in der Welt stimmt nicht mit mir? Sie sah sich die Einladung noch einmal an. Dutzende von erfolgreichen, gut aussehenden Männern machten ihr den Hof – Männer wie der italienische Bankier –, die aus guten, wohlhabenden Familien stammten. Das gehörte eben dazu, wenn man Geld und einen Titel hatte.

Sie hatte sie leicht abwimmeln können. Aber aus Gründen, die sie nicht erkennen konnte, hatte Nick ihr Interesse auf eine Weise geweckt, wie es kein Mann zuvor getan hatte. Und, das musste sie zugeben, er hatte ihre Fantasie beflügelt. Wie viele Nächte in den letzten zwei Wochen hatte sie nachts wach gelegen und sich gefragt, ob er im Lagerraum war? Sie hatte sich ausgemalt, was passieren könnte, wenn sie wieder nach unten ginge.

Sie hatte sich auch dabei erwischt, wie sie über seine Worte nachdachte. Er hatte natürlich unrecht. Wie könnte jemand, der nie auch nur einen Augenblick für sich hatte, einsam sein?

„Hoheit, wie möchten Sie mit Mr. Black verfahren?"

Isabellas Kopf fuhr hoch und ihr wurde bewusst, dass sie aufgehört hatte, die Korrespondenz zu sortieren, während sie ihren Tagträumen von Nick nachhing.

„Mit ihm verfahren?"

„Sie sind wohl noch nicht dazu gekommen." Nerina deutete auf den Stapel mit Unterlagen auf Isabellas Schreibtisch. „Er hat seiner Assistentin in Boston Notizen über seine Forschungen zur Abschrift geschickt und sie ein paar Internetrecherchen durchführen lassen. Er ist jedoch der Meinung, er könnte effizienter arbeiten, wenn er selbst Zugang zum Internet hätte."

Isabella runzelte die Stirn. „Hat er das nicht?"

„Nicht im Bergfried, Hoheit. Er ist gezwungen, zwischen dem Ort, an dem sich die Stücke befinden, und dem Ort, an dem er ein Signal empfangen kann, hin- und herzulaufen. Er fragte, ob es möglich sei, einen Zugang im Lagerraum selbst einzurichten. Ich sagte ihm, ich bin nicht sicher, ob dieser alte Teil des Palasts ausreichend verkabelt ist."

„Das ist nicht der Fall", räumte Isabella ein. Daran hatte sie nicht gedacht, als sie Nick in der ersten Nacht dort zurückgelassen hatte. „Das Hauspersonal beschwert sich laufend, dass der Strom unten ständig schwankt. Ich bezweifle, dass man dort zwei Haartrockner gleichzeitig einschalten könnte, geschweige denn eine zuverlässige Internetverbindung nutzen."

„Das habe ich Mr. Black auch gesagt, aber ich habe ihm angeboten, das genauer zu prüfen."

„Und?"

„Die Mitarbeiter haben uns erklärt, dass wir einen externen Elektriker beauftragen müssten, um neue Leitungen zu ziehen, was eigentlich ganz einfach ist, aber Sie brauchen zuvor die Erlaubnis von König Eduardo und eine Genehmigung des Historischen Rates von San Rimini, da der alte Bergfried unter Denkmalschutz steht."

„Der König wird kein Problem sein." Der Rat war eine andere Sache und das wussten sie beide. Vor der Renovierung der Gästezimmer in den 1960er Jahren hatte es einen fünfjährigen Streit gegeben. Und eine sechsmonatige Debatte um die Installation der Lüftungsanlage, als ihre Mutter den Lagerraum hatte umgestalten lassen.

„Ich habe Mr. Black die uneingeschränkte Nutzung des Computers und der Forschungsmaterialien in der Bibliothek angeboten. Er war dankbar, sagte aber, die Entfernung sei immer noch ein Problem, da er es vorziehen würde, historische Gegenstände nicht hin- und herzutragen. Er bat mich, Ihnen die Angelegenheit vorzulegen, und sagte, Sie würden seinen Wunsch, die Stücke zu schonen, ebenso verstehen wie sein Bedürfnis nach Privatsphäre."

„Danke, Nerina. Ich werde mich darum kümmern." Sobald sie die Willensstärke aufbrachte, Nick wiederzusehen. Vielleicht hatte er in der Zeit, die seit ihrem nächtlichen Treffen vergangen war, vergessen, was zwischen ihnen vorgefallen war.

Außerdem hatte es ihn wahrscheinlich nicht so berührt wie sie.

Sie wandte sich wieder ihrer Korrespondenz zu, hielt aber inne, als Nerina hinzufügte: „Wo wir gerade über Mr. Black sprechen, Ihr Treffen mit dem Museumsausschuss ist für morgen Nachmittag um drei Uhr angesetzt. Der Kurator hat die Teilnahme des leitenden Architekten arrangiert, damit Sie Ihre Vorschläge zu den endgültigen Entwürfen für den Erweiterungsbau einbringen können. Der Kurator erwartet auch, dass Sie ein Update über den Stand der Arbeit von Mr. Black geben werden. Als ich mit Mr. Black über den Computer sprach, habe ich ihn an dieses Meeting erinnert."

So viel zum Aufschieben ihrer Rückkehr in den Lagerraum. Jetzt würde sie mit Nick reden müssen. Sie widerstand dem Drang, laut zu seufzen, und fragte: „Habe ich heute Nachmittag Zeit, ihn zu treffen? Und ich kann mich beim besten Willen nicht erinnern, was ich heute Abend an Terminen habe."

Nerina holte ein Blatt aus dem Druckerfach und hielt es der Prinzessin hin. „Ihr Nachmittagsprogramm. Ab halb vier habe ich alles frei gelassen, Hoheit."

Der Füllfederhalter fiel Isabella aus der Hand, als sie die Seite überflog. „Sie scherzen."

„Keineswegs." Der stets geschäftsmäßige Gesichtsausdruck ihrer Assistentin wich einem breiten Lächeln. „Wenn Sie mit Mr. Black fertig sind, darf ich vorschlagen, dass Sie sich ausruhen, Hoheit? Ich werde dafür sorgen, dass Sie nicht gestört werden. Aber wenn Sie es vorziehen, kann ich auch ein Abendessen oder, falls gewünscht, andere Aktivitäten organisieren. Betrachten Sie es als Geburtstagsgeschenk."

„Es ist nicht –" Isabellas Blick fiel auf den kleinen Kalender in der Ecke ihres mit Ebenholz eingelegten Kirschbaumschreibtisches. Natürlich hatte sie ihren eigenen Geburtstag vergessen.

„*Sì*. Doch."

Isabella verließ ihren Schreibtisch und umarmte Nerina. „*Lei è una santa*, Nerina."

Nerina errötete vor Stolz. „Eine Heilige, nein. Morgen wird ein voller Tag, fürchte ich."

„Das macht nichts. *Grazie*. Ich werde Ihrem Rat folgen und

mich ausruhen. Am wenigsten brauche ich, dass Sie eine Unternehmung planen."

„Ich verstehe, Hoheit."

Mit leichterem Herzen setzte sich Isabella wieder auf ihren Platz, um den Rest der Korrespondenz zu erledigen. Vorausgesetzt, sie überstand ihr Treffen mit Nick, würde sie den besten Abend seit langer, langer Zeit erleben. Und sie würde es genießen, ihn ganz allein zu verbringen.

NICK MASSIERTE SICH DEN NACKEN, um seine hartnäckigen Kopfschmerzen loszuwerden, dann richtete er seine Aufmerksamkeit wieder auf das siebenhundert Jahre alte, in Kalbsleder gebundene Buch, das vor ihm lag. Es war eine Sammlung mittelalterlicher Predigten in lateinischer Sprache mit schöner, gut erhaltener Buchmalerei und würde eine wundervolle Bereicherung für das Museum von San Rimini darstellen. Er strich mit einem Finger seiner behandschuhten Hand über den Rand und fragte sich, ob er den Mönch, der sich einst damit abgemüht hatte, womöglich gekannt hatte. Während seiner eigenen Jahre im Kloster hatte er vier Bücher abgeschrieben. Leider brachte ihn diese zeitraubende Aufgabe der Aufhebung seines Fluchs nicht näher.

Als Rufina ihm sagte, nur ein Opfer könne den Fluch brechen, hatte sie offenbar nicht gemeint, dass er sein Leben der Kirche opfern sollte. Es hatte ihn fast fünfzehn Jahre gekostet, das herauszufinden.

Er drückte auf die rote Taste seines Rekorders, beschrieb das Alter, den Zustand und die historische Bedeutung des Buches und wies ihm dann eine Nummer zu, die er ebenfalls in seinen Notizen festhielt. Morgen würde er die Aufnahme zur Niederschrift an Anne schicken.

Er überflog die lange Reihe von Objektnummern in seinem

Notizbuch. Prinzessin Isabella sollte mit seinen Fortschritten zufrieden sein. Wenn sich die Dokumente in den restlichen Kisten als ebenso vielversprechend erwiesen, würde das Königliche Museum von San Rimini reichlich Ausstellungsmaterial für die Erweiterung haben, und er hatte noch nicht einmal damit begonnen, die Artefakte zu katalogisieren, die sich in den Verschlägen stapelten. Allein für die Wandteppiche und Gemälde würde er Wochen brauchen.

Er schob sein Notizbuch beiseite und streckte seine Beine unter dem Schreibtisch aus. Mit seiner eigenen Mission war er kein Stück vorangekommen. Die meisten der Schriftrollen und Texte, die er in den Kisten im Lagerraum gefunden hatte, waren geistlicher Natur, was er auch erwartet hatte. Im Mittelalter wurden Schreiber ausgebildet, Gebete, Predigten, Chorsätze und andere religiöse Werke auf Papier festzuhalten. Bücher waren teuer in der Herstellung und galten als Kunstobjekte, sodass nur religiöse oder gelehrte Schriften als würdig erachtet wurden, für die Nachwelt erhalten zu werden. Dennoch war Nick auf den einen oder anderen Referenztext gestoßen sowie auf einige Schriftrollen, die wichtige Ereignisse in Dörfern von San Rimini beschrieben. Mit etwas Glück würde er eine unentdeckte Abhandlung über Hexerei oder eine Aufzeichnung von Hexenprozessen finden.

Zwei Anrufe nach Boston in den vergangenen Tagen bestätigten seine Befürchtungen, dass die Texte, die er Roger zur Analyse überlassen hatte, nur Material wiederholten, das Nick im Laufe der Jahre in Dutzenden von anderen Büchern und Dokumenten über mittelalterliche Hexerei gefunden hatte, ohne Hinweise auf irgendwelche mutmaßlichen Hexen, auf die Rufinas Beschreibung passte.

Nick erhob sich und trug die Bücher, die er in den frühen Nachmittagsstunden begutachtet hatte, zu einer Kiste mit fertig bearbeitetem Material, dann griff er in eine andere Kiste in der Nähe und holte vorsichtig drei weitere mittelalterliche Bücher von unschätzbarem Wert heraus. Vielleicht würde er heute Abend mit einem der Verschläge beginnen und die Artefakte begutachten, nur um Abwechslung in seine Routine zu bringen. Und um seine Gedanken von Isabella abzulenken.

Das Problem, wenn er einen Text nach dem anderen durchforstete, bestand darin, dass seine Gedanken abschweiften und sich nie weit von einer bestimmten Prinzessin entfernten. Jedes Mal, wenn er an seinem Schreibtisch saß, stellte er sich ihr faszinierendes Lächeln vor, ihre glatte Haut, ihre unergründlichen bernsteinfarbenen Augen. Zum Teil wünschte er sich, er wäre weiter gegangen, als ihr nur einen einfachen Kuss zu geben – so weit, wie sie es zugelassen hätte. Aber hauptsächlich wusste er, dass er in dem Moment, als er ihre Wange liebkoste, die Grenze überschritten hatte. Das Wissen, dass er nicht in der Lage gewesen war, sich von dieser Berührung abzuhalten, trieb ihn in den Wahnsinn.

Nachdem er die alten Bücher auf dem Schreibtisch abgelegt hatte, zog er seine Baumwollhandschuhe aus, steckte sie in seine Brusttasche und ging quer durch den Raum zu dem Verschlag, der laut Isabellas Übersicht Gegenstände aus den Jahren von etwa 1100 bis 1250 enthielt, also aus der Zeit vor seiner Geburt bis zum Dritten und Vierten Kreuzzug. Er ließ seinen Blick über das Innere des Verschlags schweifen und erkannte sofort einen halb entrollten verschlissenen Wandteppich. Er war ein Geschenk von Philippe Auguste von Frankreich und hing im Thronsaal von König Bernardo, wenn französische Würdenträger zugegen waren – und wurde abgenommen, wenn Richard I. und sein Gefolge zu Gast waren. Nick konnte sich ein Lächeln nicht verkneifen trotz der Tatsache, dass der Wandteppich augenscheinlich nicht mehr zu retten war.

Obwohl angemessene Untersuchungstechniken es erforderten, dass er zuerst die Kisten mit den Dokumenten durchsah, hätte er für seine eigenen Zwecke wahrscheinlich hier beginnen sollen. Eine Truhe bei der Tür des Verschlags öffnete sich auf Fingerdruck und enthüllte verbeulte Krüge und Kochtöpfe aus den Küchen. Dahinter lag ein verbogener schmiedeeiserner Kronleuchter auf einem stark verrotteten Kasten. In einer Ecke häuften sich Werkzeuge eines Schmieds und in einer anderen lag ein durch Rauch beschädigtes Gemälde. Er konnte verstehen, warum diese Gegenstände so viele Jahrhunderte lang vergessen unter dem ältesten Teil des Palastes gelegen hatten. Die meisten waren nicht mehr restaurierbar. Dennoch würden die Historiker des Museums sie wahrscheinlich gerne untersuchen.

Er durchkämmte den Verschlag und begutachtete den Inhalt, bis er eine Kiste entdeckte, die für Dokumente bestimmt war. Er brach den Deckel auf, streifte die Baumwollhandschuhe erneut über und wählte eine brüchige Schriftrolle, die oben lag. Er entrollte sie vorsichtig in der Erwartung, ein Gebet oder vielleicht ein Waffenverzeichnis zu finden, doch stattdessen bildete sich ein dicker Kloß in seinem Hals, als er eine Liste von Namen und Vermerken las, die auf Italienisch statt in gelehrtem Latein geschrieben waren. Jeder Name rief in ihm die Erinnerung an das vertraute Gesicht eines Mannes wach, der schon längst verstorben war. Allesamt Ritter, die Richard Löwenherz im Dritten Kreuzzug zur Treue verpflichtet waren. Ihre Namen waren in der Mitteilung aufgeführt gewesen, die man ihm zu treuen Händen übergeben hatte und die er Richard überbringen sollte, als dieser 1190 mit seinen Truppen in Sizilien überwinterte.

Und dann sah er den Namen, der ihn erstarren ließ.

Domenico di Bollazio, primo figlio di Rizardo. Ventisette. Domenico di Bollazio, ältester Sohn von Rizardo. Siebenundzwanzig Jahre.

Seine Hände bebten, eiskalter Schweiß überzog seine Haut. Er schloss die Augen, bis er seine Gefühle wieder unter Kontrolle hatte, dann las er langsam den Rest der langen

Schriftrolle. Bernardos Name, geschrieben in der unverkennbaren Handschrift des Königs, stand ganz unten neben seinem Siegel.

Oh, ja. Er hätte unbedingt in diesem Verschlag anfangen sollen.

„Entschuldigen Sie, Nick?"

Beinahe hätte er das trockene Pergament fallen lassen, als er Isabellas Stimme erkannte. Er drehte sich in dem beengten Raum um. „Prinzessin."

Sie sah genauso wundervoll aus wie an dem Abend, als sie in ihrem überirdisch schönen silbernen Kleid den Lagerraum betreten und im Halbdunkel der Treppe gestanden hatte. Heute jedoch wirkte sie bodenständiger. Sie trug einen beigen Hosenanzug, eine zarte Bluse aus himmelblauem Stoff und nur einen Hauch von Make-up. In ihren Ohrläppchen funkelten geschmackvolle Diamantohrstecker und ihr dunkles Haar fiel in langen, weichen Locken über ihre Schultern.

Ihm wurde bewusst, dass er sie noch nie in natura mit offenem Haar gesehen hatte, und er dankte Gott dafür. In jener Nacht wäre es ihm unmöglich gewesen, sich zurückzuhalten, hätte er mit den Fingern durch ihr Haar fahren können. Er fragte sich, ob ihre Locken sich so seidig anfühlten wie ihre Haut.

„Ich wollte Sie nicht stören." Sie sah sich in dem Verschlag um und betrachtete die staubigen Artefakte, die jeden freien Platz ausfüllten. „Nerina sagte, Sie wollten mich sprechen, weil sie einen Computer benötigen."

Er riss sich zusammen, legte die Schriftrolle vorsichtig zurück in die Kiste, in der er sie gefunden hatte, und zog seine Handschuhe aus. So wichtig eine solche Entdeckung für das Museum und für alle auf mittelalterliche Geschichte spezialisierte Historiker auch sein mochte, für ihn persönlich war sie noch viel wichtiger. Vorerst würde er die Schriftrolle für sich behalten.

„Ja." Er versuchte, sich auf die Prinzessin zu konzentrieren. „Nun, nicht so sehr einen Computer, sondern eine Steckdose und einen Internetzugang. Ohne Stromquelle läuft mein Laptop hier unten nur eine bestimmte Zeit. Ich diktiere meine Notizen und schicke sie Anne zur Abschrift, um Saft zu sparen. Das ist in Ordnung, aber ich bitte sie nicht gern um Recherchen, vor allem dann nicht, wenn ich diese lieber selbst durchführen würde. Es ist umständlich, den Lagerbereich verlassen zu müssen, um Zugang zum Internet des Palastes zu bekommen."

Er wies auf die offene Kiste. „Ich hätte auch gerne die Möglichkeit, einige der von mir entdeckten Schriftrollen zu scannen. Der Verwalter meiner Sammlung, Roger Farris, hat Kontakt zu einem Professor an der Universität von Kentucky, der sich mit der Digitalisierung mittelalterlicher Dokumente befasst. Mit Ihrer Erlaubnis würde ich ihn bitten, sich ein paar davon anzusehen und zu prüfen, ob für weitere Untersuchungen Kopien angefertigt werden sollten, bevor sie an das Museum übergeben werden."

Sie nickte, als sie das Problem endlich vollumfänglich begriff. Er hatte sich zwei Wochen lang mit den Unannehmlichkeiten herumgeschlagen und diese begannen langsam, ihn zu belasten.

Sie schaute sich um, als ob sie das, was er brauchte, aus dem Nichts herbeizaubern könnte. „Ich kann Ihnen jeden Scanner besorgen, den Sie brauchen, und ein paar Powerbanks. Das sollte helfen. Der Internetzugang ist eine andere Sache. Die Gesetze des Denkmalschutzes verbieten es, Leitungen im Lagerraum zu legen, die über die Deckenbeleuchtung und das Brandschutzsystem hinausgehen. Ich müsste dem Historischen Rat von San Rimini erklären, warum ich eine Ausnahmeregelung möchte. Um eine Entscheidung zu treffen, werden die Mitglieder Fragen über Sie und Ihre Arbeit stellen. Ich bin sicher, dass sie Verständnis haben würden, wenn man ihnen Ihre Bedürfnisse erklärt – sie wären wahrscheinlich überglücklich, dass die Stücke endlich katalogisiert werden –, aber es wird einige Zeit dauern, die Genehmigung zu erhalten, und ich nehme an, Sie möchten nicht, dass die Ratsmitglieder hier hindurchtrapsen, um ihre Einschätzung vorzunehmen."

Jetzt begann *er*, den Umfang des Problems zu erfassen. „Hindurchtrapsen wäre nicht ideal."

Sie lehnte eine Schulter gegen die Tür des Verschlages und betrachtete ihn einen Moment lang. „Den Ausschuss des Museums, der für die Sammlungen zuständig ist, auf Abstand zu halten, ist eine Sache, den Historischen Rat eine ganz andere. Ich werde mit jemandem aus unserer IT-Abteilung sprechen und sehen, ob es eine Möglichkeit gibt, ein Signal bis nach hier unten zu senden. Aber auch das kann dauern und ich weiß nicht, wie stabil die Verbindung sein wird."

Er griff nach dem abgebrochenen Schaft eines Schwertes, der auf einem Regal in der Nähe lag, und hielt ihn fest, damit seine nervösen Finger ihn nicht verrieten. Als Isabella ihm den Job anbot, hatte er geahnt, dass der Tag kommen würde, an dem er seine Privatsphäre aufs Spiel setzen musste, um seine Forschungen voranzutreiben, obwohl sie ihm das Gegenteil versichert hatte. Andererseits hatte sie bereits mehr getan, um seine Abgeschiedenheit zu garantieren, als er erwartet hatte. „Ich weiß das zu schätzen. In der Zwischenzeit werde ich mein Bestes tun, um mit der Palastbibliothek auszukommen."

„Ich weiß, dies löst weder das Problem, dass Sie ein bestimmtes Stück vor sich haben möchten, während Sie online recherchieren, noch wird Ihre Privatsphäre gewahrt, da auch andere Palast-Mitarbeiter die Bibliothek nutzen müssen. Aber ich werde dafür sorgen, dass sie nachts geöffnet ist, sodass Sie Zugang haben, wenn alle anderen schon weg sind."

„Vielen Dank."

Sie überraschte ihn, indem sie einen Zeigefinger hob. „Es gibt noch eine weitere Möglichkeit: Ich könnte Ihre Assistentin einfliegen lassen."

Er legte den Schaft neben die Kiste mit den Dokumenten. In Boston arbeitete Anne in der Regel in ihrem Büro und er in seinem, bei geschlossener Tür. Sie verfolgte weder seine Aktivitäten noch die Einzelheiten seiner Recherchen. Sie ging jeden Abend pünktlich um fünf nach Hause und stellte nie Fragen zu seinem Privatleben. Wenn sie auf engem Raum im alten Teil des Palastes lebten und arbeiteten, würde sie bald merken, dass er etwas Bestimmtes suchte. Andererseits würde ihre Anwesenheit tagsüber als Puffer zwischen ihm und dem Personal dienen. Und jetzt hatte er in der Kiste mit den Dokumenten zu seiner Linken endlich eine Aufzeichnung über seine Existenz entdeckt. Wenn er seinen eigenen Namen finden konnte, würde er sicherlich auch Rufina aufspüren, die damals berüchtigt gewesen war. Dann würde Privatsphäre vielleicht keine Rolle mehr spielen.

„Das ist ein sehr freundliches Angebot."

„Es lohnt sich, vor allem, wenn dadurch die Chance erhöht wird, dass Sie die Artefakte für die Erweiterung rechtzeitig schätzen und katalogisieren können."

Er lächelte sie dankbar an. „Ich werde darüber nachdenken und Ihnen Bescheid geben."

„Gut." Sie richtete sich auf und ihr Blick glitt an ihm vorbei zu dem Durcheinander an Möbeln und aufgerollten Wandteppichen, die sich an der hinteren Wand des Verschlages auftürmten. „Ich bin noch aus einem anderen Grund hergekommen. Wie Nerina bestimmt erwähnt hat, treffe ich mich morgen mit dem Museumsausschuss. Sie werden einen Bericht über Ihre Fortschritte erwarten."

„Ich habe meine Notizen zusammengefasst und kann Ihnen heute Abend einen Bericht vorlegen."

„Das sollte mir genügend Zeit zum Durchlesen lassen, danke." Ihre Stimme war höflich und distanziert, als ob die Intimität ihrer letzten Begegnung im Lagerraum aus ihrem Gedächtnis geschwunden wäre. Doch dann trat sie von einem

Fuß auf den anderen und er wusste, dass sie einander in dem abgelegenen Raum so nah waren, hatte eine Wirkung auf sie, auch wenn sie es nicht zeigen wollte.

Er fragte sich, ob sie genauso oft an ihren Kuss dachte wie er. Er wusste, warum er der Versuchung, sie erneut zu küssen, widerstanden hatte, aber was hatte *sie* zurückgehalten? Warum glaubte sie nicht, dass sie ein wenig Zuwendung in den Armen eines Mannes genießen könnte?

„Brauchen Sie sonst noch etwas?", fragte sie und trat einen Schritt zurück.

Die Antwort, die ihm durch den Kopf schoss, war: „Sie", doch er passte sich ihrem förmlichen Ton an und sagte: „Ich glaube nicht. Nerina hat sich alle erdenkliche Mühe gegeben, dass ich gut untergebracht bin."

„Gut", erwiderte sie, aber ihr Blick huschte erneut an ihm vorbei.

„Was hat Ihre Aufmerksamkeit erregt?" Er drehte sich neugierig um.

„Ach, nichts weiter. Ich dachte nur, meine Mutter hätte alle Bücher in Kisten verstauen lassen. Aber wie ich sehe, wurde eines vergessen."

Als er es nicht sofort entdeckte, schob sie sich in den Verschlag. Sie kam ihm so nah, dass er ihr elegantes Parfüm einatmen konnte. Sie griff an ihm vorbei und nahm ein Buch von einem Holzstuhl mit dünnen Beinen. „Ich kann es zu den anderen legen, wenn Sie möchten."

„Danke." Er warf einen flüchtigen Blick darauf. Soweit er das von außen beurteilen konnte, stammte es sowieso nicht aus der richtigen Epoche für diesen Verschlag, sondern wahrscheinlich aus dem ausgehenden 15. Jahrhundert.

Die Prinzessin ließ ihre Hände über die mit Schweinsleder bezogenen hölzernen Buchdeckel gleiten und bewunderte das abgegriffene Distel- und Blattmuster auf dem Einband. „Ist es nicht wunderschön?" Sie sprach im Flüsterton und er konnte an ihrem Gesicht ablesen, wie sehr die Entdeckung sie begeisterte. Er merkte deutlich, dass sie in Harvard Kunstgeschichte studiert hatte; ihre Wertschätzung zeigte sich darin, wie behutsam sie das Buch hielt. Obwohl sein Verstand ihn davor warnte, noch näher an sie heranzutreten und zu riskieren, sie erneut zu berühren, beugte er sich über ihre Schulter, um einen besseren Blick zu haben.

„Es hat ein Schloss", sagte sie und deutete auf einen schwarz angelaufenen Beschlag über den Vorsatzblättern des Buches. „Könnte es ein Tagebuch sein? Und dieser Metallring oben ... Wozu diente er?"

„Ich bezweifle, dass es ein Tagebuch ist." Er wies mit dem Kopf darauf. „Darf ich?"

Sie hielt ihm das Buch hin und er nahm es ihr aus der Hand, wobei er erfolgreich dem Drang widerstand, ihre Finger zu liebkosen. Nachdem er einige Augenblicke an dem Schloss genestelt hatte, fand er den Riegel, der es aufspringen ließ.

„Voilà!" Die Seiten knisterten trotz der Sorgfalt, mit der er das Schloss geöffnet hatte. Er gab ihr das Buch zurück. „Für Sie, Hoheit."

„Isabella."

„*Prinzessin*." Er grinste, dann hob er eine Hand. „Nicht bewegen, bleiben Sie so, nur für einen Moment."

In der Aufregung des Augenblicks hätte er das beinahe vergessen. Er flitzte an ihr vorbei, um ein zweites Paar Baumwollhandschuhe vom Schreibtisch zu holen, und streifte auf dem Rückweg seine eigenen über. Er nahm das Buch an sich, bis sie das Paar anziehen konnte, das er ihr gereicht hatte.

„Bücher waren im Mittelalter sehr wertvoll", erklärte er. „Die Buchdeckel wurden mit Schließen versehen, um die Seiten vor Witterungseinflüssen zu schützen, und der Ring obenauf war einst mit einer Kette verbunden."

„Ich erinnere mich, davon gelesen zu haben", sagte sie staunend, als sie das Buch öffnete. „Haben sie nicht Bücher an

Schreibtische gekettet, damit sie nicht aus Bibliotheken und Klöstern gestohlen wurden? So haben sie das gemacht, durch diese Öse?"

„Sie müssen eine gute Studentin gewesen sein."

„Notgedrungen. Können Sie sich vorstellen, was die Boulevardpresse geschrieben hätte, wenn ich in einem Kurs durchgefallen wäre?"

„Fehlzündung einer königlichen Granate?"

„Sehr witzig."

Sie studierte die Seiten und rief dann aus: „Es ist auf Latein. Es ist ein Märchenbuch!"

„Ein Märchenbuch?"

„Vom Standpunkt eines Gelehrten aus gesehen, denke ich." Sie deutete auf eine Reihe von Wörtern am oberen Rand der aufgeschlagenen Seite. „Schauen Sie mal hier. Da wird erläutert, wie sich Märchen von Dorf zu Dorf unterscheiden, aber die gleiche Moral zum Ausdruck bringen."

Er sah sie bewundernd an. „Sie können Latein lesen?" Er schüttelte den Kopf. „Ja, natürlich können Sie das."

„Mein Latein ist sehr eingerostet", räumte sie ein. „Aber ich glaube, das ist eine mittelalterliche Version von *Goldlöckchen und die drei Bären*. Sehen Sie? Dieses Wort bedeutet ‚Mädchen' und ich glaube, es geht um das ‚Haus eines Bären'. Was meinen Sie?"

Er nahm ihr das Buch wieder ab und achtete darauf, das dünne Papier nicht zu zerreißen. „Sie haben recht."

Er blätterte noch ein paar Seiten um, dann lachte er laut auf. „Was sagt man dazu? *Der Fuchs und die Trauben*. Eine andere Fassung als jene, die ich als Kind gehört habe, aber der Inhalt ist im Wesentlichen der gleiche."

„Eine lohnende Entdeckung?"

Sie drehte ihren Körper gerade so weit herum, dass sie zu ihm aufblicken konnte, und wieder einmal war er von der Begeisterung in ihrem Blick beeindruckt. Nicht in einer Million

Jahren hätte er erwartet, dass Prinzessin Isabella, Liebling der Klatschblätter, im Herzen eine Wissenschaftlerin war.

„Auf jeden Fall. Hier." Er legte ihr das Buch in die Hände. „Ich weiß, es müsste wohl von einem Literaturexperten analysiert werden, aber ich denke, Sie sollten es an sich nehmen."

„Ich?"

„Das Buch liegt schon seit Ewigkeiten in diesem Lagerraum und niemand hat es vermisst. Wenn Sie es behalten würden, fiele es niemandem auf."

Sie drehte das Buch in ihren Händen um. „Das kann ich nicht machen. Es ist Eigentum der Bewohner von San Rimini, es gehört in ihr Museum. Meine Mutter hätte es so gewollt."

„Ihre Mutter hätte gewollt, dass Sie ein Geburtstagsgeschenk bekommen."

Er hatte sich geschworen, es nicht zu erwähnen, nichts Ungewöhnliches zu tun, wenn er ihr heute begegnete. Auf keinen Fall wollte er erkennen lassen, dass er Gefühle für sie hegte, obwohl er nach zwei Wochen, in denen er ständig an sie gedacht hatte, natürlich wusste, dass es so war. Welcher heißblütige Mann würde nicht so fühlen?

Aber als er ihre Reaktion auf das Buch sah, wollte er es ihr geben, Entschlossenheit hin oder her. Hatte sie nicht ein wenig Glück verdient? Eine Kleinigkeit für sich selbst?

„Nerina hat es Ihnen gesagt", beschuldigte sie ihre Assistentin.

„Vielleicht. Aber Ihr Geburtstag ist nicht gerade ein Staatsgeheimnis."

„Ich werde mit ihr reden müssen."

„Nicht, dass ich mich für Nerina starkmachen will", er zog eine Augenbraue hoch, „denn die Frau schien mein Computerproblem nicht wirklich ernst zu nehmen. Aber jemand musste doch etwas sagen. Für Ihren Vater und Prinz Antony werden jedes Jahr große Soireen zu ihren Geburtstagen veranstaltet.

Aber Sie haben nicht einmal Kuchen und Eis für sich selbst geplant, darauf möchte ich wetten."

„Vielleicht bin ich kein großer Fan von Geburtstagsfeiern."

„Vielleicht wollen Sie niemanden damit belästigen, eine für Sie zu organisieren."

Sie machte einen Schritt zurück, was in dem überfüllten Verschlag schwierig war. „Ich bin nicht die selbstlose Heilige, für die Sie mich halten. Zu Ihrer Information: Ich werde heute Abend nicht das Geringste für andere tun. Keine Auftritte, keine Staatsdinner, nichts. Ich gönne mir einen freien Abend."

Er schnaubte. „Was, an Ihrem Schreibtisch sitzen, um Post zu erledigen? Ihr Buch über den Independent-Film studieren? Oder", er machte eine Handbewegung, die den gesamten Lagerbereich einschloss, „meinen Bericht für Ihre morgige Ausschusssitzung lesen? Das ist kein freier Abend. Wie wäre es mit einem Ausgehabend? Haben Sie keine Lust auf eine Party?"

„Ich gehe auf viele Partys."

„Aber auf keine Partys, die für Sie veranstaltet werden. Keine Partys, um Spaß zu haben."

Sie hob beide Hände, die Handflächen nach außen. „Hören Sie auf. Ich bin vollkommen zufrieden, wenn es keine Party gibt. Das ist das Letzte, was ich will und brauche."

„Wie wäre es dann mit einem Dinner für zwei?"

Sobald ihm die Worte über die Lippen gekommen waren, zog sich seine Brust vor Schreck zusammen. Er konnte unmöglich mit der Prinzessin durch die Stadt schlendern. Sein Foto würde innerhalb von vierundzwanzig Stunden in allen Medien der westlichen Welt erscheinen. Außerdem, wenn er schon nach einer kurzen Begegnung in einem staubigen Lagerraum versucht war, sie zu küssen, was würde dann erst bei einem Teller Pasta und einer Karaffe Pinot noir passieren?

Nicht, dass sie sein Angebot annehmen würde.

„Bitten Sie mich um ein Date, Mr. Black?" Ihr Gesicht

verriet, dass sie verblüfft war, aber nur einen Moment, bevor sie ihre gewohnte Ausgeglichenheit wiederfand.

„Ich heiße Nick. Erinnern Sie sich, Prinzessin?", scherzte er in der Hoffnung, die Stimmung aufzulockern. „Und ich würde sagen, das tue ich." Obwohl er wusste, dass es ein dummer Einfall war, konnte er jetzt keinen Rückzieher machen. Welcher Idiot widerrief eine Einladung zum Essen, ganz zu schweigen eine Einladung an eine Prinzessin? „Sie wollten das Buch nicht annehmen. Sie verdienen etwas Schönes an Ihrem Geburtstag."

„Ich bin mir nicht sicher, ob das klug wäre. Immerhin stehen Sie jetzt auf der Gehaltsliste des Palastes. Außerdem kann ich mich nicht erinnern, wann ich das letzte Mal zu einer privaten Verabredung gegangen bin. Zu etwas anderem als einem formellen Event."

Er zwang sich, seine Erleichterung nicht zu zeigen. Sein Mangel an Kontakt mit Frauen – wenn man Anne nicht mitzählte – hatte ihn dazu gebracht, ein Risiko einzugehen. Jetzt, da die Gefahr eines Dates gebannt war, übermannte ihn jedoch die Neugierde.

„Sie können mir sagen, dass ich mich verziehen soll, Prinzessin, aber warum sind Sie nie ausgegangen? Gibt es in San Rimini keine verfügbaren Männer?"

Sie biss sich auf die Unterlippe und konnte ihr Lächeln nicht verbergen. „Doch, viele. Alle von Marcos Freunden, um genau zu sein. Und sogar ein paar von Antonys und Federicos."

„Also?"

Sie verdrehte die Augen, eine besonders unkönigliche Reaktion, die er amüsant fand. „Ich bin die einzige Frau in meiner Familie. Das ändert einiges für mich. Als die Medien zum Beispiel über die romantischen Beziehungen meiner Brüder berichteten, sprachen sie meist darüber, mit welchen Frauen sie sich verabredeten, wohin sie gingen und Ähnliches. Aber wenn es um mein Privatleben geht, können sie richtig gehässig werden. Sie deuten an, dass ich höhere Maßstäbe anlegen und besonnener sein sollte." Isabella stieß frustriert den Atem aus und er sah Schmerz in ihrem Blick. „Meine Mutter hat mich gewarnt, dass traditionalistische Ansichten immer noch von einem großen Teil der Bevölkerung hochgehalten werden, besonders wenn es um Frauen geht, aber ich habe nicht auf sie gehört. Welcher Teenager würde das tun? Doch es stellte sich heraus, dass sie recht hatte."

Bevor er sich zurückhalten konnte, legte Nick eine Hand auf ihre Schulter. Selbst durch den Stoff ihres Anzugs hindurch konnte er die sanfte Wölbung ihres Schlüsselbeins spüren und er strich mit dem Daumen darüber. „War es wirklich so schlimm?"

„Ich sollte nicht mit Ihnen darüber reden." Sie zögerte und Nick dachte, sie würde ihn bitten, seine Hand wegzunehmen, oder eine Entschuldigung finden, um zu gehen. Stattdessen begegnete sie seinem Blick mit Dankbarkeit.

„Mein erstes Date ohne Begleitung hatte ich während meines ersten Studienjahres in Harvard. Mit einem Studenten im zweiten Studienjahr, den ich in einer Arbeitsgruppe kennengelernt hatte. Es war nur eine Verabredung zum Essen und zu einem Kinobesuch in Cambridge. Es gab noch nicht einmal einen Gutenachtkuss. Na ja, keinen richtigen, wenn Sie verstehen, was ich meine."

Er zwang sich, nicht darüber zu lachen, dass sich ihre Wangen feuerrot färbten. „Ich verstehe, was Sie meinen. Also, was ist passiert?"

„In der nächsten Woche folgten ihm Reporter der Boulevardpresse über den ganzen Campus. Sie quetschten seine Freunde aus, riefen seine Eltern an und versuchten, ihnen irgendeine Information zu entlocken, die sie für eine Story verwenden konnten. Es stellte sich heraus, dass jemand, der im selben Stockwerk seines Studentenwohnheims wohnte, in dieser Woche beim Verkauf illegaler Drogen erwischt worden war. Die Zeitungen erweckten den Eindruck, als wäre etwas Schändliches im Gange, weil sie auf derselben Etage wohnten."

„Das ist schrecklich. Und so ungerecht." Er fuhr fort, ihre Schulter zu massieren. Obwohl er wusste, dass er es nicht tun sollte, fühlte es sich richtig an.

„Das war es", gab sie zu, doch in ihrer Stimme lag kein Bedauern, sondern nur ein Verständnis, das mit der Zeit und Reife kam. „Jeder, der bei klarem Verstand war, hat es durchschaut, aber es war trotzdem furchtbar. Danach hatte er kein Interesse mehr, mich wiederzusehen, und ich kann es ihm nicht verübeln. Er wollte Jura studieren und hatte Bedenken, dass er dadurch Schwierigkeiten bekommen könnte. Ich war dann auch nicht mehr interessiert an Dates. In Anbetracht dessen, was die Klatschpresse ausgraben könnte, war es einfacher, mich überhaupt nicht zu verabreden."

„Überhaupt nicht? Vermissen Sie es nicht?", fragte er. Er vermisste es sehr wohl und konnte sich nicht vorstellen, dass jemand mit Isabellas Mitgefühl und ihrer Fähigkeit, zu lieben, sich freiwillig der gleichen Hölle auf Erden aussetzen würde wie er. Kein Wunder, dass sie aufgewühlt gewesen war, als sie über die Startbahn in Boston gerollt waren. Die Stadt weckte viele Erinnerungen in ihr.

Sie verneinte mit einem Kopfschütteln, aber er konnte an ihrem Gesichtsausdruck erkennen, dass es nicht der Wahrheit entsprach. „Ich bin so beschäftigt, dass ich keine Zeit habe, es zu vermissen. Und es ist ja auch nicht so, dass ich bei Palastveranstaltungen oder im Rahmen meiner Arbeit keine Zeit mit Männern verbringen würde. Man könnte sagen, ich *habe* Dates. Es ist nur eine andere Art von Dates." Sie hob warnend einen Finger und ein Lächeln umspielte ihre Lippen, was die Stimmung sofort auflockerte. „Also unterstellen Sie mir nicht noch einmal, einsam zu sein."

„Klingt einsam für mich. Aber wenn Sie mir befehlen, nicht zu widersprechen, werde ich es nicht tun." Es tat ihm unendlich leid, dass sie sich ein fantastisches Leben entgehen ließ, das erfüllt wäre von der Liebe, die sie verdiente.

„Ich sage Ihnen was", erwiderte sie mit einem Lachen. „Wenn Sie einen Weg finden, die Reporter fernzuhalten, werde ich Ihr Angebot annehmen. Ich habe heute Abend nichts vor und ich kann mir nichts vorstellen, was mir besser gefiele, als Ihnen zu beweisen, dass Sie falsch liegen."

Jetzt war es an ihm, verblüfft auszusehen. Seine Hand verharrte bewegungslos auf ihrer Schulter. „Sie wollen mit mir essen gehen?"

„Ja. Wenn es heute Abend klappt. Wie Sie gesagt haben, ich habe es verdient."

Ihre Augen funkelten abenteuerlustig, was er unwiderstehlich fand. „Okay, Prinzessin, wenn es das ist, was Sie wünschen, dann bekommen Sie es auch. Und so werden wir es machen …"

KAPITEL 6

„DAS IST DAS LEGERSTE OUTFIT, das Sie besitzen?"

Isabella zupfte am Saum ihres kurzärmligen fliederfarbenen Pullovers, den sie zu einer schwarzen Caprihose und schlichten flachen Schuhen trug, die sie ganz hinten in ihrem Schrank gefunden hatte. „Das ziehe ich immer in unserem Ferienhaus in der Provence an. Und auch nur an Tagen, an denen die Medien keinen Zutritt haben. Ich fürchte, legerer geht's nicht."

Nick hatte versprochen, ihr bei der Verkleidung zu helfen, und nachdem sie seine Einladung zum Abendessen angenommen hatte, schickte er sie in ihren Wohnbereich mit dem Auftrag, sich das Haar zu einem Pferdeschwanz zu binden – eine Frisur, die sie sonst nie hatte – und sich so unauffällig wie möglich zu kleiden.

„Keine zerrissenen Jeans oder hässlichen Sweatshirts?", neckte er sie. „Nein, natürlich nicht. Besitzen Sie wenigstens eine Sonnenbrille?"

„In der Nacht? Das wäre recht offensichtlich, oder?"

Er warf einen Blick zum kleinen Fenster über dem Schreibtisch. „Richtig. Ich bin schon so lange auf der unteren Ebene, dass ich vergessen habe, wie spät es ist." Er betrachtete sie für einen Moment, die Stirn nachdenklich in Falten gelegt. „Damit der Plan klappt, müssen Sie sich so kleiden, dass selbst jemand, der denkt, Sie sähen Prinzessin Isabella ähnlich, automatisch annimmt, dass Sie es unmöglich sein können.“

„Glauben Sie mir, niemand wird vermuten, dass ich es bin.“ Zumindest hoffte sie das.

Nick schüttelte den Kopf. „Haben Sie vielleicht eine Lesebrille? Etwas, womit Sie nie fotografiert werden?“

Sie wollte unter gar keinen Umständen, dass Nick sie so sah. Nicht, dass es eine Rolle spielen sollte. „Ich habe eine in meiner Handtasche, aber die ist grässlich.“

„Setzen Sie sie auf, Prinzessin. In diesem Fall ist grässlich gut.“

Sie lächelte in sich hinein, als sie das Lederetui hervorzog. Was an Nick Black ließ ihr Herz höherschlagen? Sicherlich sprach niemand so mit ihr wie er. Es war, als ob er hundert Prinzessinnen kennen und jeden Tag mit ihnen reden würde. Förmlich genug, um Respekt zu zeigen, und doch entspannt genug, um ihr das Gefühl zu geben, ein normaler Mensch zu sein. Jemand, der in einem Restaurant zusammen mit anderen Leuten in den Zwanzigern und Dreißigern abhängen konnte, sich vielleicht auf einem Stuhl lümmelte und ein Bier trank, ohne dass jemand die Augenbrauen hochzog.

Okay, sie würde sich nicht hinlümmeln und sie bevorzugte Wein oder einen Cocktail. Aber in der Gesellschaft von Gleichaltrigen zu sein, ohne befürchten zu müssen, dass sie zu spät zu einem Termin kam oder von Reportern gelöchert wurde, die jedes ihrer Worte auf die Goldwaage legten – das klang himmlisch. Mit Nick schien das möglich zu sein.

„Ich würde sie nicht als grässlich bezeichnen“, sagte er, als sie die schwarz umrandete Brille aufgesetzt hatte. Er musterte Isabella und begutachtete ihre Verkleidung. Sein prüfender Blick jagte ihr einen Schauer der Erregung über den Rücken. Sie wusste, dass es ein großes Risiko war, mit Nick auszugehen, aber sie fand ihn einfach zu attraktiv. Außerdem war heute ihr Geburtstag. Wenn sie es je verdient hatte, sich einen kleinen Tagtraum zu erfüllen, sich ein kleines Abenteuer zu gönnen, dann heute. Hoffentlich würde nie jemand davon erfahren. Wenn die Paparazzi sie entdeckten, würde der Palast ein Statement abgeben, das besagte, sie hätte mit einem Wissenschaftler über ein anstehendes Museumsprojekt gesprochen. Sicher war das langweilig genug, damit niemand weitere Nachforschungen anstellte.

„Nun, ich fühle mich grässlich", sagte sie, als sie das leere Lederetui wieder in ihre Handtasche steckte. „Keines der Restaurants, die ich häufig besuche, würde mich in dieser Aufmachung hereinlassen."

„Dann werden wir die Restaurants meiden, die Sie häufig besuchen." Er schritt an ihr vorbei zum Schreibtisch und sah sich um. Schließlich öffnete er eine der unteren Schubladen und holte eine Baseballkappe heraus. „Na also. Ziehen Sie die an. Ich habe einen Rucksack, den ich aufsetzen kann. Wenn Sie einen haben, sollten sie diesen anstelle Ihrer Handtasche mitnehmen."

„Warum um alles in der Welt sollte ich einen Rucksack besitzen?" Sie beäugte die graue Baseballkappe mit dem Red-Sox-Logo. „Sie meinen das tatsächlich ernst, oder?"

Er deutete auf seine eigene Kleidung. Während sie in ihrem Wohnbereich nach Freizeitkleidung gesucht hatte, war er in eine Jeans, ein schwarzes T-Shirt und legere schwarze Slipper geschlüpft. „Wir sollten als Studierende durchgehen, vor allem, wenn wir in der Nähe der Universität von San Rimini essen. Das ist zu Fuß erreichbar. Mit dem Rucksack wird uns niemand eines zweiten Blickes würdigen."

„In Ordnung." Sie setzte die Kappe auf und zog ihren Pferdeschwanz durch die hintere Öffnung. „Aber ich sehe aus wie ein Modemuffel."

„Sie sehen ziemlich hübsch aus. Und sehr jung."

Sie spürte, wie sich ihre Wangen röteten, und bedankte sich

für das Kompliment. „Lassen Sie uns gehen, bevor Sie versuchen, mich noch mehr zu verwandeln."

Er griff nach einem Rucksack, den er neben den Schreibtisch gelegt hatte, setzte ihn auf und ging zur Tür. „Ein Problem wäre da noch", murmelte er und drehte sich zu ihr um. „Haben Sie eine Idee, wie wir hier rauskommen können? Wenn wir durch das Tor schlendern, sind wir schon aufgeflogen, bevor wir das Gelände verlassen haben. Denn sicherlich gibt es eine Reihe von Reportern, die den Palast immer im Auge behalten."

„Hier." Sie ergriff seine Hand und zog ihn zwischen den offenen Kisten und Kästen hindurch zum hinteren Teil des Lagerraums. Dabei fühlte sie sich in erstaunlichem Maße so wie die abenteuerlustige Studentin, die zu sein sie vorgab. Bald standen sie vor der Rückwand. Sie ließ seine Hand los und tastete mit ihren Fingern die Steine ab. Es dauerte nicht lange, bis sie den richtigen Stein und den dahinter verborgenen Riegel gefunden hatte.

„Was ist das?" Nick beugte sich vor und betrachtete die Wand.

„Würden Sie glauben, dass es hier einen Geheimgang gibt? König Gregorio der Zweite ließ ihn während des Zweiten Weltkriegs bauen. Zu Beginn der Kampfhandlungen wurden hier die Kronjuwelen und die meisten der Wertgegenstände versteckt. Zum Glück besetzten die Nazis San Rimini nur für kurze Zeit, bevor die Sache eine schlechte Wendung für sie nahm und sie die meisten ihrer Soldaten an andere Fronten verlegten. Aber während sie hier waren, brachte der König die jüdischen Mitglieder seines Personals und ihre Familien in den Bergfried, wo sie leichten Zugang zu diesem Korridor hatten, sodass sie fliehen oder sich zumindest verstecken konnten, falls die Nazis den Palast jemals unter ihre Kontrolle bringen würden."

„Aber das ist nie passiert."

„Glücklicherweise nicht. Die königliche Familie konnte das

Gelände nicht verlassen, aber die Nazis kamen auch nicht hinein."

Sie nestelte einen Moment an dem Riegel, bevor der zurückglitt und sich ein Stück der Steinmauer bewegte. Nick ächzte überrascht, als er erkannte, dass sich hinter den Steinen, die den Eingang verdeckten, eine verstärkte Stahltür mit einem altmodischen Ziffernblatt an der Vorderseite verbarg.

„Zweiundzwanzig, elf, siebenunddreißig", sagte Isabella über ihre Schulter, während sie die Kombination einstellte. „Das Datum von Gregorios Krönung."

„Die Nazis hätten das nicht erraten?"

Sie lachte und Nick freute sich darüber, dass sie so entspannt und fröhlich war. „Der Code wurde während des Kriegs täglich geändert, also nein. Als mein Vater gekrönt wurde, war Antony noch ein Teenager und mein Vater versuchte verzweifelt, ihm wichtige Daten aus der Geschichte von San Rimini einzuhämmern. Er dachte sich, wenn er als Code das Krönungsdatum von Gregorio einstellt, würde Antony dies und die Geschichte des Ganges nicht so leicht vergessen. Seitdem haben wir es so gelassen."

Die Tür schwang auf und Isabella bedeutete Nick, ihr in den dunklen Korridor zu folgen. Als die Tür geschlossen war, griff sie nach links und betätigte einen Schalter, der eine Reihe von Lichtern an der Decke aufflammen ließ. Der Tunnel war schmal, offenbar in Eile gebaut. Vor ihm erstreckten sich Stützbalken, so weit das Auge reichte. Hüfthohe Schränke aus Sperrholz, die, wie Nick vermutete, einst die Schätze der Familie enthielten, standen an den Wänden, darüber befanden sich Reihen leerer Regale.

Isabella folgte seinem Blick. „Die waren mit Konserven, Taschenlampen, Decken und Radios gefüllt. Am anderen Ende ist sogar eine kleine Toilette in der Wand versteckt. Für alle Fälle."

„Er war ein guter König." Nick war zu der Zeit in den

Vereinigten Staaten gewesen, aber er erinnerte sich an Zeitungsberichte über den Widerstand, den Gregorio der Zweite der Nazi-Besatzung geleistet hatte. Jetzt, da er Isabella kannte, stellte er fest, dass sie die gleiche Willensstärke geerbt hatte. Hätte sie den Nazis gegenübergestanden, hätte sie die gleiche Tapferkeit wie der verstorbene König an den Tag gelegt.

„Das sagt mein Vater auch", stimmte sie zu. „Auch wenn er sich kaum an ihn erinnert. Er war noch ein Kind, als Gregorio starb. Ich hätte den Korridor früher erwähnen sollen, aber ich hatte nicht mehr daran gedacht. Es ist ewig her, seit ich hier unten war, und die Existenz des Ganges wurde der Öffentlichkeit immer vorenthalten."

„Es gab keinen Grund, wieso ich davon hätte erfahren müssen." Nick rückte den Rucksack auf seinen Schultern zurecht, während sie nebeneinander durch den engen Gang liefen. Ab und zu berührten sich ihre Arme, aber Isabella zuckte nicht zurück.

Die Prinzessin warf ihm einen Blick zu. „Sie dächten bestimmt anders, wenn sie damit beschäftigt wären, mitten in der Nacht Artefakte zu katalogisieren, und plötzlich würde Prinz Marco hinter Ihnen auftauchen."

„Er benutzt diesen Durchgang?"

„Ständig. Das heißt, als er ein Teenager war. Ich vermute, dass er ihn auch benutzt hat, als er nach seinem Militärdienst wieder zu Hause einzog, und bevor er seine Verlobte Amanda kennenlernte. Er schlich sich raus, um mit seinen Freunden wandern zu gehen oder Ski zu fahren, während er eigentlich an Veranstaltungen im Palast teilnehmen sollte. Das ärgerte meinen Vater maßlos. Antony, Federico und ich mussten uns im Laufe der Jahre nicht nur einmal Ausreden für Marco einfallen lassen."

Umso mehr fühlte sich Prinzessin Isabella genötigt, ihre königlichen Pflichten zu erfüllen, vermutete Nick, vor allem nachdem König Eduardo Witwer geworden war und ihre anderen Brüder geheiratet hatten.

Sie gingen einige Zeit schweigend weiter, bis Nick etwas Langes und Schmales erspähte, das an einer Wand des Ganges lehnte. Isabella verzog das Gesicht, als sie die große schwarze Tasche erreichten.

„Marcos Skiausrüstung", sagte sie amüsiert. „Alte Gewohnheiten lassen sich wohl schwer ablegen."

Nick wischte ein dünnes Spinnennetz beiseite, das von der Decke bis zur Tasche reichte, und zeigte auf den Staub, der um die Tasche herum lag. „Er hat sie diese Saison noch nicht benutzt."

Isabella wandte ihm ihr Gesicht zu. „Sie sind ein guter Beobachter."

„Das ist mein Job."

Sie lächelte daraufhin, sagte aber nichts mehr, als sie weiter den Korridor entlangliefen.

„Wo endet der Gang?", fragte Nick schließlich.

„Das zeige ich Ihnen. Wir sind gleich da." Wenige Minuten später bogen sie um eine Ecke und standen vor einer weiteren Stahltür. Isabella betätigte einen großen Hebel, der sie aufschwingen ließ, und Nick sah sich Reihen von rollbaren Backblechwagen aus Metall gegenüber und wurde fast überwältigt von dem Geruch nach Hefe.

„Wir sind da", sagte sie. „Im hinteren Bereich von Rosettas Bäckerei auf der Strada il Reggimento."

Die Regimentsstraße. Nick konnte es nicht fassen. Es war genau die Straße, in der er und die anderen Ritter, die auf der Schriftrolle erwähnt wurden, in den frühen Tages des Dritten Kreuzzuges untergebracht gewesen waren, während sie auf ihren Marschbefehl von König Bernardo warteten. Ihm kam in den Sinn, dass Bernardo auf einen solchen Durchgang sehr erpicht gewesen wäre, der jetzt die Strada il Reggimento mit der unteren Ebene des Bergfrieds verband, die ihm als Waffenkammer gedient hatte. Nick konnte sich richtig vorstellen, wie Bernardo den Durchgang genutzt hätte, um seine Feinde zu überraschen.

Oder um seine eigenen Ritter in ihren Quartieren auszuspionieren und ihre Loyalität gegenüber der Krone zu prüfen.

Er und Isabella gingen an Reihen von Öfen und Kühlbehältern mit verglastem Deckel vorbei, dann durch einen Raum mit Regalen, auf denen Kartons mit Sesam, Kümmel, Backpulver und Kakao standen. An den Wänden des gekachelten Lagerraums waren Säcke mit Mehl und Zucker ordentlich aufgestapelt. Die Gerüche erinnerten ihn an die alte Bäckerei, die sich neben dem Quartier der Ritter befunden hatte. Obwohl seither viele, viele Lebensalter vergangen waren, konnte er sich des Eindrucks nicht erwehren, dass sich nun der Kreis geschlossen hatte. Hier war er wieder, auf der Strada il Reggimento, und sein Schicksal hing vom Palast ab, der nur einen Katzensprung entfernt war.

Isabellas sanfte Stimme durchbrach seine Gedanken: „Die Besitzer sind langjährige Freunde unserer Familie", erklärte sie und wich einer Kiste mit eingetütetem, einen Tag altem Brot aus, während sie ihn zum Eingang des Ladens führte. „Außer meiner Familie, ein paar Leuten von der Palast-Security und vielleicht ein paar Nachfahren von Bediensteten Gregorios des Zweiten sind sie die Einzigen, die von dem Durchgang wissen. Lassen Sie uns nur hoffen –" Sie stellte sich auf die Zehenspitzen und streckte sich, sodass sie mit den Fingern am oberen Rand des Türrahmens entlangfahren konnte. „Oh gut, er ist noch da." Sie drehte sich um und hielt einen Schlüssel hoch. „Es wäre kein allzu langer Ausflug geworden, wenn ich uns nicht aus dem Laden herausbringen könnte."

Sie öffnete die Glastür und hockte sich hin, um den Schlüssel in das Schloss des herabgelassenen Rolltors aus Metall zu stecken. Er half ihr, das Tor hochzuschieben, dann wieder herunterzuziehen und zu verschließen.

Sie standen auf dem Bürgersteig zwischen der kopfsteingepflasterten Straße und Dutzenden von Geschäften, von denen die meisten schon geschlossen hatten. An einer Bushaltestelle auf der anderen Straßenseite saßen vier Frauen, alle mit Einkaufstüten. Hinter den Frauen konnte man durch einen schmiedeeisernen Zaun, der den Palastgarten begrenzte, einen Blick auf Hunderte Rosen erhaschen, die von Buchs umgeben waren und von unten mit Tausenden kleinen weißen Lämpchen angeleuchtet wurden. Einige Menschen, die offenbar an den Anblick gewöhnt waren, eilten vorbei, um möglichst schnell nach Haus zu ihren Lieben zu gelangen. Ein Mann auf einem Fahrrad fuhr auf ihrer Seite des holprigen Kopfsteinpflasters vorbei und schaute dann über die Schulter zu ihnen zurück.

Nick hörte Isabella scharf einatmen.

„Er hat Sie nicht erkannt.“

„Ich bin froh, dass Sie sich da so sicher sind.“

„Niemand erwartet, Sie hier zu sehen, schon gar nicht in dieser Aufmachung. Er hat uns wohl eher aus der Bäckerei kommen sehen und sich gefragt, was wir hier machen. Kommen Sie.“ Er nahm ihre Hand, verschränkte seine Finger mit ihren und stellte fest, dass sie so natürlich zusammenpassten, als würden sie jeden Tag Hand in Hand gehen. „Lassen Sie uns einen Ort finden, an dem zur Abwechslung mal Sie andere Leute beobachten können.“

Ein Lächeln huschte über ihr Gesicht, das jeder Fotograf eindeutig als das ihre erkannt hätte. „Das wäre das beste Geburtstagsgeschenk, das ich je bekommen habe.“

***

„WISSEN SIE“, sagte Isabella und legte die Gabel auf ihrem Teller ab, „ich habe heute Morgen mindestens zwei Dutzend Kleider für Veranstaltungen in den nächsten sechs Wochen anprobiert.

Und jetzt wird mir keines davon passen. Ich hätte einen Salat nehmen sollen."

Sie meinte das ernst. Noch nie in ihrem Leben hatte sie mit solchem Appetit gegessen: Minestrone, Lasagne verdi, Bruschetta, dazu ein Glas vollmundiger Chianti. Das bedeutete, sie würde alle freie Zeit, die sie in der nächsten Woche hatte, im Fitnessraum verbringen müssen, um das auszugleichen. Wenn sie es schaffte, vom Tisch aufzustehen.

„Befreiend, nicht wahr?"

Wieder lächelte sie Nick an. Hatte sie den Abend über irgendwann nicht gelächelt? „Ehrlich gesagt, ja. Vielleicht habe ich sogar ein- oder zweimal aufgestoßen, als Sie nicht aufgepasst haben."

Jetzt lächelte Nick ebenfalls und das ließ ihr Herz schneller schlagen. Er hatte ihr den fabelhaftesten Abend ihres Lebens beschert. Sie hatten sich fast zwei Stunden lang unbeschwert unterhalten und über alles Mögliche gesprochen, von den Artefakten im Keller des Palastes über das Eishockeyteam von Harvard bis hin zu den Vorzügen verschiedener Restaurants in Bostons italienischem North End. Sie entdeckten ihre gemeinsame Vorliebe für Mike's Pastry, eine berühmte italienische Bäckerei in der Hanover Street, allerdings waren sie sich nicht einig, welcher Lieferservice die besten Pizzas hatte.

Das Beste von allem: Zum ersten Mal, seit sie als Studentin in Boston gelebt hatte, und zum ersten Mal seit dem Tod ihrer Mutter fühlte sich Isabella jung. Unbeschwert. Wenn auch nur für ein paar Stunden. Sie musste keinen Zeitplan erfüllen, keine Reden halten, keine Auftritte absolvieren. Wie Nick gesagt hatte, es war befreiend. Nicht einmal der Kellner, der ihr direkt in die Augen geschaut hatte, als er ihre Bestellung aufnahm, hatte sie erkannt.

Nick war sogar so kühn gewesen, bei einem Restaurant im Universitätsviertel einen Tisch im Freien zu wählen, auf einem

Hügel mit Blick auf die glitzernde Strada il Teatro mit ihren unzähligen Casinos und Theatern. Über der Bucht und dem Adriatischen Meer erhob sich der prächtige Palazzo d'Avorio, eine fünfhundert Jahre alte restaurierte Festung. An den Tischen in der Nähe lachten Paare und tauschten Geheimnisse aus, ein paar Touristen schlenderten die kopfsteingepflasterte Straße entlang, zeigten einander die Sehenswürdigkeiten unterhalb und diskutierten Strategien für große Gewinne an den Blackjack- und Craps-Tischen.

„Ein schöner Abend, nicht wahr? Wärmer, als es um diese Jahreszeit zu erwarten ist." Sie schwenkte ihren Chianti, nahm langsam einen großen Schluck und atmete tief ein, als könnte sie die nach Meer riechende Luft für immer in ihre Lungen saugen und den Zauber der Nacht bewahren. „Das liebe ich an meinem Land. Die Geschichte, die Sterne, den Hauch von Salz in der Luft. Das alles birgt Magie."

Er schwieg einen Moment, als würde er über ihre Worte nachdenken. Als Experte für die mittelalterliche Kunst des Landes empfand er sicherlich auch eine gewisse Wertschätzung für das Land selbst.

„Was?", fragte sie schließlich.

Er blinzelte. „Sie lieben es, haben aber nicht die Möglichkeit, sich zu entspannen und es zu genießen."

„Oh, das tue ich. Nur nicht allein." Sie blickte über den Tisch zu Nick. „Sie wissen, was ich meine."

„Ja."

Um das Thema zu wechseln, neigte sie den Kopf in Richtung Meer. „Es ist eine so klare Nacht, dass man Venedig erkennen kann. Sehen Sie die Lichter am Horizont, hinter der Bucht von San Rimini?"

Er drehte sich um und nickte. „Schön, wenn man jetzt hinüberblickt und sie sieht. Nicht so schön, als die Dogen an der Macht waren und ständig versuchten, San Rimini zu erobern und unter venezianische Kontrolle zu bringen. Ich kann mir nur vorstellen, was die alten Könige dachten, wenn sie von den Hügeln schauten und feststellten, dass der Feind jederzeit in Sichtweite war."

„Nehmen Sie jemals Ihren Historikerhut ab?"

„Vermutlich nicht." Obwohl ein leichtes Grinsen auf seinem Gesicht lag, spürte Isabella, dass sie mit dieser Frage eine tiefe innere Traurigkeit angesprochen hatte. Wie, das konnte sie sich beim besten Willen nicht erklären.

Der Kellner unterbrach sie, indem er ihnen kleine, in Leder gebundene Speisekarten mit der Dessertauswahl des Abends reichte. Nick bestellte Tiramisu und schwarzen Kaffee, aber Isabella schüttelte den Kopf.

Nick sah den Kellner an und deutete mit dem Kinn in ihre Richtung. *„Zuccotto e cappuccino decaffeinato."*

„Nick –"

Er zwinkerte dem Kellner zu und sagte: *„Grazie."*

„Manchmal hasse ich es, dass männlicher Chauvinismus in diesem Land immer noch toleriert wird", protestierte sie, nachdem der Kellner ihre Teller abgeräumt hatte und sie wieder allein waren. „Meine Meinung sollte hier auch etwas zählen."

„Nicht, wenn es um den Nachttisch geht, nein."

„Aber Biskuit mit Sahne und Schokolade? Und einen Cappuccino?"

„Wenn es Ihnen nicht schmeckt, können wir tauschen."

Sie senkte den Kopf und ließ die Schultern hängen. „Das meinte ich nicht und das wissen Sie. Ich werde alles andere als fit sein, wenn ich mich morgen mit dem Museumsausschuss treffen soll. Wollen Sie nicht, dass ich mich von meiner besten Seite zeige?"

„Ich möchte, dass Sie Ihren Geburtstag genießen."

Als das Dessert einige Minuten später kam, griff er über den Tisch und bedeckte ihre Hand mit seiner, sodass sie noch keinen Bissen nehmen konnte. „Blasen Sie zuerst die Kerze aus, Prinzessin", drängte er sie leise und deutete auf die tropfende Kerze, die in einer alten Chianti-Flasche auf dem Tisch stand. „Wünschen Sie sich etwas."

„Man soll die Tischkerzen nicht ausblasen", zischte sie. „Das zerstört die Atmosphäre des Restaurants und der Kellner müsste –"

Er fixierte sie mit starrem Blick. „Blasen Sie einfach die Kerze aus. Und vergessen Sie nicht, sich etwas zu wünschen."

Sie beschloss, nicht zu widersprechen, und machte für einen Moment die Augen zu, um Nick und all die Dinge auszublenden, nach denen sich ihre Seele sehnte: für immer so frei zu sein, die Möglichkeit, das Leben jeden Abend zu genießen, mit einem gut aussehenden Mann, dem ihr Wohlbefinden am Herzen lag und dem es nichts ausmachte, sie in schäbiger Kleidung und mit ihrer Lesebrille zu sehen.

Die Chance auf eine Liebe, wie ihre Eltern sie füreinander empfunden hatten.

Stattdessen zwang sie sich, an ihre Familie zu denken, und wünschte, dass Federicos Herz heilen möge. Sie atmete ein, öffnete dann die Augen und beugte sich vor, um die Flamme auszublasen.

„Es ist nicht richtig, sich etwas für andere Leute zu wünschen, Prinzessin." Nicks flüsternde Stimme drang in ihren Kopf. „Wünschen Sie sich etwas für sich selbst. Nur dieses eine Mal."

Sie schaute auf und sah, dass Nicks dunkle, wissende Augen auf ihr Gesicht gerichtet waren. In diesem Moment wünschte sie sich Liebe, und bevor sie es sich anders überlegen konnte, blies sie die Kerze aus und tauchte ihren Tisch in Dunkelheit.

„Sie sind sehr nett zu mir, Nick Black", wisperte sie. Er hielt immer noch ihre linke Hand, die auf dem Tisch lag, in seiner rechten. Nun streckte sie ihre andere Hand aus, um die Narben auf seiner zu bedecken. Er verstand sie so gut und doch wusste sie so wenig über ihn. „Sie ermutigen mich, auszugehen, mich zu amüsieren. Sie scheinen sich für alle kleinen Freuden des Lebens zu begeistern, und doch verweigern Sie sich selbst alles. Sie verstecken sich vor der Öffentlichkeit und führen ein Einsiedlerleben. Warum?"

Sein Blick trübte sich. Selbst in der Dunkelheit der Nacht konnte sie sehen, wie sich etwas in ihm vor ihr verschloss. „Das ist eine lange Geschichte, Prinzessin."

„Ich habe Zeit."

„Um diese Geschichte zu hören, braucht man mehr Zeit, als irgendjemand auf dieser Erde hat." Er drückte ihre Hand einen Moment lang fester, aber das schien sie nicht zu überzeugen. „Das Einzige, was zählt, ist, dass es Ihnen wichtig genug ist, um zu fragen. Und dafür danke ich Ihnen."

Er löste seine Hand von ihrer und ergriff sein Chianti-Glas. „Genießen Sie Ihren *Zuccotto*. Wir sollten bald in den Palast zurückkehren. Wenn man uns zu spät in die Bäckerei hineingehen sieht, könnte jemand das für verdächtig halten und die Polizei rufen."

Er nahm einen Schluck von seinem Chianti und wandte sich dann seinem Dessert zu, um deutlich zu machen, dass das Thema abgeschlossen war. Als der Kellner mit der Rechnung zurückkam, ließ sie Nick bezahlen, obwohl sie den Impuls verspürte, Einwände zu erheben.

Als sie Hand in Hand den Bürgersteig entlang auf die Bäckerei zugingen, brach er schließlich das Schweigen: „Sagen Sie mir, Prinzessin, was ist Ihre schönste Kindheitserinnerung?"

Sie warf ihm einen skeptischen Blick zu. „Ist das Ihr Ernst?"

„Vollkommen. Ich muss wissen, dass Sie irgendwann in Ihrem Leben einmal Spaß hatten."

Sie knuffte ihn mit der freien Hand in den Arm, etwas, das sie außer bei ihren Brüdern noch bei niemandem gemacht hatte. „Für einen so netten Kerl sind Sie ziemlich gemein."

„Sie nehmen an, dass ich ein netter Kerl bin."

Sie lachte, dann schaute sie zu den Sternen hinauf, während sie zurück zum Palast liefen und von einer kleinen Straße in die nächste einbogen. Dabei versuchte sie zu entscheiden, welche Erinnerung für sie am wertvollsten war. „Ich würde sagen, meiner Mutter zu lauschen, wie sie Marco und mir vorgelesen hat, als wir Kinder waren. Antony und Federico konnten damals schon selbst lesen, aber trotzdem kamen sie manchmal auf mein Bett, um ihr beim Lesen zuzuhören. Es schien ihnen nichts auszumachen, immer wieder dieselben Märchen zu hören." Bei dieser Erinnerung stiegen ihr Tränen in die Augen. „Ich glaube, sie haben Mutter hereingelegt. Sobald sie in ihre eigenen Räumlichkeiten ging, liefen die beiden in ihre Zimmer, schalteten die Taschenlampen unter der Bettdecke ein und lasen in den Abenteuerbüchern, die sie ihnen mitgebracht hatte. Sie freute sich so sehr darüber, dass sie ihr beim Lesen zuhören wollten, dass ihr nie der Verdacht kam, meine Brüder würden nicht sofort schlafen, wie sie es eigentlich sollten. Zumindest bis ihre Kinderfrau sie erwischte."

„Sie sollten das Märchenbuch behalten, Prinzessin."

„Vielleicht werde ich das."

Sie ließen das Gespräch versiegen, lauschten den nächtlichen Geräuschen und hielten ab und zu inne, um eine Bemerkung über die Schaufenster oder die Architektur der alten Gebäude von San Rimini zu machen. Die Glocken des Doms läuteten zur vollen Stunde und erinnerten Isabella daran, dass der traumhafte Abend bald vorbei sein würde.

„Hat Ihre Mutter Ihnen Märchen vorgelesen?", fragte sie.

„Sie konnte nicht lesen." Nicks Stimme war leise, wehmütig. „Aber sie hat wunderbare Geschichten erzählt."

„Ist sie noch am Leben?"

Er schüttelte den Kopf. „Nein. Sie ist schon vor langer Zeit gestorben."

„Sie vermissen sie immer noch."

„Ständig. Ich höre stets ihre Stimme in meinem Kopf, wie sie mir Geschichten aus dem alten Arabien erzählt. Sehr düstere Geschichten, aber aus ihrem Mund klangen sie faszinierend."

„Stammte sie aus dem Nahen Osten?" Das würde seine Hautfarbe erklären, überlegte sie, obwohl sie bei ihrem Treffen in seinem Bostoner Büro vermutet hatte, dass er vielleicht in San Rimini geboren war.

Er lachte. „Nein. Ob Sie es glauben oder nicht, sie stammte aus San Rimini. Aber mein Vater reiste in den Nahen Osten, als ich noch klein war. Sie erzählte die Geschichten, um uns die Zeit zu verkürzen, während er unterwegs war." Er wandte sich ihr zu. „Welches war Ihr Lieblingsmärchen?"

„Hm. Vielleicht *Der Löwe und die Maus*. Oder *Die Wichtelmänner*. Ich weiß es nicht. Ich mochte so viele: *Des Kaisers neue Kleider, Der verfluchte Ritter, Der Froschkönig –*"

Nick blieb stehen. „*Der verfluchte Ritter*? Davon habe ich noch nie gehört. Worum geht es darin?"

„Ich dachte, alle Kinder aus San Rimini kennen die Geschichte. Sie haben sie wahrscheinlich nur vergessen."

Er zog sie zu der Bank einer Bushaltestelle und sie merkte, dass sie im Laufe des Gesprächs nicht mehr auf die Umgebung geachtet hatte. Der schmiedeeiserne Zaun, der den Palast umgab, ragte hinter der Bank auf, und die Bäckerei befand sich genau auf der anderen Straßenseite.

Nick nahm seinen Rucksack ab und hängte ihn über die Lehne der Bank, dann setzte er sich und klopfte auf den Platz neben sich. „Helfen Sie meinem Gedächtnis auf die Sprünge."

Isabella hielt inne, dann ließ sie sich nieder. „Es ging um einen Ritter, der vor langer Zeit lebte. Ehrgeiz beherrschte sein Leben. Er war bereit, alles zu tun, um Land für seine Familie zu bekommen und in den Augen des Königs an Bedeutung zu gewinnen."

Nick erstarrte. „Fahren Sie fort."

Sie runzelte die Stirn, es kam ihr albern vor, einem erwachsenen Mann ein Märchen zu erzählen. „Nun, eines Tages schickte der König den Ritter auf eine wichtige Mission: Er sollte einem anderen König eine Nachricht überbringen. Als der Ritter auf seinem Pferd durch den Wald ritt, stieß er auf einen Jungen, der in Schwierigkeiten steckte. Der Junge war unter einer eingestürzten Brücke gefangen und das Wasser darunter stieg schnell an –"

„Eine eingestürzte Brücke? Sind Sie sicher?"

„Ja." Sie legte den Kopf schief. „Ich dachte, Sie kennen die Geschichte nicht."

„Das tue ich auch nicht." Er bedeutete ihr, fortzufahren. „Ich bitte um Entschuldigung, Prinzessin."

„Nun, der Junge rief dem Ritter zu, er solle ihn retten. Aber der Ritter fürchtete, wenn er sich nicht beeilte, würde die Nachricht den anderen König zu spät erreichen und er selbst würde bei seinem König in Ungnade fallen. Also ritt er weiter und versprach, Hilfe zu schicken. Als er seinen Ritt fortsetzte, traf er auf die Mutter des Jungen, die auf der Suche nach ihm den Wald durchkämmte. Der Ritter sagte der Mutter, wo der Junge war, und sie eilte ihm zu Hilfe."

„Hat sie den Jungen gerettet?"

Isabella verengte die Augen angesichts der Ernsthaftigkeit von Nicks Tonfall. Es war, als ob er glaubte, die Geschichte wäre wahr und das Leben des Jungen hätte tatsächlich auf dem Spiel gestanden.

„Ja, aber nur knapp. Sie war eine Hexe und benutzte einen Zauberspruch, um ihn am Leben zu halten. Als der Ritter auf dem Rückweg zu seinem König durch dasselbe Waldstück kam, verfluchte sie ihn. Sie sagte ihm, dass sein Ehrgeiz ihn für den Wert des Lebens blind gemacht habe. Solange er seinen Ehrgeiz nicht für die Bedürfnisse eines anderen Menschen opfern könne, sei er zur Unsterblichkeit verdammt. Da er nie alterte, wurde er von diesem Tag an wie ein Ausgestoßener behandelt."

Nick starrte in die Nacht. „Sie hatten recht, Prinzessin. Ich habe diese Geschichte schon gehört. Aber ich kann mich nicht erinnern, was mit dem Ritter passiert ist. Hat er jemals den Fluch gebrochen?"

Sie zuckte mit den Schultern. „Das weiß ich nicht."

„Das ist schade. Mich würde interessieren, ob der Ritter seine Lektion gelernt hat."

„Nun, meine Kinderfrau kannte eine andere Version als die, die meine Mutter vorlas. Sie erzählte, dass der Ritter nach der Verfluchung seine Stellung am Hof an seinen jüngeren Bruder abtrat. Er hatte diesen immer schlecht behandelt und dachte, dass er den Fluch brechen würde, wenn er alles opferte, wofür er gearbeitet hatte. Wie sich herausstellte, rettete der jüngere Bruder das Land vor einer schrecklichen Invasion und der König war ihm so dankbar, dass er ihm die Hand seiner Tochter anbot. Der ältere Ritter lebte ein langes und glückliches Leben auf dem Land und freute sich, dass sein Bruder so erfolgreich geworden war. Der Fluch hat sich nie erfüllt." Isabella konnte sich ein Lachen nicht verkneifen, als ihr ein Gedanke kam. „Mir ist das noch nie aufgefallen, aber es ist möglich, dass meine Kinderfrau das nur erfunden hat, damit Antony und Federico netter zu Marco und mir waren. Die beiden hielten sich immer für etwas Besseres, weil sie älter waren. Es passte zu meiner alten Kinderfrau, dass sie Antony und Federico einen Dämpfer verpassen wollte."

Sie warf einen Seitenblick auf Nick, der immer noch in Gedanken versunken schien. Sie legte eine Hand auf seinen Arm. „Sie wirken beunruhigt. Ist alles in Ordnung?"

Er wandte sich zu ihr hin und zwinkerte ihr zu, dabei verschwanden alle Spuren seiner düsteren Stimmung. „Ja, natürlich. Ich schwelge nur in Erinnerungen an die Kindheit und Märchen, nehme ich an."

Sie beugte sich vor und küsste ihn auf die Wange, dann bereute sie es, so direkt gewesen zu sein. Sie küsste ihre Brüder, ihren Vater und Freunde der Familie ständig auf diese Weise, ohne einen zweiten Gedanken daran zu verschwenden, wenn sie Trost oder Zuspruch brauchten.

Aber es war eine ganz andere Sache, Nick zu küssen, selbst wenn es ein unschuldiger Kuss war. Denn als er sie anschaute und sein attraktives Gesicht sich ihrem näherte, wurde ihr klar, dass Nick zu küssen, niemals unschuldig sein konnte.

KAPITEL 7

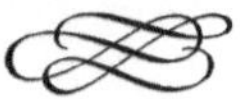

EINE WELLE von Panik und Erwartung erfasste Isabella. Ihre Hand lag immer noch auf Nicks Arm, doch bevor sie sie wegziehen konnte, bedeckte er sie mit seiner.

„Vielleicht sollten wir in den Palast zurückkehren", flüsterte sie. Aber sie konnte sich nicht von der Bank erheben, ihre Füße wollten sich nicht bewegen.

„Vielleicht sollten wir das."

Doch auch Nick rührte sich nicht. Ihre Blicke trafen sich und Isabella fiel plötzlich auf, dass sie allein auf der Straße waren. Selbst der Lärm der Stadt verklang in den Tiefen ihres Bewusstseins.

Nicks Hände umfassten ihr Gesicht und er senkte seinen Kopf, um an ihrer Baseballkappe vorbei seinen Mund auf ihren zu drücken. Erst sanft, dann immer inniger. Die Zurückhaltung, die er während ihrer Begegnung im Lagerraum gezeigt hatte, verschwand und wurde durch unverhohlene Leidenschaft und hungriges Verlangen ersetzt. Es war, als ob ihr Kuss ihm die nötige Nahrung gäbe, um einen langen und erbitterten Kampf gegen einen unsichtbaren Feind zu führen.

Sie erschauerte, schloss die Augen und ließ zu, dass sie übermannt wurde von dem Gefühl seiner Lippen auf ihren und seiner starken Hände, die ihren Hals, ihre Schultern und ihren Rücken liebkosten. Obwohl sie sich an einem öffentlichen Ort befanden und trotz der Tabus, die für sie galten, verspürte sie keinen Drang, sich von ihm zurückzuziehen. Stattdessen schaltete ein Impuls ihren gesunden Menschenverstand aus. Sie krallte ihre Finger in sein schwarzes T-Shirt und zog ihn mit sich hinunter, bis sie fast auf der Bank an der Bushaltestelle lagen.

Es ist der Chianti, warnte sie ihr Verstand, obwohl sie nur ein Glas getrunken hatte, ungefähr so viel, wie sie sich bei den meisten königlichen Empfängen erlaubte. *Du würdest das nie tun, wenn du klar denken könntest. Du weißt absolut nichts über ihn.*

Aber sie tat es und sie wollte es tun, trotz der Risiken.

Während Nicks starke Arme sie schützend umfingen und sein Mund wunderbare Dinge mit ihrem Ohr, ihrer Wange und ihrem Kinn anstellte, wusste sie in ihrem tiefsten Inneren, dass Nick Black ihr Ritter und strahlender Held war. Nur er konnte sie vor einem Leben erretten, das ihr in den zwei Wochen, seit sie ihm begegnet war, leer erschienen war. Das sie von anderen isolierte.

Und in dem sie unglaublich allein war.

In nur wenigen Stunden hatte Nick ihr heute Abend einen einzigartigen Einblick in das Leben normaler Frauen ermöglicht. Frauen, die sich verabreden konnten, mit wem sie wollten. Die in jedem Restaurant essen und kommen und gehen konnten, wie sie wollten. Frauen, deren Familien sich nicht um Boulevardzeitungen, PR-Berater oder Kameras mit Teleobjektiven zu scheren brauchten.

Kameras ...

„Oh, nein, Nick, Nick, das ist keine gute Idee." Sie konnte die Worte kaum herausbringen, weil ein Adrenalinstoß durch ihren Körper jagte. Er hob den Kopf, um ihr in die Augen zu sehen, und als sie das nackte Verlangen in seinem Blick erkannte, begehrte sie ihn noch mehr. Aber nicht hier und nicht jetzt.

Seine Stimme klang rau, als ob ihn die bloße Anstrengung des Sprechens überfordern würde. „Es ... es tut mir leid, Hoheit, ich –"

Sie legte einen Finger auf seine Lippen. „Nenn mich nicht so. Folge mir."

Sie drückte gegen seine Brust und wand sich unter ihm hervor, sprang von der Bank und rannte mit gesenktem Kopf auf die Bäckerei zu. Sie schaute zurück und winkte, damit er ihr über die Straße folgte. Er runzelte besorgt die Stirn, nahm jedoch seinen Rucksack und tat, was sie verlangte. Ihre Hände zitterten, als sie sich hinkniete, den Schlüssel unten in das schwere Metallgitter steckte und es dann hoch bis über ihren Kopf schob, um die Glastür des Ladens zu öffnen. Er blieb stumm, aber als sie im Laden waren und das Gitter sicher hinter ihnen geschlossen hatten, legte er eine Hand auf ihre Schulter und drehte sie zu sich um.

„Bitte, Prinzessin, vergeben Sie mir. Ich hätte mir diese Freiheiten niemals herausnehmen dürfen –"

Sie unterbrach ihn mit einem Kopfschütteln. „Das ist schon in Ordnung", flüsterte sie und hoffte, dass er beruhigt war, doch sie konnte seinen Gesichtsausdruck in dem dunklen Laden kaum erkennen. „Wir mussten von dem Zaun wegkommen, der den Palast umgibt. Mein Vater hat Dutzende von Überwachungskameras darauf installieren lassen. Die Kameras auf dieser Seite des Gartens übertragen nicht ständig Live-Bilder und ich glaube auch nicht, dass das Sicherheitspersonal mich erkennen würde, vor allem nicht mit dieser Mütze und dieser furchtbaren Brille, aber –"

Er ließ seine Finger auf ihrer Schulter spielen und die Muskeln in seinem Gesicht entspannten sich, als er hörbar ausatmete. „Sie sagen also, Sie haben kein Problem mit –"

„Genau das meine ich." Sie streckte sich und fuhr durch sein dunkles Haar, direkt hinter seinen Ohren, so wie sie es sich an jenem Tag erträumt hatte, als er im Bergfried vor ihr gekniet hatte, um das mittelalterliche Schwert zu betrachten.

Als er sie verwirrt ansah, stellte sie sich auf die Zehenspitzen, zog sein Gesicht zu sich herunter und küsste ihn, wie sie noch nie in ihrem Leben einen Mann geküsst hatte.

Sofort schlang Nick seine Arme um sie und presste ihren Körper an sich. Sie neigte den Kopf, damit er sie noch intensiver küssen konnte, kostete von ihm, bis ihre Unterlippe vor Verlangen zitterte und sich ihr Herz fast krampfhaft zusammenzog.

Oh, ja. Das war es, was sie sich so viele Jahre lang versagt hatte. Und zumindest in dieser einen Nacht würde sie alles tun, um die verlorene Zeit wettzumachen.

Nicks Lippen lösten sich nicht von ihren, während er sie in den hinteren Raum der Bäckerei führte, wo sich der Geruch von Mehlsäcken und Gewürzen aller Art in ihrer Nase mit dem herrlichen, männlichen Duft vermischte, den sie inzwischen mit Nick verband. Sie hörte ein dumpfes Geräusch, als sein Rucksack zu Boden fiel, dann hielt er sie weiter fest, während sie sanft hinunterglitt, bis sie kühle Fliesen unter sich spürte und die Nachgiebigkeit eines übergroßen Mehlsacks, der hinter ihr aufrecht an der Wand stand. Beharrlich gab er ihren Mund immer noch nicht frei, als fürchtete er, sie würde verschwinden, wenn er zuließe, dass der Kontakt auch nur für eine Sekunde abriss. Sie hatte ihn mit sich nach unten gezogen, schob nun seine mit Jeansstoff bedeckten Hüften auf ihre, zerrte den hinteren Saum seines T-Shirts aus der Hose und ließ ihre Finger darunterwandern, um seine warme Haut zu streicheln, dann genoss sie die rhythmischen Bewegungen seines Körpers auf ihrem.

„Du hast keine Ahnung, wie sehr ich dich begehre", stöhnte er an ihrem Mund.

Sie versuchte, ein Schmunzeln zu unterdrücken, als er sich

gegen sie presste. Es war offensichtlich, dass er von seinen Jeans befreit werden musste. „Oh, ich glaube, ich weiß es."

Wie würde es sein, ihn in sich zu spüren? Wäre es genauso berauschend, wie sie es sich erträumte? Genauso befreiend?

Oder würde es sie völlig überwältigen?

Er zog sich kurz zurück, um ihr die Brille abzunehmen und in einer geschmeidigen Bewegung die Baseballkappe vom Kopf zu schieben und das Gummiband zu lösen, das ihren Pferdeschwanz zusammenhielt, sodass ihr das Haar offen auf die Schultern fiel. „Das brauchen wir nicht mehr. Ich muss dich anschauen, Prinzessin."

Bevor er seinen Mund wieder auf ihren legen konnte, griff sie nach seinem Hosenbund und zog die Vorderseite seines schwarzen T-Shirts aus der Jeans. Mit einer Kühnheit, die sie hoffentlich am Morgen nicht bereuen würde, sagte sie: „Dann muss ich dich auch anschauen."

Innerhalb von Sekunden hatte sie es ihm über den Kopf gestreift und warf es hinter ihn. Als sie zu ihm aufblickte, um seine Reaktion zu sehen, fiel es ihr schwer, vor Überraschung nicht nach Luft zu schnappen. Seine nackten Schultern schienen breiter und sein Oberkörper muskulöser, als sie erwartet hatte. Feiner, dunkler Flaum bedeckte seinen Oberkörper und sie musste einfach mit den Händen seinen Brustkorb entlangfahren, durch das weiche Haar hinauf bis zu seinen Schultern. Jeder Zentimeter fühlte sich warm und seidig und fest und wundervoll an.

Sie ließ ihre Finger wandern und stieß dabei auf einen kleinen Wulst, dann auf einen weiteren. Eine Narbe nach der anderen zog sich von der Vorderseite seiner linken Schulter bis nach oben und verunstaltete seine herrlich glatte Haut. Die Ränder waren rau und uneben, als wäre die Haut gerissen und nur notdürftig wieder zusammengenäht worden – oder gar nicht. Sie blinzelte und versuchte, mehr Details zu erkennen, als es in dem verdunkelten Raum möglich war. „Das muss unglaublich schmerzhaft gewesen sein", murmelte sie und dachte an seine vernarbte Hand. Wie die Narben an seiner Schulter waren auch die auf seiner Hand erhaben und ungleichmäßig. „Hattest du einen Autounfall?"

„Nein." Er küsste sie auf die Stirn, legte seine Hand auf ihre und löste ihre Finger sanft von seiner Schulter.

„Was ist dir dann zugestoßen?", flüsterte sie. Allein der Gedanke, dass er solche Schmerzen erlitten hatte, zerriss ihr das Herz. „Diese Wunden wurden nie von einem Arzt behandelt."

„Das ist eine lange Geschichte."

„Eine lange Geschichte, oder ein Geheimnis?" Sie hatte schon vor ihrer ersten Begegnung gewusst, dass er seine Geheimnisse hatte, aber sie hatte nicht gedacht, dass sie körperlicher Natur waren. Konnten diese Narben etwas mit den Gründen zu tun haben, warum er die Öffentlichkeit mied und sich in seinem modernen Bostoner Büro verschanzte, beschützt von einer pflichtbewussten Assistentin, die darauf geschult war, die Welt abzuweisen?

Er drückte ihre Hand, dann verschränkte er seine Finger mit ihren. „Eine lange Geschichte. Glaube mir, ich möchte sie dir von Herzen gern erzählen. Aber jetzt ist nicht der richtige Zeitpunkt. Findest du nicht auch?" Er griff nach dem unteren Rand ihres Pullovers und zog ihr das Kleidungsstück mit der gleichen Leidenschaft über den Kopf, die sie einen Moment zuvor an den Tag gelegt hatte. Der intensive Blick aus seinen dunklen Augen ließ ihre letzte Gegenwehr zusammenbrechen, während er mit einem Finger den oberen Spitzenrand ihres rosa BHs nachzeichnete. „*Cara*, du bist wunderschön."

Ohne zu zögern, beugte sie sich vor und küsste seine Schulter in dem Wunsch, dass die schlimmen Narben verheilen sollten. Sie wollte, dass er Heilung erfuhr. Obwohl sie die meisten ihrer wachen Stunden damit verbrachte, Hilfe für Bedürftige zu erstreiten, spürte sie, dass die Rettung von Nick Black ihre bisher schwierigste Herausforderung darstellte.

Nick zuckte zusammen und für den Bruchteil einer Sekunde fragte sie sich, ob sie etwas Falsches getan hatte.

„Schnell!" Nick griff nach Isabellas Pullover und drückte ihr diesen in die Hand. „Hast du das gehört?"

Sie hörte rein gar nichts, aber Nicks Gesichtsausdruck erschreckte sie so sehr, dass sie sich das fliederfarbene Kleidungsstück trotzdem über den Kopf zog. „Was soll ich gehört haben?"

Nick drehte sich auf den Knien um und griff nach seinem T-Shirt, das neben einem riesigen Mixer gelandet war. „Beeil dich." Er steckte seinen Kopf und seine Arme durch die Öffnungen im Shirt, dann packte er ihre Hände, half ihr auf die Füße und schob sie hinter eine große Kücheninsel. Dann hörte sie es.

Lachen. Marcos Lachen. Entsetzen ließ sie erstarren, während sie sich hinter die Insel kauerte. Nick zog sie fest an sich, sein kräftiger, muskulöser Arm drückte ihren Körper an seinen, sodass man sie nicht sehen konnte.

Sekunden später hörte sie das Knarren der Durchgangstür. Licht aus dem Tunnel beleuchtete einen schmalen Streifen auf dem Boden der Bäckerei, dann erlosch es. Sie strengte ihre Augen an, um etwas zu erkennen, konnte jedoch nur die harten Fliesen und einige der niedrigen Schränke ausmachen, ohne sich zu verraten.

Die Stimme von Isabellas zukünftiger Schwägerin hallte durch den kleinen Raum. „Marco, dein Vater vertraut auf mein Urteil. Wenn er wüsste, dass ich nicht nur zugelassen habe, dass du vom Empfang verschwindest, ohne ihm Bescheid zu sagen, sondern dass ich dich auch noch begleite –"

„Genug davon. Der Empfang war fast zu Ende, als ich ging, und Antony hatte alles im Griff. Keiner wird es bemerken."

„Isabella schon. Und das sollte sie auch."

„Isabella war nicht da."

Amanda blieb stehen und drehte sich um, ihre hochhackigen Schuhe waren neben der Kücheninsel zu sehen, kaum mehr als eine Armlänge von Nicks und Isabellas Versteck entfernt.

„Bist du sicher? Sie hat heute Abend nicht mit mir das Krankenhaus besucht. Ich hatte angenommen, weil sie mit dir auf dem Empfang wäre."

Marcos Füße kamen rechts und links neben Amandas ins Blickfeld und Isabella schluckte ihren Schrecken hinunter. „Nerina sagte, sie hätte einen anderen Termin. Was sie macht, weiß ich nicht, aber es ist mir auch egal."

Sie verstummten, aber ihre Füße bewegten sich nicht. Dann polterte etwas gegen die Insel.

„Marco –"Amandas Protest brach ab und Isabella wurde klar, dass ihr Bruder die Auseinandersetzung mit einem Kuss beendet hatte. Genau auf der anderen Seite der Kücheninsel.

Nein, nein, nein! Isabella geriet in Panik, ihre Gedanken überschlugen sich. Was, wenn es nicht bei einem Kuss blieb? Sie konnte unmöglich zulassen, dass es weiterging, ohne sich bemerkbar zu machen – doch was wäre dann?

Isabella warf einen Seitenblick auf Nick, der ihre Sorge nicht zu teilen schien. Tatsächlich konnte er seine Erheiterung kaum zügeln. Er schüttelte sich vor unterdrücktem Gelächter und sie warf ihm einen giftigen Blick zu.

Er schüttelte sich nur noch mehr.

Genau in dem Moment, als Isabella beschloss, aufzustehen und sich bemerkbar zu machen, vernahm sie glücklicherweise ein Knarren auf der anderen Seite der Insel, gefolgt von einem männlichen Protestlaut. Dann sagte Amanda zu Marco, er solle sich seine Energie für später aufheben. Ein weiteres Knarren folgte, dann waren Schritte zu hören, als Marco und Amanda sich in den vorderen Teil des Ladens begaben. Nick stieß sie mit dem Ellbogen sanft in die Seite und Isabella drehte sich stirnrunzelnd zu ihm um.

„Der Schlüssel", formte er mit den Lippen, dann richtete er

seinen Blick an ihr vorbei auf den vorderen Raum. „Sie können nicht raus."

Isabella öffnete den Mund zu einem erschrockenen Oh. Sie war so abgelenkt gewesen, als sie und Nick den Laden betreten hatten, dass sie den Schlüssel nicht wieder oben auf den Türrahmen gelegt hatte. Sie hielt Nick ihre leeren Handflächen entgegen und suchte dann in den kleinen Vordertaschen ihrer Caprihose, während er in seine Hosentaschen griff. Fehlanzeige.

„Er sollte hier oben sein", hörte Isabella Marco zu Amanda sagen. „Rosetta würde ihn nicht woanders hinlegen."

„Wann hast du ihn zuletzt benutzt? Und erzähl mir nicht, dass du das in letzter Zeit nicht getan hast. Ich habe vorige Woche deine Wanderstiefel im Kofferraum deines Range Rovers gesehen und sie waren voller Schlamm."

Marco lachte über diese scherzhafte Bemerkung. „In der Woche, als du deine Eltern besucht hast, habe ich mit ein paar Freunden eine Nachtwanderung gemacht. Aber ich erinnere mich genau, dass ich den Schlüssel zurückgelegt habe. Ich gehe immer vorsichtig damit um."

Isabella spürte, wie Nick sich neben ihr rührte. Er schlüpfte hinter der Insel hervor und bewegte sich schnell, aber geräuschlos vorwärts. Entsetzen schnürte Isabella die Kehle zu, während Marco und Amanda fortfuhren, sich gegenseitig zu necken. Sie lehnte sich weit genug hervor, um beobachten zu können, wie Nick zu den Mehlsäcken hinüberhuschte und seinen Rucksack, ihre Kappe und ihre Brille ergriff, die sie achtlos zurückgelassen hatten, als sie sich hastig versteckten. Auf dem Boden, wo der Rucksack gelegen hatte, erspähte sie den glänzenden Schlüssel und gestikulierte heftig, bis Nick sie sah. Er folgte ihrem ausgestreckten Zeigefinger, schnappte sich den Schlüssel, ging auf Zehenspitzen zurück zur Insel und legte ihn in ihre Hand.

„Was jetzt?" Ihre Lippen bewegten sich lautlos.

Er zuckte mit den Schultern und schaute sie fragend an. Sie

ließ ihren Kopf so leise wie möglich gegen die Kücheninsel sinken. Wie hatte sie sich nur in diesen Schlamassel hineinreiten können?

„Warte mal", dröhnte Marcos Stimme aus dem vorderen Bereich des Ladens. „Sieh du auf dem Boden in der Nähe der Tür nach, falls er heruntergefallen ist. Oder vielleicht hat Rosetta ihn neben der Kasse liegen lassen, als sie ihn möglicherweise benutzen musste. Ich weiß noch eine weitere Stelle, wo ich nachsehen kann."

Innerhalb von Sekunden war Marco wieder bei ihnen im Raum. Er stand eine Sekunde still und lehnte sich dann an die Insel direkt vor ihnen.

„Issy?" Seine Stimme war so leise, dass sie ihn fast nicht hörte. „Komm raus. Ich habe hier drin Geräusche gehört, bevor wir reingekommen sind, und du bist die Einzige, die heute Abend nicht bei dem Empfang war."

Sie sah Nick an. Er wies mit dem Kopf in Marcos Richtung und seine Lippen bewegten sich, als wollte er sagen: *Nur zu!*

Sie stand auf. Besser so, als wenn Marco um die Insel herumkäme und sie beide in ihrem Versteck sähe.

Marco begrüßte sie mit einem selbstgefälligen Grinsen, als sie ihm den Schlüssel in die Hand drückte. Er lehnte sich über die Kücheninsel, küsste sie auf die Wange und flüsterte ihr ins Ohr: „Du bist nicht so gut darin wie ich. Sag mir Bescheid, wenn du das nächste Mal heimlich verschwinden willst, dann gebe ich dir ein paar Tipps."

Sie überlegte, ob sie ihn knuffen sollte, nur damit sein überheblicher Gesichtsausdruck verschwand, aber sie wusste, dass Amanda es hören würde.

Marco begegnete ihrem Blick, zwinkerte ihr zu und rief dann: „Ich habe ihn gefunden!" Mit einem letzten Grinsen drehte er sich um und ging in den vorderen Teil des Ladens.

Sobald sich das Metalltor hinter Amanda und Marco

geschlossen hatte, sank Nick gegen die Insel und hielt sich die Seiten vor Lachen.

„Du findest, das war lustig?"

Nick schnaubte. Er schnaubte tatsächlich, so sehr lachte er. „Die beste Unterhaltung, die ich seit langer, langer Zeit hatte. Denk mal drüber nach, Prinzessin: Zwei weltberühmte Royals schleichen sich mitten in der Nacht durch das Hinterzimmer einer winzigen Bäckerei, nur um ein bisschen ..."

„Ein bisschen – was?"

Er räusperte sich und tat so, als wäre er ernst. „Frische Luft zu schnappen."

Isabella schüttelte vorwurfsvoll den Kopf, konnte sich jedoch ein Lächeln nicht verkneifen. „Okay, es war lustig", räumte sie ein. „Und ich freue mich für Marco, dass er eine besonnene Frau gefunden hat, die ihn liebt."

„Sie sind verliebt. Daran besteht kein Zweifel."

Sie atmete aus und spürte, wie ihr das Lächeln aus dem Gesicht schwand. „Was, wenn Marco uns draußen erwischt hätte? Oder noch schlimmer, wenn ein Reporter uns gesehen hätte? Oder gar ein Tourist mit einer Kamera? Wir hätten das niemals tun dürfen."

Nick stand vom Fliesenboden auf. Diesmal war sein ernster Gesichtsausdruck nicht gespielt. „Meinst du das wirklich?"

„Ja. Nein. Ich weiß nicht. Ich –"

Er kam näher und strich mit seinen Fingerspitzen über ihre Schulter. Es gefiel ihr sehr, dass er sie beruhigen wollte, aber es funktionierte nicht.

„Du musstest mal raus und etwas Freiheit erleben", sagte er mit sanfter Stimme. „Dir selbst beweisen, dass es in Ordnung ist, wenn du mit einem Mann zusammen bist, ohne die Medien zu fürchten."

„Ich bin die ganze Zeit mit Männern zusammen."

„Du hast keine Rendezvous. Nicht mehr seit deinem Studium in Harvard." Er hob seine Hand von ihrer Schulter, umfasste ihr Kinn und zwang sie, seinen Blick zu erwidern. „Ich verstehe, warum, aber es muss nicht so sein. Das Leben ist zu kurz, als dass du es als Jungfrau gefangen in einem goldenen Käfig verbringen solltest."

In ihrem Inneren mischte sich Ärger mit Verlegenheit. „Ich habe nie gesagt –"

„Das ist nichts, wofür du dich schämen müsstest, Prinzessin. Und bevor du fragst: Nein, das weiß nicht die ganze Welt. Das sind nur Vermutungen meinerseits." Er strich mit dem Daumen über ihre Wange und betrachtete sie einen Moment lang, als würde er überlegen, wie er das, was er sagen wollte, am besten formulieren sollte. „Du kannst mir glauben, dass ich zu viele Frauen gesehen habe, die ihr ganzes Leben damit vergeudet haben, auf den richtigen Zeitpunkt zu warten, um ihrem Herzen zu folgen. Du bist in einer einzigartigen Situation, aber ich könnte es nicht ertragen, wenn dir das passieren würde. Dafür bist du zu besonders. Du verdienst etwas Glück." Er richtete seinen Blick auf den Eingang des Geschäfts. „Etwas wie das, was dein Bruder und Amanda haben."

„Vielleicht", flüsterte sie. „Aber was ist mit meiner Familie? Du würdest nicht glauben, was mein Vater durchgemacht hat, bevor Marco Amanda kennenlernte. Als er vom Militär zurückkam, war er zu jeder Tages- und Nachtzeit mit Glücksspielen zugange und weigerte sich, an Palastveranstaltungen teilzunehmen – und mit einer Tochter ist es noch etwas anderes. Wusstest du, was den Grimaldis passierte, als Prinzessin Stefanie noch jung war? Sie zog sogar mit einem Wanderzirkus herum, nur weil ein Mann –"

Er brachte sie mit einem Blick zum Schweigen. „Du bist nicht dein Bruder und du bist ganz sicher nicht Prinzessin Stefanie. Die letztlich übrigens gut geraten ist. Du bist Isabella diTalora. Du hast ein gesundes Urteilsvermögen. Du möchtest dich verabreden, nicht einem Wanderzirkus beitreten. Niemand, nicht einmal der niederträchtigste Medien- oder

Internet-Troll, wird dir oder deiner Familie das vorwerfen. Das musst du glauben. Jeder Mann, der das Glück hat, mit dir auszugehen zu dürfen, wird es ebenfalls glauben."

„Nick –"

„Denk einfach mal darüber nach. Der heutige Abend braucht kein einmaliges Ereignis für dich zu bleiben. Wenn du Männer treffen willst, dann triff sie. Ich bin sicher, dass Dutzende alles dafür geben würden, dich auch nur einmal ausführen zu dürfen. Trag die Brille und die Kappe, wenn du willst, aber du wirst bald merken, dass du sie nicht benötigst."

Sie musste so zweifelnd ausgesehen haben, wie sie sich fühlte, denn er wisperte: „Versprich mir nur, dass du darüber nachdenken wirst. Geh ein Risiko ein und lebe dein Leben. Finde jemanden, den du lieben kannst. Du wirst es bereuen, wenn du es nicht tust."

Eine Träne rann ihr über die Wange, bevor sie es verhindern konnte. Hatte irgendwer jemals so zu ihr gesprochen wie er? Sie bedeutete ihrer Familie etwas, aber niemand fühlte sich je bemüßigt, zu fragen, ob sie glücklich war. Sie nahmen es alle an, weil es das war, was sie nach außen hin erkennen ließ. Und sie musste zugeben, selbst wenn sie gefragt hätten, hätte sie ihnen erzählt, sie wäre sehr glücklich, vielen Dank. Nur Nick hatte die Wahrheit erkannt.

Sie berührte die weiche Baumwolle seines schwarzen T-Shirts, schöpfte aus seiner Kraft und ließ dann die Finger-kuppen auf seiner Schulter verweilen. Selbst durch den Stoff hindurch konnte sie die erhabenen Narben ertasten. So magisch ihre Nacht auch war, es hörte sich so an, als wollte er, dass sie mit anderen Männern ausging. Was konnte ihn so tief verletzt haben, dass er glaubte, nicht lieben zu können? Warum konnte er nicht dasselbe Risiko eingehen, zu dem er sie ermutigte?

Sie atmete tief durch und zwang sich, ihre Tränen zurückzu-drängen. „Okay, ich verspreche es. Ich werde darüber nachdenken."

„Gut."

Sie sah ihm in die Augen und ließ ihre Finger immer noch auf seiner Schulter liegen. „Sag mir doch, was du brauchst, Nick! Du schottest dich noch mehr ab als ich. Du triffst niemanden. Nicht in der Öffentlichkeit, nicht privat. Ist das der Grund, warum du mich so gut verstehst? Weil du dieselben Bedürfnisse hast?"

Seine Augen verengten sich. Er hatte einen Schutzwall um sein Herz errichtet, den sie vielleicht nie durchdringen würde. Doch sie musste es versuchen, noch ein letztes Mal.

„Ich kann dir den Grund nicht verraten, Prinzessin. Ich würde es gern tun, obwohl ..." Er beugte sich nach vorn und legte seine Stirn an ihre. „Ich weiß, es klingt, als würde ich versuchen, deinen Fragen auszuweichen. Aber das ist nicht so. Ich möchte es dir erzählen, mehr als ich es je zuvor jemandem erzählen wollte. Allerdings ist es sehr kompliziert."

„Komplizierter als mein Leben? Du kannst unmöglich so viel Angst davor haben, von den Medien zerrissen zu werden, wie ich."

„Du hast keine Ahnung."

Schon zum zweiten Mal an diesem Abend schob Nick ihre Hand von seiner vernarbten Schulter. Er bedauerte zutiefst, sie abweisen zu müssen, denn er wusste, wenn irgendwer auf der Welt seiner Geschichte Glauben schenken würde, wäre es Prinzessin Isabella.

Aber die harte Erfahrung hatte ihn gelehrt, dass er sie und sich selbst schützen musste. Wenn sie seine Geschichte hören und beschließen würde, zu ihm zu stehen, so wie Coletta es getan hatte, als sie ihre Heimat verlassen hatten, könnte er nicht damit leben.

Er stieß einen langen, gequälten Atemzug aus. Die Medien würden Isabella vielleicht nicht an den Pranger stellen, bloß weil sie ein Date mit einem normalen Mann hatte, aber sie würden sie in der Luft zerfetzen, wenn sie mit einem Mann ausginge, der behauptete, unsterblich zu sein. Es würde ihrer Familie schaden und sie selbst davon überzeugen, dass es richtig gewesen war, sich zu isolieren, und dann wäre sie noch schlechter dran als vorher.

Er führte sie von der Kücheninsel weg zum Gang. „Hör zu, Prinzessin. Es ist schon spät und wir sollten beide etwas schlafen. Ich will dir gleich morgen früh den Bericht zukommen lassen und du musst dich auf das Meeting mit dem Museumsausschuss vorbereiten."

Ihre Mundwinkel hoben sich, aber er konnte den Schmerz in ihren Augen sehen, weil er seine Geheimnisse nicht mit ihr teilen konnte. „In Ordnung. Für den Moment. Du bist aber noch nicht aus dem Schneider."

„Das habe ich auch nicht angenommen."

Ohne zu sprechen, schlenderten sie Hand in Hand durch den Gang zum Bergfried. Sie durchquerten den Lagerraum und stiegen dann die ausgetretenen Steinstufen hinauf, die in den Hauptbereich des alten Teils führten. Nach einem kurzen Händedruck ließen sie einander los und bewegten sich jeweils zur gegenüberliegenden Seite des Korridors. Gemeinsam betraten sie den Palast und fühlten doch wieder die Notwendigkeit, eine professionelle Distanz zu wahren.

Als sie die Tür zu seiner Suite erreichten, war es Isabella, die das Schweigen brach: „Danke, Nick. Das Abendessen war wunderbar." Sie drehte sich noch einmal um und sah ihn im schummrigen Licht an. „Es war ein großartiges Geburtstagsgeschenk, das ich nie vergessen werde."

„Ich auch nicht. Alles Gute zum Neunundzwanzigsten."

Er spürte, dass mehr nötig war, obwohl sie sich in einem öffentlich zugänglichen Korridor befanden, wo jeder vorbeikommen konnte, und beugte sich vor, um ihr einen langen Kuss auf die Schläfe zu drücken. Er atmete den süßen, frischen Duft ihres Haares ein und für die Dauer dieses Atemzugs verlor er fast seine Entschlossenheit. Er zwang sich, sich zurückzuziehen, und fügte hinzu: „Ich werde Nerina den Bericht bei Tagesanbruch übergeben.“

„Danke.“

Er drehte den Knauf und war schon halb in seinem Zimmer, als ihm ein Gedanke kam. Er trat zurück in den Korridor und rief Isabella nach: „Prinzessin?“ Sie stockte, dann drehte sie sich mit erwartungsvollem Gesicht um.

„Ich habe über das Angebot nachgedacht, Anne einzufliegen. Ich denke, ich werde es annehmen.“

Der erwartungsvolle Ausdruck verschwand aus ihrem Gesicht und wurde durch das ersetzt, was er inzwischen als ihre professionelle Miene ansah.

„Natürlich. Sie soll einfach einen Flug ihrer Wahl buchen. Sie kann sich ein Zimmer im Ritz nehmen oder ich lasse eine Gästesuite für sie herrichten. Je nachdem, was ihr lieber ist. Am besten führt sie Buch über die Kosten und Nerina kümmert sich um die Rückerstattung. Gute Nacht.“ Sie nickte ihm kurz zu und machte damit deutlich, dass sie an diesem Abend nicht länger mit ihm reden wollte.

„Gute Nacht“, antwortete er, aber sie ging schon weiter den Korridor hinunter. Er schloss die Tür zu seinem Zimmer und hieb mit der Faust so fest gegen die Wand, dass er am Morgen blaue Flecken haben würde, auch wenn es eher sein Herz war, das schmerzen würde.

Isabella zu verletzen, war ihm zuwider. Er bedauerte nicht, dass er mit ihr ausgegangen war und ihr bewiesen hatte, dass sie das Leben genießen konnte, aber er hätte der körperlichen Nähe widerstehen sollen.

Er lehnte seinen Kopf gegen die kühle Steinwand. Widerstand war zwecklos und er war ein Mann, der mit solchen Kämpfen bestens vertraut war. Isabella diTalora passte zu perfekt in seine Arme. Er hatte nicht mehr Kraft, ihr zu widerstehen, als ein verhungernder Mann, der vor einem Gourmetschmaus saß.

Unwillkürlich wanderten seine Finger zu den Narben an seiner Schulter, die er sich zwei Jahre vor seiner Begegnung mit Rufina im Kampf zugezogen hatte. Fast alle Ritter, die er kannte, hatten irgendwann einmal Verletzungen davongetragen, entweder auf dem Schlachtfeld oder während der Ausbildung, und auf ihren Körpern waren Narben zu sehen. Seine eigenen Wunden waren so gut verheilt, wie man es im zwölften Jahrhundert ohne die Möglichkeiten der modernen Medizin hoffen konnte, und er hatte sie seitdem beinahe vergessen.

Aber Isabella nicht. Sie machte sich Gedanken darüber, genauso wie über seine Einsamkeit, und sie hatte erkannt, dass er nicht aus freien Stücken so lebte.

Er drehte den Kopf weit genug, um aus dem Fenster zu schauen, das eine Wand seiner kleinen Suite einnahm. Unten stand eine Fontäne in dem Bereich, der einst König Bernardos Kräutergarten und einen Brunnen beherbergte. Zu seiner Linken erstreckte sich der majestätische Hauptteil von La Rocca, den es in den Jahren, die er in der Vergangenheit hier verbracht hatte, noch gar nicht gegeben hatte, auf einem Hügel hoch über den Casinos, Theatern und dem Geschäftsviertel. Eine einzige helle Lampe leuchtete in dem Bereich, wo sich die Privatgemächer der Familie befanden, ansonsten war alles Licht für den Abend gedämpft.

Unwillkürlich fragte er sich, ob es Isabellas Lampe war und ob der Abend in der Stadt sie ebenso aufgewühlt und mit wildem Verlangen zurückgelassen hatte wie ihn. Sie gehörten zusammen, mit Leib und Seele, und er spürte, dass sie genauso empfand. Oder sie würde es, wenn sie mehr Zeit allein verbringen könnten.

Aber er durfte sie nicht haben, nicht bevor er den Fluch gebrochen hatte, falls ihm das überhaupt gelingen würde. Sie verdiente jemand anderen und er musste sie freigeben. Genauso wie er Coletta hätte freigeben sollen, egal wie sehr er sich gewünscht hatte, dass sie bei ihm blieb.

Nick seufzte, als das helle Licht im Hauptgebäude des Palastes erlosch. Wenn Anne ihm bei dem Museumsprojekt half, konnte er wenigstens mehr Zeit auf seine eigene Suche verwenden.

Er schloss die Augen und betete, dass er den Fluch endlich brechen könnte. Noch nie hatte er das Gefühl gehabt, so nah daran zu sein, aber er war auch noch nie so verzweifelt gewesen.

In der Zwischenzeit würde ihn die Anwesenheit seiner Assistentin im Lagerraum davon abhalten, der Versuchung zu erliegen, was Prinzessin Isabella betraf.

Wenn er sie erneut küssen würde, wären sie beide verloren.

KAPITEL 8

ISABELLA NICKTE dem ihr vertrauten Nachtwächter zu, als er die Treppe in der Nähe ihrer Räumlichkeiten im Palast hinunterstieg. Falls er ihre Kleidung seltsam fand, zeigte er es nicht, als sie an ihm vorbeiging. Sie lief den Flur entlang, tippte den Türcode ein und schaltete dann das Licht an. Wie erwartet, hatte das Personal die üblichen Vorbereitungen für den nächsten Tag bereits abgeschlossen. Eine ausgedruckte Kopie ihrer Terminübersicht lag perfekt zentriert auf dem kleinen Schreibtisch neben der Tür, eine Aufmerksamkeit von Nerina. Ein marineblauer Hosenanzug aus Seide, der sich für ihre morgendlichen Termine eignete, hing an einem Kleiderständer neben ihrem Bett, die passenden Schuhe standen darunter, eine ordentlich gepackte Handtasche befand sich auf einem Stuhl daneben. Hinter dem Seidenanzug hing ein schwarzes Etuikleid aus leichter Wolle. Ein kleiner Zettel wies darauf hin, dass es für ihren Termin im Museum oder das geplante Abendessen mit ihrem Vater gedacht war, falls sie sich umziehen wollte.

Die Brokatdecke auf ihrem Bett war fein säuberlich zurückgeschlagen, sodass die Laken aus ägyptischer Baumwolle sichtbar waren. Ein aufwendig geschliffener Kristallkrug mit kühlem Wasser stand auf ihrem Nachttisch, daneben ein passendes Glas. Sie wusste, dass in ihrem luxuriösen Badezimmer ein frisch aufgeschüttelter Bademantel auf sie wartete.

Hier hatte sich nichts verändert. Doch in ihrem Inneren hatte sich alles verändert.

Ein Teil von ihr wollte zu Nicks Zimmer zurückkehren, an seine Tür klopfen und ihn erneut küssen, sobald er sie öffnete. Bevor er nachdenken konnte, bevor er sich eine Ausrede einfallen lassen oder sie abweisen konnte. Jedes Molekül in ihrem Körper lechzte nach seiner Berührung und das gleiche überwältigende Bedürfnis quälte auch ihn, das wusste sie. Sie mochte noch Jungfrau sein und ziemlich unerfahren mit Männern, aber sie war nicht naiv. Niemand konnte den Hunger in Nicks Küssen, das Verlangen in seinem Blick oder die Bewunderung verkennen, mit der er ihren Körper mit den Händen liebkost hatte.

Was also hielt ihn zurück?

Sie zog die Schuhe neben ihrem Bett aus, immer noch erstaunt, dass sie sich in solch legerer Kleidung in die Öffentlichkeit gewagt hatte, und kehrte dann zum Schreibtisch zurück, um ihre Terminübersicht zu holen.

Unter ihrem Tagesplan fiel ihr ein Blatt elfenbeinfarbenes Briefpapier mit Federicos ordentlicher Handschrift auf. Sofort legte sie eine Hand auf ihren Magen. Die Jungen! Sie hatte versäumt, ihnen ihre Gute-Nacht-Geschichte vorzulesen, und bei all der Aufregung um ihren Ausflug in die Stadt hatte sie völlig vergessen, Federico zu sagen, dass sie nicht da sein würde. Federico musste neugierig sein und die Jungen waren sicherlich enttäuscht. Wie hatte sie nur so gedankenlos sein können?

Sie nahm das Blatt in die Hand und las, was Federico in seinem stets förmlichen Italienisch geschrieben hatte.

Meine liebe Isabella,

Arturo und Paolo waren natürlich traurig, dass du ihnen heute Abend nicht vorlesen konntest. Unabhängig davon, ob deine Abwesenheit zufällig oder absichtlich war, möchte ich dir meinen tiefsten Dank aussprechen. Ich habe es sehr genossen, dass ich mich vom heutigen Empfang zurückziehen und etwas Zeit mit meinen Söhnen verbringen konnte. Zum ersten Mal seit Längerem haben wir zusammen gelesen und gesungen und wirklich Spaß gehabt. Ich musste die Erfahrung machen, dass ich wieder unbeschwert lachen kann, und das konnte ich nur, weil ich genötigt war, Zeit mit den Kindern allein zu verbringen in der Stunde vor dem Schlafengehen, wenn sie am entspanntesten sind.

Nachdem die Jungen ins Bett gegangen waren, rief ich Nerina an und erkundigte mich, wo du warst. Sie sagte nur, du hättest einen zuvor ausgemachten Termin wahrgenommen. Da wurde mir klar, liebe Schwester, dass du heute Geburtstag hast. Bitte verzeih mir, dass ich dir nicht von ganzem Herzen alles Gute gewünscht habe. Ich hoffe wirklich, du hattest einen schönen Abend. Nach allem, was du seit Lucrezias Tod für Arturo, Paolo und mich tust, hast du dir etwas Freude redlich verdient. Genau genommen für alles, was du für unsere Familie tust. Erst heute Abend, als du nicht da warst, ist mir bewusst geworden, wie viele Opfer du für uns bringst.

Ich möchte mich nochmals bei dir entschuldigen und dir für alles danken. Wenn es dir recht ist, würden Arturo und Paolo gern morgen Abend einen Geburtstagskuchen mit dir essen. Aber solltest du andere Pläne haben, ermutige ich dich, diese zu verfolgen.

Für immer in deiner Schuld

Federico

ISABELLA BLINZELTE UNGLÄUBIG, dann las sie den Brief erneut. Dankbarkeit dafür, dass sie die Gute-Nacht-Geschichte für die Jungs *vergessen* hatte!

Nicht, was sie erwartet hatte, aber sie zweifelte nicht an Federicos Aufrichtigkeit.

Sie kritzelte eine Notiz auf ihren Tagesplan, die sie daran erinnern sollte, am nächsten Abend in Federicos Räumlichkeiten vorbeizuschauen. Dann faltete sie den Brief lächelnd zusammen und legte ihn zum Aufbewahren in ihren Nachttisch. Eines Tages würde Federico vielleicht lernen, nicht so förmlich zu sein, zumindest seinen eigenen Geschwistern gegenüber, doch im Augenblick waren ihr seine Worte lieb und teuer.

Sie schloss die Nachttischschublade und dachte, dass Nick womöglich doch recht hatte. Vielleicht würde ihre Familie es verstehen, wenn sie vorsichtig begann, auf Dates zu gehen. Nicht dass sie sich beim Küssen auf einer öffentlichen Bank erwischen lassen würde – das war eine schreckliche Fehlentscheidung gewesen –, aber was konnte schon passieren, wenn man bei Kerzenschein unter den Sternen zu Abend aß, sich gut unterhielt und ein Glas Wein trank? Vorausgesetzt, es machte ihrem Date nichts aus, ab und zu fotografiert zu werden.

Es sei denn, der Mann, mit dem sie zu Abend aß, verbarg ein Geheimnis, das die Medien aufdecken und damit dem Ruf ihrer Familie schaden könnten.

Sie setzte sich auf die Bettkante. Nick hatte sich Mühe gegeben, den Kameras am Flughafen zu entgehen, als sie in San Rimini angekommen waren. Heute Abend war sie gut getarnt gewesen, sodass die Wahrscheinlichkeit, fotografiert zu werden, minimal gewesen war, aber sie hatte gespürt, dass er nervös blieb und ständig auf der Hut vor jemandem war, der ein Foto von ihnen machen könnte. War seine Nervosität darauf zurückzuführen, dass er um sie fürchtete, oder auch um sich selbst?

Und warum schien er sie zu ermutigen, sich mit anderen Männern zu treffen? Glaubte er ernsthaft, dass eine Beziehung zwischen ihnen beiden unmöglich war, trotz der unbestreitbaren Chemie zwischen ihnen? Was für ein Geheimnis könnte so verheerend sein?

Sie fuhr sich mit den Fingern durchs Haar. *Warum, Nick? Warum verrätst du es mir nicht?*

Sie stand auf, schlüpfte in flache Schuhe und schritt zur Eingangstür und auf den Gang hinaus. Sie lief weiter, bis sie den Wachmann entdeckte, dem sie vorhin auf der Treppe begegnet war.

„Hoheit", sagte er.

„Verzeihen Sie die Störung. Ich wollte fragen, ob Sie wissen, wann Chiara Ascardi morgens kommt."

„Ich glaube, sie ist jetzt hier", antwortete er. „Sie sprach mit dem Wachmann in der Nähe von Prinz Antonys Räumlichkeiten, als ich meinen Dienst antrat. Wenn Sie mit ihr reden möchten, könnten Sie versuchen, sie in ihrem Büro zu erreichen."

Im schummrigen Licht des Flurs konnte sie sehen, dass der Wachmann sorgenvoll die Stirn runzelte. Es war ungewöhnlich, dass ein Mitglied der königlichen Familie mitten in der Nacht nach der Sicherheitschefin fragte. „Ich hoffe, es ist alles in Ordnung, Hoheit. Gibt es ein Sicherheitsproblem, das ich übersehen habe?"

„Nein." Sie lächelte ihn beruhigend an. „Sie haben immer großartige Arbeit geleistet. Es gibt da nur eine kleine Sache, die sie hoffentlich für mich überprüfen kann."

„Wenn ich etwas für Sie tun kann, lassen Sie es mich bitte wissen."

„Ja, natürlich. Ich wünsche Ihnen eine ruhige Nacht."

Innerhalb weniger Minuten war Isabella zurück in ihren Räumen und hatte die Sicherheitschefin auf ihrer Privatleitung. Sie erläuterte kurz ihr Anliegen und bat dann um Diskretion: „Dies ist nur zu meiner eigenen Information, Chiara. Ich möchte nicht, dass Sie irgendetwas unternehmen, egal, was Sie herausfinden. Ich bitte auch darum, dass Sie meinem Vater nichts von diesem Auftrag erzählen."

„Wie Sie wünschen, Hoheit", erwiderte die ehemalige Kommandantin der Militärpolizei. „Ich kümmere mich sofort darum."

„Ich danke Ihnen. Aber bitte nur, wenn Sie nicht anderweitig beschäftigt sind. Dies hat niedrige Priorität."

„Verstanden."

Sie beendete den Anruf, zufrieden, dass sie bald ihre Antwort – oder zumindest einen Hinweis – haben würde. Einerseits wusste sie, dass Nick enttäuscht sein würde, weil sie dies hinter seinem Rücken machte, aber andererseits hatte sie als seine Arbeitgeberin auch das Recht, seinen Hintergrund genau zu durchleuchten.

„So schlimm kann es nicht sein", sagte sie laut und hoffte, sich damit selbst zu überzeugen. Sie wusste aus ihrer vorherigen Überprüfung, dass er keine Vorstrafen hatte. Keine Verhaftungen, kein einziger Kontakt mit der Polizei. Jemand, der so freundlich und fürsorglich war wie Nick Black, konnte keine Leichen im Keller haben, oder doch?

Wie dem auch sei, sie musste die Wahrheit erfahren. Nur so konnte sie abschätzen, wie sie ihn am besten überreden konnte, mit ihr zu sprechen. Egal, was für Geheimnisse er hatte, sie würde nicht schlecht von ihm denken. Denn heute Abend, im Mondlicht und unter den Sternen von San Rimini, hatte sie sich in Nick Black verliebt.

Sie wünschte sich nichts sehnlicher, als dass er sich in sie verliebte und keine Angst davor hatte.

Die leuchtenden roten Zahlen auf ihrem Wecker zeigten, dass es ein Uhr morgens war, und damit war ihr Geburtstag vorbei. Achtundzwanzig war eine Erinnerung. Und nächstes Jahr würde sie …

Sie stöhnte. *Dreißig.*

Wo waren ihre Zwanziger geblieben? Morgen würde sie zu

ihrer gewohnten Routine zurückkehren, von einer Veranstaltung zur nächsten eilen und wenig Zeit für sich selbst haben. Vor zwei Wochen hatte sie das noch nicht gestört. Heute Abend jedoch lastete diese Aussicht schwer auf ihr.

Sie verließ ihren Wohnbereich und sah erneut den Wachmann, der seine Runden machte. Inzwischen wunderte er sich wahrscheinlich über ihren Gemütszustand, aber das war ihr egal. Nick würde längst schlafen – zumindest hoffte sie das –, aber sie hatte noch ein Geburtstagsgeschenk verdient.

Sie schlug den Weg zum Bergfried ein.

ANNE JONES BLÄTTERTE in dem Notizbuch auf Nicks Schreibtisch und verglich sorgfältig seine handschriftlichen Notizen mit denen, die sie von den Audioaufnahmen transkribiert hatte. Über ihre Schulter hinweg bemerkte sie: „Ich bin beeindruckt. Sie haben in nur wenigen Wochen eine ganze Menge erreicht. Der Sammlungsausschuss des Museums muss mit Ihren Fortschritten sehr zufrieden gewesen sein."

Nick brummte etwas zur Antwort, während er eine große Kiste aus dem Verschlag zerrte, in dem er vor ein paar Tagen mit dem Katalogisieren begonnen hatte. Seit er die Schriftrolle mit seinem Namen entdeckt hatte, war herzlich wenig anderes aufgetaucht. Nicht einmal das Märchenbuch. Er hätte schwören können, dass er es in diesem Bereich liegen gelassen hatte, als er Isabella zum Essen ausführte, aber jetzt, drei Tage später, hatte er es immer noch nicht wiedergefunden.

Nachdem er die Kiste zum Auspacken auf eine freie Fläche gezerrt hatte, suchte er nach dem Brecheisen, mit dem er den Deckel abheben konnte. Er war so von der Prinzessin und dem, was zwischen ihnen in der Bäckerei passiert war, abgelenkt gewesen, dass er völlig vergessen hatte, was sie über *Der verfluchte Ritter* gesagt hatte. Sobald sie ihm die Geschichte an jenem Abend auf der Bank an der Bushaltestelle erzählt hatte, hatte er beabsichtigt, in dem Buch nachzusehen, ob es die Geschichte enthielt.

Natürlich, dass ihm zum ersten Mal seit … wie lange war es her, dass ihm eine Frau das Hemd über den Kopf gezogen hatte? Er rechnete kurz nach und kam zu dem Ergebnis, dass es fast vierzig Jahre her war, als er in einer anderen Stadt unter einem anderen Namen gelebt hatte. Nun, das konnte einen Mann schon mal davon ablenken, sich in Märchen zu verlieren, selbst wenn diese der Schlüssel zu seinem Fluch sein könnten.

Doch als er am nächsten Morgen mit seinem Bericht für den Ausschuss fertig war, dachte er an den Grund, warum er überhaupt nach San Rimini gekommen war. Er lief direkt zu dem entsprechenden Bereich im Lagerraum, erwartete, das Buch dort liegen zu sehen, aber Fehlanzeige. Jetzt, nach drei Tagen Suche, musste er davon ausgehen, dass Isabella es sich irgendwann in jener Nacht anders überlegt und das Buch geholt hatte.

„Schlechtes Timing", murmelte er. Er konnte sie ja wohl kaum bitten, es zurückzugeben. Er konnte auch nicht in ihren Räumen auftauchen und sie fragen, ob er einen Blick hineinwerfen dürfe. Aber er musste mehr über die Geschichte erfahren. In Jahrhunderten der Suche hatte er noch nie eine deutlichere Spur gefunden. Seine gesamte Existenz – oder zumindest die *Dauer* seiner Existenz – könnte davon abhängen.

Anne blickte erschrocken vom Schreibtisch auf. „Kann ich Ihnen behilflich sein?"

„Nein, ich rede nur mit mir selbst." Er holte tief Luft und atmete dann langsam wieder aus. In der Nähe so vieler mittelalterlicher Artefakte aus San Rimini zu sein, weit mehr als er in all den Jahren des Sammelns in Boston erworben hatte, und seinen eigenen Namen inmitten dieser Artefakte zu sehen, brachte ihn an den Rand der Verzweiflung. Er war in letzter Zeit nicht mehr er selbst gewesen und musste sich zusammenreißen, damit er bei seiner Suche nicht etwas Entscheidendes übersah.

Wenn er so darüber nachdachte – er blickte quer durch den Raum zu seiner Assistentin –, war Anne auch nicht mehr sie selbst, seit sie in San Rimini angekommen war. In Boston war sie immer ruhig, zurückhaltend und tüchtig gewesen. Aber hier schienen die Palastmauern sie zu stören. Sie zuckte beim leisesten Geräusch zusammen und mehr als einmal hatte er sie dabei erwischt, wie sie den Inhalt des Lagerraums anstarrte, als befänden sich dort Geister statt Kistenstapel. Ständig strich sie über ihre Kleidung und ihr Haar, als würde der Staub sie mit einer üblen Krankheit infizieren. Als er sie vor die Wahl gestellt hatte, ein Zimmer im Ritz zu nehmen und sich die Kosten erstatten zu lassen oder in einer Gästesuite im Palast zu wohnen, hatte sie sich ohne Zögern für das Hotel entschieden.

Er konnte ihr das kaum verübeln. Das Büro in Boston hatte raumhohe Fenster, ein hochmodernes Belüftungssystem, lag unweit mehrerer Feinkostläden und überblickte den Post Office Square, wo Anne oft ihren Lunch in der Sonne genoss. Die bewusst modern gestaltete Einrichtung hielt ihn davon ab, sein Augenmerk auf all das zu richten, was er in der Vergangenheit verloren hatte.

Hier waren sie umgeben von Gemälden längst verstorbener Monarchen, dem Geruch verrottender Stoffe und dem einen oder anderen gemeißelten Marmorkopf. Statt von ihrem Schreibtisch aus einen Panoramablick auf das Bostoner Finanzviertel zu haben, starrte Anne auf eine graue Steinwand. Kurz zu einem Feinkostladen zu gehen, kam nicht in Frage, es sei denn, sie wollte auf dem Hin- und Rückweg die Sicherheitskontrollen am Dienstboteneingang durchlaufen. Sie brachte jeden Tag einen abgepackten Mittagssnack mit, den sie in einem kleinen Supermarkt in der Nähe ihres Hotels gekauft hatte.

Er fand das Brecheisen und legte es auf die Kiste. „Ich sage Ihnen was, Anne. Sie sind schon seit Stunden hier unten. Ich hätte gerne Ihre Hilfe bei einem anderen Projekt, wenn es Ihnen nichts ausmacht, Zeit in der Palastbibliothek zu verbringen."

Sie drehte sich auf dem Stuhl zu ihm um, offenbar erpicht darauf, den Lagerraum zu verlassen. „Ja?"

„Sehen Sie für mich in der Büchersammlung der königlichen Familie und im Internet nach, ob Sie etwas über ein altes Märchen aus San Rimini finden können. Es heißt *Der verfluchte Ritter*, oder so ähnlich."

Ihr Blick wurde schärfer und er glaubte, einen Ausdruck von Misstrauen über ihr Gesicht huschen zu sehen, doch dieser verschwand, bevor er sicher sein konnte. „Sagten Sie, *Der verfluchte Ritter?*"

„Ja. Sind Sie mit der Geschichte vertraut?"

Sie schüttelte den Kopf. Dadurch löste sich ein Stückchen Verpackungsmaterial, das sich irgendwie in ihrem Haar verfangen hatte. Es hing vor ihrem Gesicht wie eine Spinne, die an einem Faden von ihrem Netz herunterbaumelt. Genervt begann sie, es aus ihren roten und grauen Strähnen zu befreien. „Nein, davon habe ich noch nie gehört. Aber ich bin auch keine Expertin, das ist Ihr Fachgebiet."

Sie zerrte ein letztes Mal an dem Verpackungsmaterial und warf es dann in den Mülleimer. Ihr Blick wanderte hinter ihn, zu den verschiedenen Verschlägen. „Ich dachte, Sie interessieren sich für Artefakte. Sie haben mich noch nie Literatur recherchieren lassen."

„Ich verfolge eine neue Richtung. Aus bloßer Neugier."

Sie runzelte die Stirn und öffnete den Mund, als wollte sie etwas sagen, überlegte es sich aber offenbar anders. Sie nahm ihre Handtasche und ihr Notizbuch und sagte nur: „Nun, ich werde mich bemühen, das Märchen zu finden."

„Danke."

Sie richtete ihre Frisur. Dann straffte sie ihren Rücken, als würde sie den König höchstpersönlich auf dem Flur treffen, und stieg die Treppe zur Palastbibliothek hinauf.

Sobald sie gegangen war, kehrte Nick zu der Kiste zurück und hebelte den Deckel auf. Seltsam. Anne hatte sein Tun noch nie hinterfragt. Er hatte auch unterschätzt, wie sehr sie das moderne Boston den Lagerräumen historischer Gebäude von San Rimini vorzog. Er würde ihr einen Bonus geben müssen, wenn sie wieder in den Staaten waren.

Sobald ihm der Gedanke an Boston kam, schalt er sich dafür. Er konnte nicht zurückkehren. Jedenfalls nicht dauerhaft. Wenn er dieses Mal bei seiner Suche scheiterte, würde er eine neue Identität annehmen und von vorn beginnen müssen. Zu viele Leute würden durch das Museumsprojekt von ihm gehört haben. Oder Anne könnte anfangen, Fragen zu stellen. Die Bloody-Mary-Episode hatte ihn gelehrt, wie wichtig es war, seine fünfzehn-bis-zwanzig-Jahre-Regel einzuhalten.

Er warf den Kistendeckel heftiger als nötig zur Seite und fluchte laut. Diesmal durfte er nicht scheitern. Das durfte er einfach nicht. Noch zu viele weitere Jahre in einer Existenz, in der er halb tot, halb lebendig war, und er würde den Verstand verlieren. Außerdem, wohin sollte er als Nächstes gehen? Es musste ein Ort sein, wo er in einer Menschenmenge untertauchen konnte, wo er nicht ständig nach seinem Ausweis gefragt wurde und die Archive der Regierung Lücken in ihren Aufzeichnungen hatten. Leider hatte die Technik die Welt in den letzten zwanzig Jahren revolutioniert. Selbst mit dem besten gefälschten Ausweis, den man für Geld kaufen konnte, würde er bei diesem Tempo in den nächsten zwanzig Jahren keinen Ort mehr finden, um sich zu verstecken.

Außerdem wusste er, dass er sich nicht erlauben konnte, länger als eine Minute über seine Zukunft nachzudenken, sonst würde er nur noch sehen, wie viel es plötzlich gab, wofür es sich zu leben lohnte. Der Gedanke, Isabella zu verlieren, auch wenn sie nicht wirklich *sein* war, zerriss ihm das Herz.

Er fegte Berge von zerfetztem Verpackungsmaterial beiseite, bis seine Hände auf etwas Hartes stießen. Er legte seine Finger darum, zog vorsichtig an dem Gegenstand und merkte sofort, dass er ein weiteres Buch gefunden hatte.

„Kommt schon, Märchen", murmelte er, als er den dunkel verfärbten Deckel anhob.

Iudicium, stand in verblasster Schrift auf der ersten Seite. Prozess. Und darunter: *Maleficarum*. Hexen. Hexenprozesse.

Schmerz durchzuckte seinen Kopf von Schläfe zu Schläfe, auf demselben Weg aus Stacheldraht, den seine Migräne immer nahm. Er hielt einen Moment inne, um durchzuatmen, bis das Hämmern sich auf einem niedrigeren Niveau eingependelt hatte, dann überflog er den Inhalt. Es war schwierig, den Schmerz zu ignorieren, erst recht, als sich sein Geist mit den schrecklichen Bildern füllte, die in dem Text beschrieben wurden. Verbrennung auf dem Scheiterhaufen. Folter. Erzwungene Geständnisse. Lange Kerkerstrafen.

Die in dem Buch dokumentierten Vorfälle ereigneten sich in Südeuropa in den Jahrhunderten um seine Geburt. Es könnte nichts bedeuten. Oder es könnte alles bedeuten.

Nachdem er sich gezwungen hatte, einige weitere Male tief Luft zu holen, trug er das Buch zum Schreibtisch und zog seine Baumwollhandschuhe an, was er schon hätte tun sollen, als ihm klar wurde, was die Kiste enthielt. Vorsichtig blätterte er die Seiten um und durchsuchte jeden Bericht nach etwas, das ihm einen Hinweis auf Rufina geben könnte.

Sechsundsiebzig Seiten voller Schrecken später hielt er inne. Nach der Lektüre von Berichten über Prozesse in Deutschland, Genua und Spanien stieß er auf einen Abschnitt, den er nicht ignorieren konnte: über siebzehn Frauen, die 1199 in San Rimini in nur sechs Monaten der Hexerei angeklagt wurden.

Nur neun Jahre, nachdem er verflucht worden war.

Mit durch die Kopfschmerzen verschwommenem Blick überflog er die Beschreibungen der Angeklagten – ihr Aussehen, ihr Alter, ihre Tätigkeiten – und suchte nach Details, die ihm Hinweise auf Rufinas Aufenthaltsort geben könnten, falls sie angeklagt und freigelassen worden war.

„Nick?" Er zuckte zusammen, als sich von hinten Schritte näherten. „Tut mir leid, dass ich Sie störe, aber ich habe gefunden, was Sie gesucht haben."

„So schnell?" Er schlug das Buch zu, bevor er sich zu Anne umdrehte.

Sie blickte auf das Buch in seinen Händen und zuckte dann mit den Schultern. „Es war ganz einfach. Ich habe im Internet nach ‚verfluchter Ritter' und ‚San Rimini' gesucht und ein paar Seiten gefunden, auf denen die Begriffe erwähnt wurden. Es ist ein älteres Märchen, das offenbar nur in der Gegend um San Rimini und Venedig vorkommt." Sie hielt ihm einen Packen Papier hin. „Ich habe die relevanten Informationen ausgedruckt."

„Danke, Anne." Er schluckte und nahm die Seiten entgegen, auch wenn er nicht sicher war, ob er genug Durchhaltevermögen hatte, alle Informationen in sich aufzunehmen, die plötzlich auf ihn einprasselten. „Ich weiß, es ist noch früh, aber warum machen Sie nicht eine Pause? Gehen Sie spazieren, sehen Sie sich die Stadt an. Machen Sie Schluss für heute."

Sie musterte ihn neugierig. „Sind Sie sicher? Es macht mir nichts aus –"

Er tat den Einwand mit einer Handbewegung ab. „Gehen Sie. Sie haben etwas frische Luft verdient." Und er wollte ungestört sein.

„In Ordnung." Sie blickte wieder auf das Buch, dann auf die Seiten, die sie für ihn ausgedruckt hatte. „Aber wenn Sie glauben, dass Sie etwas Wichtiges entdeckt haben, bin ich gerne bereit, dem nachzugehen."

„Gehen Sie!" Die Aufforderung kam heftiger heraus, als ihm lieb war, das Hämmern in seinem Kopf wurde stärker und glich Kanonenschüssen. Er schloss kurz die Augen, öffnete sie wieder und warf Anne einen entschuldigenden Blick zu. „Es tut mir leid. Das war unangebracht. Ich bin etwas erschöpft, vermute ich. Ich will nicht, dass es Ihnen ebenso ergeht."

„Soll ich vielleicht in ein paar Stunden zurückkommen? Um nach dem Rechten zu sehen?" Sie warf einen vielsagenden Blick auf das fast leere Fläschchen Aspirin auf dem Schreibtisch. „Wenn ich an einer Apotheke vorbeikomme, bringe ich Ihnen Nachschub mit."

„Danke, Anne. Sie retten mir das Leben."

Sobald das Geräusch ihrer Schritte verklungen war, blätterte er die Ausdrucke durch, die sie ihm gegeben hatte. Das sogenannte Märchen erzählte seine Geschichte, kein Zweifel. Er konnte nicht leugnen, dass Prinzessin Isabella ein gutes Gedächtnis hatte. Das Märchen verlief in allen Versionen genauso, wie sie es ihm erzählt hatte. Der mit dem Fluch der Unsterblichkeit belegte Ritter wurde zu einem Ausgestoßenen, der von diesem Tag an in keinem Haus mehr willkommen war.

Und seinen Fluch nie zu brechen vermochte. In jeder Variante der Geschichte.

„So viel zur Version der Kinderfrau", brummte Nick und schob die Ausdrucke auf dem Schreibtisch zur Seite. Vielleicht würde er später selbst eine Suche starten, doch er bezweifelte, dass er die Antworten finden würde, die er suchte. Er öffnete den weißen Deckel des Aspirinfläschchens aus durchsichtigem Plastik, fischte die letzten drei weißen Pillen heraus und schluckte sie trocken.

Er ignorierte den bitteren Geschmack in seinem Mund und schlug erneut das Buch über Hexenprozesse auf. Dabei versuchte er, sich nicht die Qualen der armen Frauen vorzustellen, die aus ihren Häusern gezerrt und aus dem einen oder anderen Grund der Hexerei beschuldigt worden waren. Gott sei Dank, hatte sich die Menschheit zu seinen Lebzeiten weiterentwickelt.

Er blätterte einige Seiten durch und las eine quälende

Beschreibung nach der anderen, bis sein Blick auf eine Stelle fiel, die alle Luft aus seiner Lunge entweichen ließ.

In dem Buch wurde ein Prozess beschrieben, bei dem es um eine rothaarige Frau im Alter von etwa fünfundvierzig Jahren ging, die im Grenzgebiet von San Rimini verhaftet wurde und der man vorwarf, mit Hilfe von Teufelswerk die Dorfbewohner zu heilen. Ein junger Mann behauptete, die rothaarige Frau, deren Name nicht genannt wurde, sei gerufen worden, um die Kopfschmerzen seines Vaters zu heilen, habe aber stattdessen seinen Vater mit einem Zauber belegt, der dazu führte, dass der ältere Mann auf einer Seite des Körpers gelähmt war. Zeugen berichteten auch, dass dem alten Mann unaufhörlich Speichel aus dem Mund floss. Dies konnte natürlich nur durch einen bösen Geist verursacht werden, der von dem Körper Besitz ergriffen hatte.

Rufina war eine Heilerin gewesen, erinnerte er sich. Und der alte Mann hatte vermutlich einen Schlaganfall erlitten.

Die sogenannte Hexe bestritt die Vorwürfe und brachte mehrere Zeugen mit, die für sie aussagten, darunter ihr erwachsener Sohn, ein hinkender Bauer aus einem nahe gelegenen Dorf.

Nick strich mit dem Daumen über seine schmerzende Stirn. Das musste Rufina sein. Der Beschreibung nach schien das Dorf der Lichtung am nächsten zu liegen, wo er ihr begegnet war. Wenn sie im Jahr 1199 etwa fünfundvierzig Jahre alt gewesen war, musste sie sechsunddreißig gewesen sein, als er verflucht wurde. Und sie hatte gesagt, dass ihr Sohn vierzehn sei.

Er überflog den Rest der Ausführungen und übersprang die Abschnitte über die Folter der Frau, bis er am Ende des Texts anlangte. Sein Herz krampfte sich zusammen, als er den Urteilsspruch las: Das Gremium aus Kirchenvertretern, das den Fall verhandelte, hielt sie für eine Hexe und Ketzerin.

Er wusste, dass sie eine Hexe war, oder wie auch immer man eine Person bezeichnen sollte, die Kräfte besaß, die er nicht verstehen konnte. Aber sie hätten sie nicht für schuldig befinden dürfen. Das hatte sie nicht verdient. Und er hatte das auch nicht verdient.

Der Raum verschwamm vor Nicks Augen. Sein Kopf dröhnte und ein erstickter Schrei entrang sich ihm, als er zur letzten Zeile kam.

Die Hexe war zum Tode auf dem Scheiterhaufen verurteilt worden und das Urteil sollte auf dem Dorfplatz vollstreckt werden.

KAPITEL 9

Isabella wünschte ihrem ältesten Bruder, Prinz Antony, viel Erfolg für sein Treffen mit dem Agrarminister, bevor sie in ihrem Arbeitszimmer verschwand. Bei einem Mittagessen vor dem Meeting, an dem mehrere Mitglieder der königlichen Familie und eine Reihe von Reportern teilnahmen, hatten große Spannungen geherrscht, da im Parlament neue landwirtschaftliche Vorschriften diskutiert wurden. Obwohl sie üblicherweise Interesse an den innenpolitischen Angelegenheiten von San Rimini hatte, war es ihr schwergefallen, sich auf die Gespräche zu konzentrieren.

Nach der Hälfte des Zwischenganges, bei dem Salat serviert wurde, drückte Nerina Isabella einen Zettel in die Hand, auf dem stand, dass Chiara Ascardi sie so bald wie möglich zu sprechen wünschte und wichtige Informationen für sie hätte.

Während Isabella frische Tilapiafilets mit Wildreis aß, konnte sie nicht anders, als die verschiedenen Möglichkeiten im Kopf durchzugehen. Könnte Nick bei seinem letzten Job in einen Finanz- oder Sexskandal verwickelt gewesen sein? Sicherlich hätte die anfängliche Überprüfung seines Hintergrunds einen Vorfall dieses Ausmaßes aufgedeckt.

Beim Dessert spielte sie unter dem Tisch mit ihrer Serviette, während der Agrarminister die Herausforderungen des Wasserabflusses erörterte. Die ganze Zeit über fragte sie sich, was Nicks Geheimnis sein könnte, und versuchte, sich das Schlimmste auszumalen, um auf alles vorbereitet zu sein, was La Roccas Sicherheitschefin ihr möglicherweise enthüllen würde. Keine ihrer schrecklichen Fantasien passte jedoch zu ihren Überzeugungen, was Nicks grundlegenden Charakter betraf. Sicherlich erklärte nichts von dem, was sie sich zusammenreimte, seine Narben.

Sobald sie die Tür des Arbeitszimmers hinter sich geschlossen hatte, eilte sie zu ihrem Schreibtisch. Sie ignorierte die Meldungen auf ihrem Handy über neue Nachrichten und E-Mails und wählte die Durchwahl der Sicherheitschefin.

„Chiara Ascardi.“

„Hallo, Chiara. Hier ist Prinzessin Isabella.“

„Hoheit, danke, dass Sie zurückrufen.“ Ihr Tonfall war ernst und ehrerbietig. „Ich bin bei meinen Ermittlungen etwas vorangekommen. Wenn Sie einen Moment Zeit haben, würde ich die Ergebnisse gerne persönlich mit Ihnen besprechen.“

„Ja, natürlich. Ich bin jetzt in meinem Arbeitszimmer.“

„Ich komme sofort. Es ist vielleicht besser, wenn wir allein sind, Hoheit.“

„Ich verstehe.“

Isabella nagte an ihrer Lippe und überlegte, wie lange es dauern würde, bis Chiara ihr Arbeitszimmer erreichte. Was immer sie herausgefunden hatte, konnten keine gute Nachrichten sein, sonst hätte Chiara sie am Telefon informiert. Glücklicherweise erschien die Sicherheitschefin innerhalb weniger Minuten und schloss die Tür hinter sich, als Isabella nickte und damit ihr Einverständnis gab.

„Bitte.“ Sie bedeutete Chiara, dass sie es sich auf einem Stuhl in der Nähe bequem machen sollte. „Förmlichkeit ist nicht vonnöten. Ich nehme an, Sie haben etwas Konkretes gefunden?“

„Urteilen Sie selbst." Chiara Ascardi hielt ihr eine Aktenmappe hin, die Isabella entgegennahm.

„Das sind Ihre Erkenntnisse über Mr. Black?"

„Ja. Oder besser gesagt, mein Mangel an Erkenntnissen." Als Isabella die Stirn runzelte, erklärte sie: „In all den Jahren, in denen ich Hintergrundchecks durchgeführt habe, bin ich noch nie auf jemanden wie ihn gestoßen. Ich habe eine amerikanische Sozialversicherungsnummer gefunden und konnte feststellen, dass er keine Vorstrafen hat. Alles, was zu den grundlegenden Überprüfungen gehört, die wir zu Einstellungszwecken vornehmen, ging problemlos durch."

„Aber?"

„Bei näherer Betrachtung gab es Unregelmäßigkeiten. Da Mr. Black Amerikaner ist und ein Kooperationsabkommen für das Inland besteht, habe ich einen befreundeten FBI-Agenten gebeten, seinen Background mit Hilfe der privaten Firma, die sie immer für solche Fälle einschalten, einer genaueren Kontrolle zu unterziehen. Die Akteneinträge über Nick Black reichen nur acht Jahre zurück. Das ist untypisch. Er hat keine Familie und es gibt keine Eigentumsnachweise und keine Zeugnisse über seine Ausbildung. Steuerdaten sind nicht vorhanden außer denen, die sich auf sein Unternehmen beziehen, und da läuft alles auf den Namen von Roger Farris, der seine Sammlung verwaltet."

Isabella überkreuzte ihre Füße in der neutralen Haltung, die sie gewöhnlich bei Interviews einnahm, und versuchte, entspannt zu wirken, obwohl ihr Magen plötzlich das Mittagessen wieder loswerden wollte. „Was halten Sie von all dem?"

Die Sicherheitschefin holte tief Luft und überlegte offenbar, wie sie ihre Schlussfolgerungen am besten formulieren sollte. „Dieser Mann hat sich große Mühe gegeben, nicht auf Papier zu erscheinen, Hoheit. Für den größten Teil der Welt existiert er offiziell nicht."

Isabella betrachtete Chiaras Gesicht und versuchte, die

Informationen zu verarbeiten. „Könnte er ein Krimineller sein? Jemand, der vor der Justiz davonläuft?"

„Das bezweifle ich. Kriminelle sind normalerweise nicht so gut darin, ihre Spuren zu verwischen. Im Gegenteil, zuerst dachte ich, er könnte ein ehemaliger CIA-Mitarbeiter sein. Oder im Zeugenschutzprogramm der Vereinigten Staaten. Jemand, dessen Identität aus einem bestimmten Grund gelöscht wurde."

„Aber jetzt glauben Sie das nicht mehr? Warum nicht?"

„Ich habe mich bei meinen Kontaktpersonen in den USA erkundigt. Sie würden zwar nie die Identität von jemandem preisgeben, den sie zu schützen versuchen, aber sie haben mir genug Informationen gegeben, um daraus zu schließen, dass er nicht im Zeugenschutzprogramm ist. Und auch kein ehemaliger Agent." Chiara beugte sich vor und griff nach der Mappe. „Darf ich?"

„Selbstverständlich."

„Ich habe mit dem Foto von Mr. Blacks Sicherheitsausweis für den Palast einen Bildabgleich durchgeführt. Dieses hier stammt aus einem Zeitungsarchiv in New Jersey. Nachdem ich es gesehen hatte, wurden sämtliche Theorien hinfällig." Chiara zog ein etwa handtellergroßes Schwarz-Weiß-Foto aus der Mappe, legte es darauf und reichte Isabella beides zurück. „Ich kann es mir einfach nicht erklären."

Isabella starrte das Gesicht auf dem Foto an, außerstande, zu sprechen.

„Das hat mich auch verwirrt", gab Chiara zu. „Der Mann auf dem Foto hatte einen etwas anderen Namen, Dan Black. Ich dachte, er müsste ein Verwandter sein, denn ich habe noch nie zwei Menschen ohne familiäre Beziehung gesehen, die sich so sehr ähneln. Ich habe versucht, ihn über seinen Arbeitgeber ausfindig zu machen, weil ich dachte, dass ich von ihm mehr über Nick erfahren könnte, aber die Firma gibt es nicht mehr. Dan Black hatte nie eine Sozialversicherungsnummer. Ich konnte keine Aufzeichnungen über ihn finden. Nicht einmal eine Geburts- oder Sterbeurkunde." Die Sicherheitschefin deutete auf die Mappe. „Ich weiß, Sie möchten nicht, dass König Eduardo von diesen Nachforschungen erfährt, und ich habe mich an Ihre Bitte gehalten. Aber ich glaube, Ihr Vater sollte hinzugezogen werden. Dies könnte ein Sicherheitsproblem von nationaler Tragweite sein."

Nick? Obwohl er über die Intelligenz und den Zugang zur königlichen Familie verfügte, um eine Bedrohung darzustellen, hatte sie ihn mit allen Mitteln dazu bringen müssen, die Vereinigten Staaten zu verlassen. *Sie* war an *ihn* herangetreten. Wenn er der Familie schaden wollte, hätte er bereits reichlich Gelegenheit dazu gehabt.

Isabella schüttelte den Kopf. „Nein. Was Sie entdeckt haben, ist verwirrend, das gebe ich zu, aber ich glaube nicht, dass er irgendwelche finsteren Absichten verfolgt. Ich würde mich gerne selbst darum kümmern."

„Hoheit, irgendwas hat Sie veranlasst, sich an mich zu wenden. Etwas, das Ihrem Eindruck nach mit diesem Mann nicht stimmt. Wenn Sie ihn mit Ihren Erkenntnissen konfrontieren, könnten Sie sich in große Gefahr bringen. Wir wissen doch nicht, ob –"

Isabella hob eine Hand, um die Debatte zu beenden. „Wir können nicht wissen, ob der Mann auf diesem Bild ein Verwandter ist. Und dieser Verwandte könnte auch einen Grund gehabt haben, geschützt zu werden."

Chiaras Kiefer spannte sich an. Sie hatte diesen Gesichtsausdruck sonst immer, wenn der König dafür plädierte, die Sicherheitsvorkehrungen im Palast zu lockern, damit sich Gäste willkommener fühlten. „Ich wäre beruhigter, wenn Sie mir wenigstens erlauben würden, zuerst mit Mr. Black zu sprechen. Ich habe Erfahrung mit solchen Dingen. Ich sollte in der Lage sein, ihm mehr Informationen zu entlocken, ohne dass er Verdacht schöpft."

„Sie haben bereits weitaus mehr getan, als es Ihre Pflicht war, Chiara. Ich bin erstaunt, dass Sie in nur drei Tagen so viel herausgefunden haben. Aber ich versichere Ihnen, ich kann die Sache regeln. Wenn ich Sie für irgendetwas brauche oder das Gefühl habe, dass meine Sicherheit gefährdet ist, werde ich Sie sofort benachrichtigen." Isabella stand auf und machte so deutlich, dass ihre Entscheidung endgültig war.

„Das wäre mir lieb, Hoheit. Bitte, seien Sie vorsichtig."

„Das bin ich."

Sobald sie allein war, schickte sie eine kurze Nachricht an ihren Vater, um das geplante Abendessen abzusagen mit dem Versprechen, den Termin so bald wie möglich nachzuholen. Dann informierte sie Nerina über die Planänderung. Nachdem das erledigt war, setzte sie sich an ihren Schreibtisch und studierte die Akte, las alle Informationen Seite für Seite und dann noch einmal, ebenso den Ausdruck des Zeitungsartikels, in dem das Foto ursprünglich erschienen war. Nichts davon ergab einen Sinn. Sie zog die Aufnahme heraus, um sie genauer zu betrachten. Der Mann auf dem Bild, der eine Trage trug, sah Nick so ähnlich, und doch konnte er es unmöglich sein. Sie holte eine Lupe aus ihrer Schreibtischschublade und betrachtete das Foto eingehend. Mehrere erhabene Narben zogen sich über die rechte Hand des Mannes, mit der er die Krankentrage an einer Seite festhielt.

Isabella schloss die Augen und atmete zitternd aus. Nick hatte eindeutig Geheimnisse. Geheimnisse, die größer waren, als sie es sich je hätte vorstellen können. Und trotz Chiara Ascardis Warnung wusste sie jetzt, dass sie die Wahrheit selbst in Erfahrung bringen musste. Die Frage war nur, wie?

Sie drehte das Foto in den Fingern und wünschte, sie könnte Nick trösten oder ihm irgendwie helfen. Es tat ihr weh, dass er seine Bürde – woraus auch immer diese bestehen mochte – allein tragen musste.

Isabella legte das Vergrößerungsglas zusammen mit der Akte

zurück in die Schreibtischschublade, steckte das Bild in ihre Tasche und schloss die Schublade ab.

ANNE FEGTE in den Lagerraum und drückte Nick eine kleine grüne Flasche mit einem italienischen Etikett in die Hand. „Ich habe die Marke, die Sie bevorzugen, nicht gefunden, aber ich denke, die sollten auch wirken."

„Aspirin ist Aspirin", erwiderte er und stellte das Fläschchen auf den Schreibtisch. Zu diesem Zeitpunkt konnte nicht viel seinen Schmerz dämpfen. Er wanderte von seinem Kopf nach unten und drang in jeden Knochen, jeden Muskel und jede Pore seines Körpers. „Danke, dass Sie mir das Medikament vorbeigebracht haben. Hatten Sie einen schönen Nachmittag?"

Sie betrachtete die Unterlagen, die er zum Schreddern beiseitegelegt hatte. „Einen besseren als Sie, so wie's aussieht. Kann ich irgendwas tun?"

Er hielt inne und ging im Geiste seine Liste durch. „Wenn es nicht allzu viel Mühe macht, ich benötige die Telefonnummer des Historischen Instituts der Universität von San Rimini. Aber es hat keine Eile. Morgen ist früh genug."

„Das ist kein Problem. Ich bin gleich wieder da." Sie wandte sich zum Gehen, blieb jedoch in der Tür stehen und beobachtete, wie er mehrere Akten aus der Schreibtischschublade zog. „Was ist denn los, wenn Sie mir diese Frage gestatten?"

Nick legte die Akten auf den Stapel von Papieren und Nachschlagewerken, die bereits einen Karton auf seinem Schreibtischstuhl füllten, und begegnete Annes besorgtem Blick mit einem beruhigenden Lächeln. „An und für sich ist alles in Ordnung. Aber aus Gründen, die ich im Moment lieber für mich behalten möchte, habe ich beschlossen, meine Arbeit an diesem Projekt zu beenden. Ich werde einen Professor anrufen, den ich für einige Recherchen hinzugezogen hatte, um zu sehen, ob er jemand anderen für die Aufgabe empfehlen kann. Sobald ich einen Ersatz gefunden und meine Notizen übergeben habe, können wir nach Boston zurückkehren."

„Ich verstehe", murmelte Anne, auch wenn ihr Gesicht deutlich zeigte, dass dem nicht so war.

„Es tut mir leid, dass ich es Ihnen nicht eher gesagt habe", entschuldigte er sich, denn er wusste, dass Anne sich große Sorgen machte, sonst hätte sie niemals nachgefragt. „Ich habe den Entschluss erst heute Nachmittag gefasst, als Sie unterwegs waren, und zuvor wollte ich einen geeigneten Ersatz finden, denn ich möchte nicht, dass meine Abreise die Erweiterung des Museums verzögert."

„Haben Sie die Prinzessin von Ihrer Entscheidung in Kenntnis gesetzt?"

„Nein. Aber sobald ich mit dem Professor gesprochen habe, werde ich das tun. Ich bin sicher, dass es Experten gibt, die sich um diese Aufgabe reißen werden. Ich möchte nur, dass die Prinzessin begreift –" Er hielt inne, als ihm klar wurde, dass er sagen wollte, die Prinzessin solle begreifen, dass es nichts mit ihr zu tun hätte, obwohl alles ausschließlich mit ihr zu tun hatte.

Wenn er in San Rimini bliebe, könnte er vielleicht einen kleinen Hinweis entdecken, der für seine Suche nützlich wäre, aber angesichts dessen, was er bereits herausgefunden hatte, nämlich dass Rufina schon fast so lange tot war, wie er selbst lebte, waren die Chancen äußerst gering bis nicht vorhanden. Jahrhunderte, in denen er Opfer gebracht hatte, waren wirkungslos geblieben. Er musste davon ausgehen, dass mit Rufina auch die Fähigkeit, den Fluch zu brechen, gestorben war.

Mit jedem Tag, den er länger blieb auf der Suche nach einer Antwort, die es wahrscheinlich gar nicht gab, wurde das Risiko größer, enttarnt zu werden. Dieses Risiko konnte er nicht mehr eingehen. Weder für sich selbst noch für Anne oder Roger, die sicherlich über seine Identität befragt werden würden, und schon gar nicht für Prinzessin Isabella.

Jeder Tag, den er länger blieb, bedeutete auch, dass er mehr Zeit in der Nähe der Prinzessin verbringen würde, wohl wissend, dass er sie nie und nimmer haben konnte. Und ihm war ebenfalls klar, dass er sich von ihr fernhalten musste, damit sie sich nicht so heftig in ihn verliebte wie er sich in sie. Er wusste nicht, ob er das ertragen könnte, nicht nachdem er Coletta verloren hatte.

„Was soll die Prinzessin begreifen?", hakte Anne nach.

Er zuckte mit den Schultern und ließ ein Maßband in den Karton fallen. „Dass ich für dieses Projekt nicht unentbehrlich bin."

„Prinzessin Isabella wird das möglicherweise anders sehen. Sie hat große Anstrengungen unternommen, um Sie zu engagieren."

„Nun, ich werde mein Bestes tun, um meinem Nachfolger dieselben Ressourcen zur Verfügung zu stellen, die ich hatte. Vielleicht empfehle ich sogar Roger für die Stelle. Er ist sicherlich für diese Aufgabe qualifiziert."

Nick klappte die Laschen des Kartons herunter und verschränkte sie miteinander, damit der Deckel nicht aufsprang. Anne beobachtete ihn noch immer. Zwei Sorgenfalten zeichneten sich zwischen ihren Brauen ab. „Es passiert nichts über Nacht", versicherte er ihr. „Es wird einige Tage dauern, bis ich meine Notizen zu den bereits abgeschlossenen Arbeiten geordnet habe. In der Zwischenzeit steht es Ihnen frei, die Stadt zu besichtigen. Frönen Sie dem Glücksspiel, setzen Sie sich an den Strand, besichtigen Sie die Museen. San Rimini ist ein wunderschönes Land, zumindest, wenn man aus diesem alten, kalten Raum hier herauskommt. Das sollten Sie ausnutzen." Nicht, dass er an die weißen Sandstrände von San Rimini oder die vornehmen Casinos denken wollte – nicht, wenn er nicht mit Isabella dort hingehen oder einen Abend mit ihr genießen konnte wie damals auf der Terrasse des Restaurants.

„Kann ich gar nichts tun?"

Es erforderte eine herkulische Anstrengung, seinen Mund zu einem Grinsen zu zwingen. Er musste Anne davon überzeugen, dass nichts Ungewöhnliches geschehen war, dass er einfach eine geschäftliche Entscheidung getroffen hatte. „Nicht wirklich. Sie könnten sich vielleicht um Flugtickets kümmern und für Anfang nächster Woche Flüge nach Boston buchen. Ansonsten", er machte eine Handbewegung in die ungefähre Richtung der Strada il Teatro, „wartet Ihr Urlaub."

Sie nickte langsam, als ob sie die unerwartete Wendung der Ereignisse erst verarbeiten müsste. „Ich werde die Reisemöglichkeiten prüfen und die Reservierungen heute Abend vornehmen."

„Es eilt nicht."

Sie drehte sich auf ihren bequemen Absätzen um und ging. Nick stellte den Pappkarton auf den Schreibtisch und beschriftete ihn, wobei er versuchte, sich auf die vor ihm liegende Aufgabe zu konzentrieren. Doch als er das abgegriffene mittelalterliche Buch auf einer Ecke des Schreibtisches erblickte und an die Beschreibungen dachte, wie mutmaßliche Hexen bei lebendigem Leibe verbrannt wurden, bekam er einen bitteren Geschmack im Mund und sein Kopf begann erneut, zu pochen. Sekunden später ließ er den Karton stehen, griff nach dem Mülleimer und würgte.

Er setzte sich auf den Boden und umklammerte den stabilen Metallbehälter. Als er spürte, dass sein Magen leer war, atmete er mehrmals tief durch, ließ den Eimer los und starrte an die hohe, gewölbte Decke. Er fragte sich, wo Rufina gefangen gehalten worden war. Wenn sie die Fähigkeit besessen hatte, ihn zur Unsterblichkeit zu verdammen, warum war sie dann nicht ihren Häschern entkommen? Sicherlich hätte man sie in keiner Festung und keinem Gefängnis festhalten können.

Und jetzt, wo sie tot war, fragte er sich, was das für ihn bedeutete. Er spuckte noch einmal in den Mülleimer und wischte sich dann den Mund an seinem Ärmel ab. Kein Wunder, dass all die Jahre der Opfer nichts genützt hatten. Er könnte noch ein Jahrtausend lang Opfer bringen und der Fluch würde nicht enden, wenn Rufinas Tod bedeutete, dass der Zauber nicht gebrochen werden konnte.

Er stieß ein spöttisches Lachen aus. Was würden die Professoren der Universität von San Rimini wohl von seiner misslichen Lage halten? In ihren Büros gab es vom Boden bis zur Decke Abhandlungen über die Geschichte des Landes, was sie zu perfekten Ansprechpartnern machte, als er auf der Suche nach Rufina gewesen war. Aber was würden sie antworten, wenn er sie fragte: „Hey, verehrte Gelehrte, was ist die Wissenschaft hinter den alten Flüchen von San Rimini? Hat jemand eine Studie darüber durchgeführt, was nötig ist, um solch einen Zauber zu brechen? Die fragliche Verwünschung wurde gewirkt, indem das Opfer mit einem grünen Pulver beworfen wurde, das auf der Haut brannte. Gibt es dazu irgendwelche Theorien? Hat jemand ein Gutachten dazu verfasst? Möchte mich jemand in eine Gummizelle sperren und den Schlüssel wegwerfen? Ich werde länger als das Gummi bestehen. Ich werde wahrscheinlich selbst das Schloss überdauern."

Mit dem Fuß beförderte er den Metalleimer über den Steinboden zurück an seinen Platz neben dem Schreibtisch. Er lehnte den Kopf zurück, bis er an die harte Steinwand stieß, und schloss die Augen.

Ein Bild von Isabella diTalora erfüllte seine Vorstellung. Ihr süßer, schwingender Pferdeschwanz und ihre unglaublich nerdige, schwarz umrandete Brille, die unbändige Freude in ihrem Gesicht, nur weil sie inkognito in einem Restaurant zu Abend essen konnte. Das Bedürfnis und Verlangen in ihren Augen, als ihre Fingerspitzen über seine Brust wanderten. Ihre feuchten, roten Lippen, nachdem sie sich im Hinterzimmer der Bäckerei geküsst hatten.

Die elegante Spitze ihres BHs. Das Heben und Senken ihrer Brüste, als sie die Arme nach ihm ausgestreckt hatte.

Er bohrte die Fäuste in seine Augenhöhlen, als sich seine Gedanken fleischlichen Gelüsten zuwandten. Nein, er konnte nicht mehr viele Jahre ohne menschliche Gefühle überleben, ohne eine Frau zu berühren oder zu erleben, dass sie seine Zuneigung erwiderte. Ohne Isabella in die Arme nehmen zu können.

Tränen brannten heiß in seinen Augen und zum ersten Mal, seit er ein kleiner Junge gewesen war, legte er den Kopf auf die Knie und ließ ihnen freien Lauf. Sobald er angefangen hatte, zu weinen, folgten mehr als achthundert Jahre Frustration und Einsamkeit.

AUF DER OBERSTEN Stufe der Steintreppe hielt Isabella inne. Die Tür zum Lagerraum stand einen Spalt offen und von drinnen hörte sie etwas, das wie der gequälte Schrei eines Tieres klang. Sie warf einen Blick hinter sich, vergewisserte sich, dass der Gang leer war, und öffnete dann langsam die Tür weit genug, um hindurchzuschlüpfen. Ganz leise, um unbemerkt zu bleiben, stieg sie die im Dunkeln liegenden Stufen hinunter und spähte in den Lagerraum.

Was sie sah, tat ihr im Herzen weh und ihre Augen füllten sich mit Tränen des Mitleids. Sie hatte ihren Vater einmal weinen sehen, am Morgen nach dem Tod ihrer Mutter. Und sie hatte mitbekommen, wie Federico mit seinen Gefühlen kämpfte, nachdem er Lucrezia verloren hatte. Aber noch nie hatte sie erlebt, dass ein Mann so offensichtlich verzweifelt war wie Nick Black.

Er nahm nicht wahr, wie sie neben ihn trat, und als sie sich hinkniete, zuckte er erschrocken zusammen. Ohne ein Wort zu sagen, zog sie seine kräftige Gestalt in ihre Arme und strich mit der Hand über sein weiches schwarzes Haar in der Hoffnung, dass ihre Anwesenheit ihm ein wenig Erleichterung schenken würde. Er beruhigte sich augenblicklich, obwohl sich sein Brustkorb weiterhin heftig hob und senkte und sein Atem in kurzen Stößen kam.

„Du solltest gehen, Prinzessin. Das ist nicht –"

„Es ist in Ordnung", flüsterte sie in sein Haar.

„Ich habe nur gerade eine schlechte Nachricht erhalten, das ist alles." Er hob den Kopf von seinen Knien, schaute sie jedoch nicht an. „Ich bin nicht durchgedreht oder so etwas."

„Du wärst der Letzte, der *durchdrehen* würde, vermute ich."

Sein Mund verzog sich und es folgte dasselbe seltsame Lachen voller Bitterkeit, das sie an jenem Tag in seinem Büro gehört hatte, nachdem sie ihm gesagt hatte, der Job sei die Chance seines Lebens.

„Es hat mit dem zu tun, was du mir neulich nachts in der Bäckerei nicht sagen wolltest, stimmt's?"

Er wandte ihr sein Gesicht zu. Die Müdigkeit hatte Fältchen in die Haut um seine Augenwinkel gegraben und seine Tränensäcke zeugten von Schlafmangel. Sie bemerkte, dass das übliche durchsichtige Aspirinfläschchen auf seinem Schreibtisch durch ein grünes ersetzt worden war, und fragte sich, ob seine Kopfschmerzen angesichts seines offenkundigen Stresspegels schlimmer geworden waren.

„Aber du hast immer noch das Gefühl, dass du es mir nicht sagen kannst."

„Ich wünschte, ich könnte es, Prinzessin, aber jetzt ist nicht die richtige Zeit dafür oder –"

„Ich vermute, du hast eine Menge Zeit." Sie setzte sich neben ihn auf den Boden, zog das Schwarz-Weiß-Foto aus der Hosentasche und hielt es so, dass sie es beide sehen konnten. „Das bist du, nicht wahr?"

Er schwieg einen Moment und starrte einfach auf das Foto. Als er sprach, klang seine Stimme krächzend: „Woher hast du das?"

„Ich habe deinen Hintergrund ein wenig überprüft." Bevor er

etwas sagen konnte, packte sie seinen Unterarm. „Es ist nicht so, wie du glaubst, Nick. Ich vertraue dir vollkommen und habe mir bloß Sorgen um dich gemacht. Ich denke, du kennst mich inzwischen gut genug, um zu wissen, dass ich nicht Nein sagen kann, wenn jemand in Not meine Hilfe braucht."

In seiner Kehle arbeitete es, als er ihr das Foto abnahm. „Wer hat es gefunden?"

„Chiara Ascardi, die Sicherheitschefin meines Vaters. Sie ist die Einzige, die es gesehen hat, und ich habe sie zur Verschwiegenheit verpflichtet. Du kannst dich darauf verlassen, dass Chiara ihr Wort hält."

Nick furchte die Stirn, während er darüber nachdachte. „Was hast du noch gefunden?"

„Dass du im Grunde offiziell nicht existierst. Keine Geburtsurkunde – jedenfalls keine, die sich finden lässt –, keine Eltern. Nichts vor dem Zeitpunkt, als du in Boston aufgetaucht bist."

„Und diese Chiara Ascardi hat das herausbekommen?"

„Ja."

Nick drehte das Bild zwischen den Fingern, seine Nerven lagen offensichtlich blank. „Ich nehme an, du hast eine Menge Fragen."

Sie ließ ihre Finger über seinen starken, festen Unterarm wandern. Trotz der kurzen Zeit, die sie sich erst kannten, fühlte sie sich in seiner Gegenwart wohl. Selbst jetzt, wo er emotional erschöpft schien. „Dieses Foto wurde 1937 aufgenommen, Nick. Und doch bist du seither nicht einen Tag gealtert. Keinen einzigen."

Er sah sie an und seine umschatteten Augen bestätigten ihre Worte, ohne dass er etwas sagen musste. „Es sollte ein aufregender Tag werden", begann er leise, senkte das Kinn und fuhr mit einem Finger über den Rand des Fotos. „Ich habe im Luftschiffhafen Lakehurst gearbeitet und freiwillig auf der Krankenstation geholfen. Die Hindenburg sollte an diesem Abend eintreffen. Alle redeten darüber. Wir konnten es kaum erwarten, den Zeppelin zu sehen. Wir fragten uns, wie groß er neben dem Verankerungsmast sein würde, sprachen über die Wissenschaft, die dahintersteckte. Reporterteams waren vor Ort, um über die Ankunft zu berichten."

Isabella ließ ihre Hand auf seinem Arm liegen, während er tief durchatmete. „Das Feuer war gewaltig. Es brach blitzschnell aus und war so … so intensiv. Es war, als ob sich die Luft selbst in Flammen verwandelt hätte. Der Zeppelin war noch hoch in der Luft, als er sich entzündete … Wir haben so schnell wie möglich gehandelt, aber wir wussten, dass wir nicht alle retten konnten. Sie hatten keine Möglichkeit, zu entkommen. Diejenigen, die es bis auf den Boden schafften, hatten schreckliche Verbrennungen." Sein Arm zuckte, als er hinzufügte: „Manchmal rieche ich noch immer das Blut und das verbrannte Fleisch. Es war … es war grauenvoll."

Die Inbrunst und das Entsetzen in seiner Stimme machten sie sprachlos.

Einen Moment später schüttelte er den Kopf, als würde dies die Bilder aus seinem Kopf vertreiben. Dann sprach er weiter, sachlich, als ob er seine Emotionen ausgeschaltet hätte: „Ein Pressefotograf hat ein Bild von mir gemacht, wie ich einem Brandopfer half. Ich habe es erst später bemerkt, als das Foto in der Lokalzeitung erschien. Deine Sicherheitschefin ist kompetent. Ich glaube, es ist das einzige Foto von mir, das jemals in der Öffentlichkeit verbreitet wurde. Zum Glück erschien es nicht in *Life* oder *The New York Times*. Ich war sehr vorsichtig –"

„Wie alt bist du?"

Er schnaubte sarkastisch. „Du würdest die Antwort sowieso nicht glauben, egal, ob ich dir erzählen würde, dass ich siebenundzwanzig bin oder hundertsiebenundzwanzig. Also vertraue mir, wenn ich dir sage, dass es sich nicht lohnt, dieser Frage nachzugehen."

„Nick –"

Er erhob sich so schnell, dass ihre Hand von seinem Arm

glitt und von ihrem eigenen Knie abprallte. „Nein. Ich habe dir gesagt, dass ich meine Privatsphäre brauche. Ich verstehe zwar, dass du Sicherheitsbedenken hast, aber ich habe nie etwas getan, was dir zu denken geben sollte. Wenn ich dir jedoch diese Frage beantworten würde, hättest du im Nu deine Sicherheitschefin mit ihrem gesamten Team hier unten, bereit, mich einzusperren. Tatsächlich", er deutete auf einen Karton, der auf dem Schreibtisch stand, „habe ich entschieden, dass ich trotz der wunderbaren Gelegenheit, die du mir hier geboten hast, nicht bleiben kann. Ich hatte vor, mit dir darüber zu sprechen, sobald ich einen anderen Experten gefunden habe, der meine Arbeit fortsetzt, damit dein Museumsprojekt –"

Sie hörte seine letzten Worte kaum, so schnell und heftig pochte der Zorn in ihr. Sie stand auf und richtete sich zu ihrer vollen Größe auf, obwohl sie mit dem Kopf kaum bis zu Nicks Kinn reichte. Mit der gebieterischsten Ich-bin-eine-Prinzessin-und-du-hörst-mir-besser-zu-Stimme, die sie aufbringen konnte, sagte sie: „Nein. Nein, du wirst nicht gehen, und nein, niemand wird dich einsperren. Aber ich will hier und jetzt wissen, was los ist. Ich will die Wahrheit."

Er zuckte zurück und bevor sie sich bremsen konnte, nahm sie sein Gesicht in beide Hände und drückte die Daumen auf seine von Bartstoppeln aufgeraute Haut. Nicht genug, um ihm wehzutun, aber genug, dass er die Intensität der Gefühle, die sie durchströmten, spüren konnte. „Was auch immer dein Geheimnis ist, du kannst es mir sagen. Ich werde dir glauben."

Furcht und Zweifel traten gleichermaßen in seine Augen. Sie schüttelte den Kopf, dann sagte sie die Worte. Nie hätte sie für möglich gehalten, dass sie sie jemals aussprechen würde: „Ich liebe dich, Nick Black ... oder wie immer du heißt. Wie alt du auch sein magst. Ich liebe dich von ganzem Herzen. Du hast mehr für mich getan, als du ahnst, und ich vertraue dir. Wenn es einen Weg gibt, dir deinen Schmerz zu nehmen, dann will ich es tun."

Seine Augen schimmerten, aber er schüttelte ihre Hände nicht ab. „Ich wurde 1163 geboren, Prinzessin. Wenn du wissen willst, wie alt ich bin, dann rechne nach. Keine noch so große Liebe und kein noch so großes Verständnis können diese Tatsache leugnen oder den damit verbundenen Schmerz lindern. Ich wünschte, es wäre anders.“

Sie trat unwillkürlich einen Schritt zurück, ihre Hände fielen auf seine Schultern und sanken dann ganz herunter. Er konnte unmöglich gesagt haben, was sie glaubte, gehört zu haben. Das war unmöglich.

Doch da war das Foto.

„Sagtest du 1163?“

„Eins, eins, sechs, drei.“ Er breitete die Arme weit aus und lachte, aber es klang wie Spott. „Du willst die Wahrheit? Es gibt einen verdammt guten Grund, warum ich mich mit jedem Stück des alten Gerümpels in diesem Raum auskenne. Warum ich weiß, wie man ein Schwert hält, und dir sagen kann, wie viele Tage ein mittelalterlicher Mönch brauchte, um eine Predigt abzuschreiben oder ein Manuskript zu bebildern. Es liegt nicht daran, dass ich einen großartigen Hochschulabschluss hätte. Um genau zu sein, ich habe nie eine Dissertation geschrieben oder auch nur ein einziges Geschichtsseminar besucht. Ich habe es erlebt. Ich habe alles erlebt. Das, liebe Prinzessin, ist die Wahrheit.“

KAPITEL 10

IHR HERZ GLAUBTE IHM. Aber als sie der Bewegung seines Arms mit den Augen folgte, die abgenutzten Wandteppiche und das angelaufene Silber betrachtete und den Geruch von Pergament wahrnahm, das Jahrhunderte zuvor entstanden war, wollte ihr Verstand das nicht zulassen. „Nick, dann wärst du fast tausend Jahre alt. Das ist doch lächerlich."

„Mir fehlen noch einige Jahre bis zu tausend", erwiderte er und fügte dann mit ernsterer Stimme hinzu: „Sag mir, dass du mir glaubst. Sag mir, dass du mich nicht für verrückt hältst."

Sie schüttelte langsam den Kopf und dachte über jedes Wort nach, das er seit ihrem ersten Treffen gesagt hatte, über alles, was er getan hatte. „Nein, ich weiß, dass du nicht verrückt bist."

Das Aspirinfläschchen auf dem Schreibtisch fiel ihr wieder ins Auge. Er bemerkte es und ging hinüber.

„Wenn du versuchst, dich selbst zu überzeugen, ist das verständlich." Er hob das Fläschchen mit Zeige- und Mittelfinger hoch. „Ich habe dir erzählt, dass ich vor langer Zeit eine Kopfverletzung hatte. *Vor langer Zeit* war eine Untertreibung. Ich wurde Anfang 1191 von meinem Pferd abgeworfen. Ich stürzte einen Abhang hinunter und lag tagelang zwischen

Felsen und Gebüsch, bevor mich einige Kinder fanden. Man brachte mich in ein Haus, wo ich gepflegt wurde. Ohne den Fluch hätte ich das wahrscheinlich nicht überlebt. Deshalb stecke ich mir die Dinger in den Mund, als wären es Bonbons. Ich kann schlecht in eine Arztpraxis gehen und meine Krankengeschichte erzählen. Also ertrage ich die Kopfschmerzen. Und mehr steckt nicht dahinter. Es sind bloß Kopfschmerzen, keine Wahnvorstellungen, allerdings gibt es Tage, an denen ich lieber Wahnvorstellungen hätte, als unsterblich zu sein. Aber ich kann es mir nicht aussuchen."

Isabella nahm ihm das Fläschchen aus den Fingern und stellte es zurück auf den Schreibtisch, was ihr einen Moment zum Nachdenken verschaffte. Sie sank auf den Schreibtischstuhl und versuchte, einen klaren Kopf zu behalten, obwohl das, was Nick erzählt hatte, unmöglich war. „Was meinst du mit *dem Fluch*? Willst du damit sagen, dass du nicht alterst – dass du *unsterblich* bist –, weil du verflucht wurdest?"

„Genau das meine ich. Jetzt verstehst du, warum ich mich nicht in der Öffentlichkeit zeige, warum ich über meine Vergangenheit Stillschweigen bewahre. Ich würde in dieselbe Schublade wie diese armen Leute gesteckt werden, die mitten in der Wüste stehen und verzweifelt darauf warten, dass UFOs kommen und sie zu ihrem Heimatplaneten mitnehmen."

„Erzähl mir alles. Bitte."

Seine Augen bohrten sich in ihre, aber sie wankte nicht. Mit jedem Wort und jedem Blick stellte er sie auf die Probe. Endlich sagte er: „Ich muss erst wissen, ob du mir glaubst. Wenn ich dir alles offenbare, setze ich mich einem großen Risiko aus. Es ist schon schlimm genug, dass die Sicherheitschefin deines Vaters weiß, dass mit mir etwas nicht stimmt."

Isabella atmete tief die kühle Luft im Lagerraum ein. Wie viele Nachmittage hatte sie mit Fachleuten aus der Psychiatrie verbracht, um etwas über das Ausmaß, die Diagnose und Behandlung psychischer Störungen zu erfahren und darüber, was sie tun konnte, um zu helfen! Ihr Wissen über dieses Thema und die Zeit, die sie allein mit Nick verbracht hatte, standen in Konflikt miteinander. Ein Psychiater würde sofort zu dem Schluss kommen, dass er unter Wahnvorstellungen litt, aber wenn sie ihn jetzt so betrachtete, war sie sich da nicht so sicher.

„Du glaubst, was du sagst. Wenn du mir deine Geschichte erzählst, werde ich sie auch glauben. Und ich verspreche dir, wenn du nicht willst, dass ich sie mit jemand anderem teile, werde ich das nicht tun." Sie legte eine Hand auf ihr Herz. „Ich schwöre es bei meinem Leben."

„Bei deinem Leben? Mach keine Witze!" Er grinste sie an, doch dabei zuckte ein Muskel an seinem Kiefer und verriet, dass er sich unwohl fühlte.

Sie streckte ihre Hand aus. „Hast du schon mal jemanden eingeweiht?"

Er starrte einen Moment lang auf ihre Finger, dann überraschte er sie, indem er ihre Hand nahm und sie küsste. „Ein paar Mal, ganz am Anfang. Nur meine Frau kannte die ganze Geschichte. Es ist immer schlecht ausgegangen, besonders in ihrem Fall. Aus Schaden wird man klug."

„Du warst also verheiratet?" Eifersucht durchzuckte sie, aber im selben Augenblick wurde ihr klar, dass seine Frau vermutlich schon lange tot war und er den Verlust einer Ehepartnerin hatte verkraften müssen, genau wie ihr Vater und Federico. „Wie hieß sie?"

Er zuckte betont lässig mit den Schultern, was seine tiefe Trauer nur noch unterstrich. „Das tut nichts zur Sache."

Sie zog ihn näher zu sich heran und flüsterte: „Ich will es trotzdem wissen. Ich will alles wissen."

„Warum?"

Sie hob ihr Kinn. „Du bist der erste Mensch, der meine Einsamkeit verstanden hat. Wie ich von Menschen umgeben und doch so isoliert sein kann. Jetzt weiß ich, warum."

Gefühle flackerten in seinen Augen auf und sie erhob sich,

um ihm einen beruhigenden Kuss auf die Lippen zu drücken. „Nick, du hast mich von meiner Einsamkeit befreit, als ich dachte, die Umstände würden das unmöglich machen. Lass es zu, dass ich dich von deiner befreie. Oder es zumindest versuche."

Er lehnte seine Stirn an ihre. In diesem Moment spürte sie die Veränderung in ihm.

Leise sagte er: „Mein Name war Domenico. Domenico di Bollazio. Und vor langer Zeit war ich ein Ritter."

„Der verfluchte Ritter."

„Der verfluchte Ritter."

Die nächsten drei Stunden erzählte er. Zögerlich zunächst, aber als er merkte, dass sie ihn nicht unterbrechen würde und seine Geschichte wirklich hören wollte, deutlich lebhafter. Er begann an der Stelle, wo die Geschichte ihren Anfang nahm: König Bernardo rief ihn zu einem geheimen Treffen und beauftragte ihn, Richard Löwenherz eine Nachricht zu überbringen. Zwei Tage später begegnete er Rufina. Anfangs hatte Nick nicht an den Fluch geglaubt; er hatte Geschichten über Hexen mit mystischen Kräften nie ernstgenommen. Aber als die Zeit verstrich und er sich seine Jugend bewahrt hatte, während die Menschen um ihn herum – einschließlich seiner schönen Frau – alterten und starben, war er gezwungen gewesen, die Wahrheit zu akzeptieren.

Als er die Hexe beschrieb, seine Erlebnisse in den Wäldern und mit seiner Familie, und dann seine Jahre auf Wanderschaft durch Europa, spürte Isabella, wie ihre Bewunderung für ihn wuchs und die letzten Zweifel schwanden. Niemand konnte sich eine Geschichte wie Nicks ausdenken – nicht mit so vielen historischen Details.

Abgesehen von seinem unglaublichen Alter passte alles, was er sagte, zu dem, was sie an ihm beobachtet hatte. Seine Reaktion beim Anblick des Bergfrieds, sein Wissen über die Artefakte – einschließlich der Tatsache, dass die Tür zum Lagerraum original war – und sogar die physischen Beweise dafür, dass ihm früher in seinem Leben eine schreckliche medizinische Versorgung zuteilgeworden war. Als Ritter des zwölften Jahrhunderts hatte er Glück gehabt, überhaupt das siebenundzwanzigste Lebensjahr zu erreichen, das Alter, in dem er verflucht worden war, wenn man bedachte, dass er seine Karriere als Krieger im zarten Alter von fünfzehn begonnen hatte.

Am meisten schmerzte sie jedoch, dass er aufgegeben hatte. Nachdem er jahrhundertelang gegen den Fluch gekämpft, sich wie kein anderer in der Weltgeschichte geopfert und schließlich mithilfe wissenschaftlicher Forschung nach Antworten gesucht hatte, hatte er sich seine Niederlage eingestanden. Mitten in der ehemaligen Waffenkammer des Palastes, wo er einige seiner frühen Lebensjahre verbracht hatte. Jetzt verstand sie, warum die Schreie, die sie gehört hatte, von solcher Hoffnungslosigkeit gezeugt hatten.

„Bitte bleib", flehte sie, als er seinen Bericht beendet hatte. Sie saßen nun beide auf dem Boden, Schulter an Schulter, den Rücken an die Steinwand gelehnt. „Vielleicht findest du hier noch etwas anderes. Etwas, das den Fluch brechen könnte. Und wenn du möchtest, kannst du meinen Privatarzt aufsuchen. Ich kenne ihn seit meiner Kindheit. Er hat vor langer Zeit eine Verschwiegenheitsvereinbarung mit meiner Familie unterzeichnet und nie dagegen verstoßen. Wenn ich ihn bitte, deinen Zustand für sich zu behalten, wird er das tun. Er kann dir die medizinische Versorgung geben, die du für deine Kopfschmerzen brauchst."

Sie legte eine Hand auf sein Knie und begegnete seinem dunklen, schmerzerfüllten Blick. „Du hast genug gelitten, meinst du nicht?"

„Ich weiß es nicht. Um den Fluch zu brechen, muss ich Opfer bringen." Tonlos fügte er hinzu: „Wegen meines Handelns, meiner Entscheidungen ist ein junger Mann gestorben. Zumindest dachte ich, er wäre gestorben, bis ich den

Bericht über den Prozess las. Das hatte er nicht verdient. Genauso wenig wie Rufina."

„Du hast dich selbst genug bestraft. Weit mehr als Rufina es hätte tun können."

Er schluckte hörbar. Die Nacht war hereingebrochen und das Licht, das tagsüber durch das hohe Fenster strömte, hatte sich seinen Weg über den Boden gebahnt und war verloschen. „Du hast keine Ahnung, wie verlockend dein Angebot ist, aber das Risiko ist zu groß. Wenn ich bleibe, besteht die Gefahr, dass die Medien Wind davon bekommen. Selbst wenn es den kleinsten Hinweis darauf gibt, dass mit mir etwas nicht stimmt – zum Beispiel von einem Palastangestellten, der Zugang zu diesem Raum hat –, werden sie so lange graben, bis sie etwas finden, das sie dir anhängen können. Es wird wie der Harvard-Vorfall sein, nur tausendfach schlimmer."

„Das ist mir egal." Sie hörte, dass ihre Stimme leicht hysterisch klang, und versuchte, ein wenig ruhiger zu sprechen. „Ich kann dich nicht gehen lassen, Nick. Sosehr ich mich auch vor dem fürchte, was die Medien sagen könnten, ich liebe dich mehr. Letzte Woche, als du mich zum Abendessen in das Restaurant bei der Universität eingeladen hast und ich mit dir durch die Stadt gehen konnte, ohne mich beobachtet zu fühlen, wurde mir klar, dass ich kein erfülltes Leben führe. Ich will dich hier haben, für mich, an meiner Seite, genauso sehr wie ich möchte, dass du bleibst, weil du es selbst willst."

„Das ist es, was mir Angst macht. Es hat mir das Herz zerrissen, als ich mit ansehen musste, wie meine Frau ihre Freunde, ihr soziales Leben und sogar ihren Traum von einem Kind aufgab, weil sie dachte, sie müsste zu mir halten, bis der Fluch gebrochen ist. Am Ende hat er sie gebrochen."

Er streckte die Hand nach ihr aus, strich mit den Fingern über ihre Wange und steckte eine Locke hinter ihr Ohr. Obwohl seine Berührung sanft war, sorgte sein ernster Gesichtsausdruck dafür, dass Isabella bange ums Herz wurde. „Ich lebe lange genug, um zu erkennen, dass ich dich ebenfalls liebe, Isabella. Du bist liebenswert und freundlich, aber du hast auch Rückgrat. In einem bewundernswerten Maß. Du bist empathisch und optimistisch, du sehnst dich nach Abenteuern. Ich möchte, dass du dein Leben in vollen Zügen genießt, dass du dich von den Beschränkungen befreist, die du dir selbst auferlegst, und dass du Liebe und Glück findest. Aber nicht mit mir. Ich würde lieber tausend weitere Jahre leben, als zu sehen, wie der Fluch dich und all das, was ich an dir liebe, zerstört, so wie er meine Frau zerstörte. Ich würde daran zugrunde gehen. Deshalb kann ich nicht bleiben."

Heiße Tränen brannten in ihren Augen, wie einige Male zuvor, während er seine Geschichte erzählt hatte. Aber diesmal konnte sie nicht verhindern, dass sie eine glühende Spur auf ihrer Wange hinterließen. „Nick, du musst bleiben. Es ist deine einzige Chance, den Fluch zu brechen. Verstehst du nicht –"

„Nick." Die Stimme kam vom Eingang hinter ihnen. Nick erschrak und nahm seine Hand von Isabellas Gesicht. „Ich würde es vorziehen, in San Rimini zu bleiben. Vielleicht sollten Sie über das Angebot der Prinzessin nachdenken."

NICK ERHOB SICH, seine Beine waren steif, weil er so lange auf dem Boden gesessen hatte. Er streckte Isabella seine Hand entgegen, die Höflichkeit war ihm so zur zweiten Natur geworden, dass er keine Rücksicht darauf nahm, dass er selbst unsicher auf den Füßen stand. Furcht überkam ihn, als er seine Aufmerksam auf Anne richtete. Wie viel hatte sie gehört?

Er hob fragend eine Braue, doch Annes harter Blick verriet ihm, dass sie genug gehört hatte.

„Ich weiß, ich hätte nicht lauschen sollen", sagte sie. „Aber ich habe es getan. Und ich glaube, Sie sollten bleiben."

Nick schaute verstohlen zu Isabella. Ihr Mund war eine sorgenvolle Linie und das gefiel ihm nicht.

Anne wirkte angesichts der Situation seltsam gleichmütig. Er sprach so ruhig mit ihr, wie er konnte: „Ich möchte, dass Sie vergessen, was sie womöglich gehört haben. Oder glauben, gehört zu haben. Wenn Ihnen die Jahre, in denen Sie bei mir beschäftigt waren, etwas bedeutet haben, dann respektieren Sie meine Wünsche in dieser Angelegenheit. Dies hat nichts mit Ihnen zu tun. Ist das klar?"

„Da bin ich anderer Meinung. Das hier hat alles mit mir zu tun."

Als er angenommen hatte, dass die Palastmauern Anne einschüchtern oder nervös machen würden, hatte er sich offenbar geirrt. Sie hatte noch nie so freimütig und unverfroren mit ihm gesprochen. Soweit er sich erinnern konnte, hatte sie ihm noch nie zuvor Kontra gegeben. Seine Nackenhärchen richteten sich auf, aber bevor er den Mund aufmachen konnte, mischte sich Isabella mit sanfter und beruhigender Stimme ein.

„Anne, wie meinen Sie das?"

Anne starrte ihn weiterhin an, die Schultern gestrafft, das Kinn trotzig emporgereckt. „Wenn Ihnen diese Jahre irgendetwas bedeuten, Nick, sollten Sie sich eine Minute Zeit nehmen und mir zuhören. Wenn Sie das tun, glaube ich, dass Sie bleiben werden."

Nick fühlte sich überrumpelt, er verschränkte die Arme vor der Brust. „In Ordnung. Aber Sie werden mich nicht umstimmen."

„Sie haben Prinzessin Isabella erklärt: ‚Um den Fluch zu brechen, muss ich Opfer bringen', richtig?"

„Ja."

„Bis jetzt haben Sie das noch nie getan."

Nick biss die Zähne zusammen, um nichts Unüberlegtes zu sagen. Anne hatte offenbar nicht alles gehört, was er Isabella erzählt hatte – zumindest nicht über die Jahre, die er damit verbracht hatte, die Böden mittelalterlicher Hospitale vom Dreck zu befreien und die Opfer des Schwarzen Todes zu begraben, oder darüber, dass er jeden Cent, den er besaß, verschenkt hatte. Die Jahrhunderte, in denen er freiwillig seine Zeit an den feuchtesten und unwirtlichsten Orten der Erde verbracht und dort gearbeitet hatte. Wenn das keine Aufopferung war, was dann?

Anne hob eine Hand, um ihm das Wort abzuschneiden. „Alles, was Sie bis jetzt getan haben, haben Sie für sich selbst getan. Es stimmt, andere haben von Ihrer Arbeit profitiert. In hohem Maße. Aber Sie haben diese Dinge getan, um den Fluch zu brechen. Ich weiß, dass Sie es zu schätzen gelernt haben, Menschen zu helfen, und manchmal haben Sie es sogar genossen und Befriedigung darin gefunden, aber tief in Ihrem Inneren haben Sie es für sich selbst getan."

In diesem Moment löste sich etwas in Nick. Heute Morgen war er zu dem Schluss gekommen, dass er sein Leben damit verbracht hatte, mit dem Kopf gegen die Wand zu rennen in dem Versuch, einen Fluch zu brechen, der nach Rufinas Tod wahrscheinlich nicht mehr gebrochen werden konnte.

Wenn das, was Anne sagte, stimmte, gab es vielleicht noch Hoffnung.

Es bedeutete aber auch, dass er so oberflächlich und gefühllos war, wie Rufina es ihm vorgeworfen hatte. Ein Mann, der nicht in der Lage war, Opfer zu bringen. Nach so vielen Jahren, in denen er geglaubt hatte, mehr getan, mehr geopfert zu haben als jeder andere Mensch, schmerzte die Erkenntnis, dass er nichts getan hatte, was als echtes Opfer gelten konnte.

Isabella legte ihm eine Hand auf den Rücken und wieder fühlte er sich demütig angesichts ihrer Fähigkeit, zu spüren, wann er Trost brauchte. Die Prinzessin richtete ihre Aufmerksamkeit jedoch auf Anne. „Was haben Sie damit gemeint, als Sie ‚bis jetzt' sagten? Hat sich etwas geändert?"

Auf Annes Gesicht breitete sich bei diesen Fragen ein

leichtes Lächeln aus. „Nick ist nur deshalb nach San Rimini zurückgekehrt, um den Fluch zu brechen. Er nahm sogar in Kauf, entdeckt zu werden, weil er glaubte, dieses Projekt wäre seine beste Chance. Aber als er Sie kennenlernte, riskierte er die Entdeckung aus einem anderen Grund."

Nick sah Anne mit gerunzelter Stirn an. „Ich wollte mit Isabella ausgehen und ihr zeigen, dass sie das Leben genießen kann. Dass sie nicht so leben muss, wie ich es getan habe."

„Ganz genau."

Er schnaubte. Anne klammerte sich an einen Strohhalm. „Ich weiß diesen Gedanken zu schätzen, aber das ist zu einfach. Das ist kein Opfer. Ich habe es getan, weil ich es wollte."

„Sie wollten es für Isabella und nicht für sich selbst, so einfach ist das. Und jetzt sind Sie bereit, San Rimini zu verlassen, weil Sie fürchten, die Prinzessin könnte das gleiche Schicksal erleiden wie Coletta. Sie sind bereit, das aufzugeben, was Sie für die einzige Chance hielten, den Fluch zu brechen. Sie sind bereit, die Chance auf die Liebe einer Frau, die mit Ihnen zusammen sein möchte, aufzugeben, ebenso wie die Chance, der königlichen Familie nahe zu sein – dieses ehrgeizige Ziel, das Sie überhaupt erst in diese missliche Lage gebracht hat. Das ist ein echtes Opfer. Eines, das Ihnen in keiner Weise nützt, sondern Ihnen nur schaden kann."

„Nein." Nach all den Jahren der Suche konnte das unmöglich die Antwort sein. „Nein, ich gehe, weil ich sie liebe, nicht, weil ich ein Opfer bringen will."

Isabellas Hand, die noch immer an seinem Kreuz lag, zuckte. „Nick, war Coletta der Name deiner Frau?"

„Was?"

„Coletta." Isabellas Stimme war leise, angespannt. „Du hast diesen Namen nie erwähnt. Nicht heute Abend, nicht mir gegenüber. Als ich dich gefragt habe, hast du gemeint, es täte nichts zur Sache."

Ein harter Kloß bildete sich in Nicks Hals. Hatte er Colettas

Namen nicht genannt? Sicherlich hatte er das. Doch der nüchtern kalkulierende Ausdruck auf Annes Gesicht sagte ihm etwas anderes. In diesem Moment ergab endlich alles einen Sinn. Seine Knie wurden weich. Als der Raum um ihn herum verschwamm, griff er nach dem Schreibtischstuhl, um sich abzustützen.

„Sie sind Rufina." Wie hatte er das nicht sehen können? Ihr Haar war rot, wenn auch jetzt von grauen Strähnen durchzogen, und sie war ruhiger als die Rufina, an die er sich erinnerte. Sie hatte eine gewisse Würde an sich. Allerdings hatte sich Rufina vor ihrer kurzen Begegnung auf der Suche nach ihrem vermissten Sohn in Lumpen durch das dichte Gestrüpp im Grenzgebiet von San Rimini geschlagen. „Sie *sind* Rufina. Wie ist das möglich?"

„Wie ist es möglich, dass Sie unsterblich sind? Wie ist es möglich, dass Sie über achthundert Jahre gebraucht haben, um etwas herauszufinden, das an einem Tag hätte erledigt werden können?" Traurigkeit lag in ihrer Stimme, als sie hinzufügte: „Hätten Sie Coletta nur gehen lassen oder etwas getan, das uneingeschränkt dem Wohl eines anderen diente, dann wäre dieser Fluch schon längst aufgehoben."

„All diese Zeit." Nick starrte Rufina an und versuchte, ihre Worte zu verarbeiten. Sie war die letzten acht Jahre genau vor seiner Nase gewesen. Und vielleicht noch viel länger. Er war nicht sicher, ob er sie umarmen sollte, wenn der Fluch nun tatsächlich gebrochen war, oder ob er sie für den jahrhundertelangen Schmerz, den sie ihm zugefügt hatte, erdrosseln sollte. Dann, als er ihr in die Augen sah, erinnerte er sich.

„Das mit Ignacio tut mir sehr leid. Ich habe ihn nie vergessen. Sie haben keine Ahnung, wie oft ich mir gewünscht habe, Ihnen das sagen zu können. Oder wie oft ich mir gewünscht habe, ich könnte es wiedergutmachen."

„Ich weiß. Und ich weiß, dass es Ihnen wirklich leidtut. Zorn und Rachegelüste können einen Menschen ebenso mit Reue erfüllen wie Ehrgeiz und Egoismus." Rufina zog einen Umschlag aus einem Seitenfach ihrer Handtasche und reichte ihn Isabella. „Er hat mich gebeten, Flugtickets zurück nach Boston zu kaufen. Das ist seine Reiseroute. Ich übergebe ihn nun Ihren Händen."

Das Gesicht der Hexe strahlte Wärme und Ruhe aus, sie legte Isabella eine Hand auf die Schulter, wie eine Großmutter es tun würde, wenn ein kleines Kind etwas besonders Liebenswertes getan hat. „Sie haben ihm in einem Monat mehr beigebracht als ich in Jahrhunderten, in denen ich ihm durch die Welt gefolgt bin. Vielleicht", sie schenkte Nick ein kurzes Lächeln und wandte sich dann wieder Isabella zu, „vielleicht waren Sie von Anfang an sein Schicksal. Und meines. Jetzt, wo Nick frei ist, bin ich es auch."

Damit verließ sie den Raum. Nick starrte ihr hinterher, er konnte nicht glauben, was gerade passiert war. Er brauchte einen Moment, dann rief er: „Anne! Rufina! Warten Sie!"

Er vergaß Isabella für den Augenblick und rannte die Treppe hinauf. Er hatte so viele Fragen. Doch als er oben ankam, war Anne nirgends zu sehen. Er stürmte den langen Gang hinunter, der den Bergfried mit dem Hauptpalast verband, und schaute dabei durch alle offenen Türen. Nichts. Er bog um eine Ecke und stieß fast mit Nerina zusammen.

„Mr. Black!" Nerina presste eine Hand auf ihre Brust. „Was ist passiert? Ist etwas mit der Prinzessin?"

„Es geht ihr gut. I-Ich –" Nick brach unvermittelt ab. Der lange Korridor hinter Nerina war vollkommen leer. Es war unmöglich, dass Anne so schnell so weit gekommen war. „Ich habe jemanden gesucht. Meine, äh, meine Hilfskraft."

„Ihre … Hilfskraft? Was für eine Hilfskraft?"

Er schaute Nerina prüfend ins Gesicht. Nein, sie hatte Anne wirklich nie getroffen. Entweder hatte Anne – Rufina – es irgendwie geschafft, Nerinas Wissen über ihre Anwesenheit auszulöschen, oder er war tatsächlich übergeschnappt.

Durchaus möglich, wenn man bedachte, was ihm in den letzten Stunden widerfahren war.

Er hörte, wie sich hinter ihm jemand auf High Heels im Laufschritt näherte.

„Ich bitte um Entschuldigung, Nerina. Ich meinte, dass ich auf der Suche nach Hilfe war." Er improvisierte eine, wie er hoffte, brauchbare Ausrede, warum er durch die Palastkorridore gestürmt war, doch er wusste, dass es ihm nicht gelungen war.

Nerina blickte an ihm vorbei und neigte dann kurz, aber respektvoll den Kopf. „Hoheit."

Nick drehte sich um und sah Isabella, deren Gesicht gerötet war, weil sie gerannt war, um ihn einzuholen. Wenigstens war ihre Anwesenheit im Lagerraum kein Hirngespinst gewesen. „Prinzessin Isabella, ich hatte es so eilig, Hilfe zu finden, dass ich fast mit Nerina zusammengestoßen wäre."

Isabellas Augen weiteten sich ein wenig, dann nickte sie leicht.

„Hoheit?" Nerina runzelte die Stirn, sie war eindeutig verwirrt. „Soll ich den Sicherheitsdienst rufen? Oder den Palastarzt?"

„Oh nein, Nerina. Es ist alles in Ordnung. Es gibt keinen Notfall."

Nerina bemerkte Isabellas schnelles Atmen und ihre rötliche Gesichtsfarbe und trat einen Schritt auf sie zu. „Sind Sie sicher?"

„Ganz sicher. Wir waren nur aufgeregt wegen einer Entdeckung, die Mr. Black im Bergfried gemacht hat, und sind in die Bibliothek gelaufen, um einige Informationen nachzuschlagen." Das Lachen der Prinzessin klang echt und sie fügte hinzu: „Ich fürchte, wir haben uns davon mitreißen lassen. Bitte, verbringen Sie den Abend daheim mit Ihrem Mann. Wenn sich irgendetwas ergibt, rufe ich Sie an."

Nerinas Verblüffung war offensichtlich, aber man musste ihr

hoch anrechnen, dass sie nicht fragte, was für eine Entdeckung denn so faszinierend war, dass sie beide den Flur entlanggerannt waren. „In Ordnung. Auf Ihrem Schreibtisch liegt eine Kopie des morgigen Terminplans. Wir sehen uns dann morgen früh."

Als Nerina außer Hörweite war, sagte Nick: „Sie ist fort." Er meinte Anne, aber Isabella antwortete nicht. Stattdessen ergriff sie Nicks Arm und führte ihn stumm erst einen Gang hinunter und dann einen anderen. Sie ließ ihn erst los, kurz bevor sie an einem Wachposten vorbeikamen, der sich beim Anblick der Prinzessin aufrichtete. Wenige Sekunden später betraten sie einen Raum, den Nick sofort als die Palastbibliothek erkannte. Nachdem Isabella sich vergewissert hatte, dass sie allein waren, schloss sie die Tür hinter ihnen.

„Wenn wir durch den Palast rennen, weil es in der Bibliothek etwas Wichtiges gibt, dann sollten wir auch dort sein", sagte sie. „Die Ausrede habe ich mir spontan ausgedacht, aber sie ist perfekt."

Nick starrte sie an. Gerade als er Rufina gefunden hatte, war sie verschwunden. *Perfekt* war nicht das Wort, das er gewählt hätte.

KAPITEL 11

ISABELLA HOB EINEN FINGER, um Nick am Sprechen zu hindern. Oder um ihn zum Stillhalten zu veranlassen. Er war nicht sicher, was von beidem, also blieb er an seinem Platz stehen und fragte sich, wie es möglich war, dass er Anne auf dem Flur aus den Augen verloren hatte.

In der Zwischenzeit schritt die Prinzessin durch die Bibliothek, als ob sie eine Mission zu erfüllen hätte. Sie blieb vor einem hohen Bücherregal an der hinteren Wand stehen, fuhr mit der Hand an der Seite entlang, die dem angrenzenden Fenster am nächsten war, und murmelte etwas vor sich hin. Schließlich schob sie den Vorhang beiseite, der den Rand des Bücherregals teilweise verdeckte, um besser sehen zu können.

Er konnte die Worte „Da bist du ja" aus ihrem Gemurmel heraushören. Sie ließ den Vorhang los, dann vernahm er ein dumpfes Geräusch auf der gegenüberliegenden Seite des Regals, als ob etwas mindestens eine Körperlänge von der Prinzessin entfernt gegen die Wand gestoßen wäre.

„Komm", sagte sie an ihn gewandt, ging zu der Stelle, wo er das Geräusch gehört hatte, und bedeutete ihm mit dem Arm, ihr zu folgen. Als er bei ihr ankam, sah er, dass ein Teil der Wandleiste etwa so weit herausragte wie eine Türklinke. Sie berührte die Leiste, die Wand schwang auf und gab eine Treppe frei.

Überrascht ließ er seinen Blick in diese Richtung schnellen. Es war die am besten versteckte Tür, die er je gesehen hatte, sogar noch beeindruckender als die im alten Teil des Palastes.

„Prinzessin –"

Sie fuhr zu ihm herum. „An diesem Punkt denke ich wirklich, dass du mich Isabella nennen solltest. Meinst du nicht?"

„In Ordnung, Isabella." Er starrte in die Dunkelheit hinter ihr. „Was ist das, ein weiterer Fluchtweg aus dem Palast?"

„Eine Geheimtreppe. Vollständig innerhalb des Palastes, also nein, kein Fluchtweg." Sie wartete einen Moment, bevor sie ihm zuzwinkerte und hinzufügte: „Domenico."

Bevor er reagieren konnte, duckte sie sich durch die Türöffnung, strich mit den Händen an der Wand entlang und betätigte dann einen Lichtschalter, der mindestens hundert Jahre alt zu sein schien. Ein Kabel, das mit dem Schalter verbunden war, verlief an einer Steinwand nach oben. Es war mit Klemmen befestigt, die dick mit Staub bedeckt waren. Entlang des Kabels ragten in Abständen nackte Glühbirnen aus ihren Fassungen. Zwei davon waren durchgebrannt.

Die Luft war abgestanden und die Stufen waren mit so viel Schmutz bedeckt, dass er vermutete, die Farbe würde sich verändern, wenn jemand mit einem Staubsauger käme. „Ich nehme an, diese Treppe wird nicht oft benutzt."

„Ich war seit Jahren nicht mehr hier. Ich habe als Kind davon erfahren, aber sobald meine Eltern sie mir gezeigt hatten, erklärten sie sie für tabu."

Nick folgte ihr und schloss die Tür hinter ihnen, als sie ihm das Zeichen dazu gab. Er hörte, wie die modifizierte Leiste auf der anderen Seite wieder einrastete, und sie grinste, als er in Würdigung der Kunstfertigkeit des Konstrukteurs anerkennend pfiff.

Sie waren fast oben angelangt, als sie sagte: „Die Treppe

führt zu dem Korridor, wo sich Marcos und meine Privaträume befinden. Ich dachte, wenn du über Nacht bei mir bleibst, wäre es so am einfachsten, das vorerst geheim zu halten. Auf diese Weise wissen nicht einmal die Wachen, dass du in meinen Räumen bist."

Sein Zeh stieß gegen eine der Stufen, aber er konnte verhindern, dass er stolperte, indem er eine Hand gegen den Stein stemmte und sich dabei den Handballen aufschürfte. Isabella drehte sich um, als sie das Ende der Treppe erreicht hatte, und lehnte sich mit dem Rücken gegen die obere Tür.

Sie sahen sich mehrere Sekunden an. Langsam öffneten sich ihre Lippen. Er kam näher heran, bis zu der Stufe unter ihr. In diesem Moment bemerkte er jede Einzelheit an ihr. Die Bangigkeit und das Verlangen in ihren Augen. Die weiten Pupillen, mit denen sie ihn im schummrigen Licht betrachtete. Die herabhängende dunkle Haarsträhne, die sich an der Türklinke verfangen hatte. Die Reglosigkeit ihrer Schultern und ihrer Brust, weil sie nicht zu atmen wagte. Dann, endlich, holte sie leicht Luft, bevor sie fragte: „Ist das zu direkt für dich?"

Er schüttelte den Kopf, dann legte er eine Hand an ihre Taille. „Ich fürchte, es ist zu direkt für *dich*."

Er hatte alles mit dieser Frau geteilt und er wollte sie, wie er noch nie eine Frau gewollt hatte. Sein Begehren empfand er wie einen körperlichen Schmerz. Doch nichts an seiner Zukunft war sicher. Anne – Rufina – hatte sich in Luft aufgelöst und so viele Fragen offen gelassen, wie sie beantwortet hatte.

Isabellas Fingerspitzen wanderten zum Vorderteil seines Hemdes, dann legte sie ihre Handfläche über sein Herz. „Du hast mir gesagt, dass du mich liebst. Das glaube ich dir. Also liebe mich."

Er bedeckte ihre Hand mit seiner und schloss die Augen. Auf der Treppe waren sie einander so nahe, dass ihr Atem an seinem Hals kitzelte. „Ich habe ... ich habe das schon sehr lange nicht mehr gemacht. Länger als dein bisheriges Leben dauert."

„Ich habe das noch nie gemacht.“

Sein Kehlkopf bewegte sich auf und nieder, während er um Selbstbeherrschung rang. „Dann lass uns in dein Zimmer gehen. Denn wenn ich dich jetzt küsse, kann ich nicht mehr aufhören.“

Mehrere quälende Augenblicke lang musterte sie ihn. Dann hob sie ihre ineinander verschränkten Hände an den Mund und ließ ihre Lippen in einem anhaltenden Kuss über seine Knöchel wandern. Sie unterbrach den Blickkontakt nicht, bis sie sich zur Tür umdrehte. Geräuschlos drehte sie den Knauf und lauschte. Als sie sicher war, dass der Korridor leer war, gab sie ihm ein Zeichen, ihr zu folgen. Sekunden später betraten sie ihren Wohnbereich. In dem Moment, als das Schloss einrastete, war sie bei ihm. Ihre Lippen fanden sich, heiß und hungrig, und Lust, wie er sie noch nie erlebt hatte, durchbrauste ihn.

Wenn sein Fluch bestehen blieb, war es nun noch tausendmal schlimmer, denn er wollte keinen Moment seines Lebens mehr ohne sie verbringen. Und es begann jetzt, mit ihnen beiden im Bett.

Als könnte sie seine Gedanken lesen, veränderte sie ihre Haltung, vergrub ihre Hände in seinem Haar und vertiefte den Kuss.

Er brauchte das. Er brauchte sie. So sehr, wie er Sonnenlicht und Luft zum Atmen brauchte.

Ein leises, verlangendes Stöhnen entrang sich ihr, als er sie gegen die Wand drückte. Er wusste, dass er es langsamer angehen lassen sollte, aber ihre Hände waren an seinem Hemd, dann darunter, sie spreizte ihre Finger auf seinem Rücken, dann wanderten sie zu seinem Bauch und verursachten augenblicklich eine schmerzhafte Erektion.

Jungfrau, ja. Unschuldig, nein.

Das hier war ganz anders als die erste Nacht, die er mit Coletta verbracht hatte, kurz nach der Trauungszeremonie, sie mit den Anweisungen ihrer Mutter in den Ohren und er den Kopf voll von anzüglichen Witzen seiner Freunde.

Dies hier war schiere Begierde und in diesem Punkt bestand kein Unterschied zwischen ihnen. Isabella wollte ihn so sehr, wie er sie.

Sie zerrte an seinem Hemd. „Ich will deinen Körper an meinem spüren."

In Sekundenschnelle entledigte er sich seines Hemdes und während sie seinen Oberkörper mit ihrem Mund und ihren Händen erkundete, machte er sich an ihrer Bluse zu schaffen. Als ihr Oberteil mit seinem Hemd auf dem Boden lag, ergriff er ihre Hände und legte sie um seinen Hals, dann umfasste er ihren Po mit beiden Händen. In ihr Ohr knurrte er: „Halte dich fest."

Er hob sie hoch und ihre Beine schlangen sich um seine Taille. Ihre Stimme klang, als wäre sie halb besinnungslos vor Verlangen, als sie flüsterte: „Ganz hinten. Da, wo das Licht ist."

Tatsächlich spendete eine Nachttischlampe gerade so viel Helligkeit, dass er den Weg durch das Wohnzimmer zu einem großen Schlafzimmer mit eigener Sitzecke finden konnte. Er stieß die Tür mit einem Fuß zu. Ihre Schenkel schlossen sich fester um seine Taille und sie bewegte sich nur so weit, dass sie ihn erneut küssen konnte, erst auf den Mund, dann auf die Schläfe. Sie roch himmlisch, und er presste sie enger an sich. Er konnte ihr nicht nahe genug sein.

„Liebe mich", murmelte sie in sein Haar.

Er legte sie so sanft wie möglich auf das Bett und schob sich dann auf sie. Sie schlang ihre Beine erneut um ihn, während er ihr mit beiden Händen das Haar aus dem Gesicht strich. „Das tue ich, und das werde ich."

Ihre bernsteinfarbenen Augen schimmerten und verwandelten seine weißglühende Wollust in ein flammendes Gefühl, das sich in seine Seele brannte. Sie wölbte ihren Rücken und drängte sich ihm entgegen. Dieses Mal war ihr Kuss tief und unglaublich romantisch.

Er war nicht sicher, wie lange sie so aneinandergeschmiegt

dagelegen und sich geküsst hatten, aber schließlich begannen sie, mit ihren Küssen langsam den Körper des anderen zu erkunden. Im Gegensatz zu den ersten Augenblicken, als sie die Wohnräume betreten hatten und schmerzhaftes Verlangen sie trieb, ließen sie sich nun Zeit und sahen einander beim Entkleiden zu. Er bewunderte die Ebenmäßigkeit ihrer Haut, die in dem schwachen Licht wie Satin schimmerte. Ihr Hautton war dem seinen ähnlich und doch wieder nicht. Isabellas Haut war glatter, weicher. Unversehrt.

Als sich sein Mund um eine ihrer aufgerichteten Brustwarzen schloss, seufzte sie. Ihre Finger bewegten sich auf seinem Rücken, es war reine Wonne.

Vor langer Zeit war die erste sexuelle Erfahrung, die eine Frau machte, ein Schritt ins Unbekannte. Das war nicht mehr so. Eine Frau wusste, was sie erwartete. Wie ein nackter und erregter Mann aussah. Dass Sex zärtlich oder rau, ernst oder sorglos sein konnte. Im besten Fall konnte er das alles sein. Aber egal in welcher Epoche, das Staunen blieb dasselbe, und er kostete Isabellas Staunen über all das aus. Nicht nur über den Akt selbst, sondern auch über die kleinen Dinge: die Berührungen, das Ertasten, die Gerüche und Geräusche. Vor allem aber genoss er ihr Staunen über ihn selbst. Jede Gefühlsregung war deutlich von ihrem Gesicht abzulesen und er wusste, dass es bei ihm genauso war.

Sie passten zusammen. Alles passte.

Als er schließlich in sie eindrang, war Isabella auf ihm. Sie war feucht und unglaublich heiß, als sie über ihn glitt, eine Hand auf seiner Brust, mit der anderen führte sie ihn. Ihr Atem ging stoßweise, während sie sich ganz langsam nach unten bewegte. Das ehrfürchtige Staunen in ihrem Gesicht, als ihre Hüften seine berührten und er ganz in ihr war, hätte beinahe dazu geführt, dass er sich nicht mehr zurückhalten konnte.

Dies, dachte er, dies war Verzückung.

Und dann begann sie, sich zu bewegen.

Er stöhnte und legte eine Hand in ihren Nacken, zog ihren Kopf zu sich herunter, bis ihr Mund auf seinem lag.

„Der Himmel auf Erden", murmelte sie, während sie sich über ihm weiter auf und ab bewegte, dann folgte eine Reihe italienischer Worte, so schnell und leise, dass er sie nicht verstehen konnte. Was auch immer sie sagte, er stimmte zu.

Er veränderte seine Position leicht, griff nach ihren Hüften und brachte sie mit seinem Rhythmus in Einklang. Isabellas Wangen röteten sich und auf ihrer Stirn bildete sich ein leichter Schweißfilm. Sie saugte ihre Unterlippe ein und stöhnte. Erschrocken über sich selbst keuchte sie und verschluckte das Geräusch.

„Nein", flüsterte er. „Es muss dir nicht peinlich sein. Halte dich nicht zurück. Ich will, dass du alles fühlst."

Ihre Augen schlossen sich und einen Moment später lehnte sie sich zu ihm herunter und gönnte sich diese genussvolle Erfahrung. Er fuhr fort, sich in ihr zu bewegen, kam ihr mit jedem Stoß entgegen, umfasste dann ihre Brüste und umkreiste ihre Brustwarzen mit den rauen Kuppen seiner Daumen.

„Nick." Es kam als ein kehliges Stöhnen aus ihrem Mund. Ihre Muskeln spannten sich um ihn herum an und das Gefühl raubte ihm den Atem.

Er brachte sich in eine sitzende Position, hielt sie fest und rollte sich dann auf sie. Sofort gruben sich ihre Finger in sein Gesäß. Als sie ihren Kopf zur Seite drehte und noch einmal seinen Namen stöhnte, gab es für ihn kein Halten mehr.

„Bitte!", schrie sie. Er konnte spüren, wie sich rauschhafte Lust in ihr aufbaute und auf den Höhepunkt zusteuerte. Irgendwie hielt er sich noch zurück und trug sie hinüber auf die andere Seite, während sie sich um ihn herum auflöste. Er bewegte sich weiter, der Druck baute sich in ihm auf und dröhnte in seinen Ohren.

Dann wanderte ihr Mund zu seiner Schulter, ihre Zähne,

ihre Zunge und ihre Lippen trafen auf die Narben aus vergangenen Jahrhunderten.

Sein Orgasmus ließ ihn in einem Nebel der Glückseligkeit zurück und er war nicht in der Lage, sich zu bewegen.

Lange Minuten vergingen, bevor sie beide mehr tun konnten als nur zu atmen. Schließlich brachte er die Kraft auf, sich auf die Seite zu drehen, dann nahm er sie, feucht und befriedigt, wie sie war, in seine Arme und drückte ihren Rücken an seine Brust. Er vergrub sein Gesicht an ihrem Haar, aber einen Moment später protestierte sie.

„Was?"

Sie stützte sich auf einen Ellbogen, streckte sich und schaltete die Nachttischlampe aus. Als sie wieder in seine Arme kam, sagte sie: „Ich will weder meine Laken noch meine Wände oder mein Zimmer sehen. Ich möchte im Dunkeln sein, damit ich dich spüren kann. Ohne Ablenkungen."

Er lächelte an ihrem Haar und umarmte sie fester. Schließlich wurde ihre Atmung ruhiger, aber er merkte, dass sie nicht schlief.

„Alles in Ordnung?"

„Ja."

„Keine Schmerzen?"

Sie verneinte und drehte sich dann zu ihm um. Sanft zeichnete sie die Konturen seines Gesichts nach. Er entspannte sich und schloss die Augen, während er in der leichten Berührung schwelgte.

„Nicht mehr einsam", flüsterte sie.

Er blinzelte und lächelte, wobei er sich bemühte, ihren Gesichtsausdruck in dem dunklen Raum zu erkennen. „Meinst du mich oder dich?"

„Uns beide. Aber hauptsächlich dich. Nie wieder."

Irgendwie war mit diesen Worten die Anspannung der letzten vierundzwanzig Stunden wie weggeblasen. Seine Entdeckung der Hexenprozessakten, sein völliger Zusammenbruch auf dem Boden des Bergfrieds. Das schreckliche Hindenburg-Foto, das er zum ersten Mal seit Jahrzehnten wieder gesehen hatte.

Und das alles mit Isabella zu teilen.

„Ich liebe dich", sagte er, dann legte er seine Hand auf ihre und verschränkte seine Finger mit ihren. „Aber ich weiß nicht, was nach diesem Moment passieren wird. Ich weiß nicht, was ich über den Fluch denken soll."

„Dann überlass das Denken mir", sagte sie mit leiser, aber fester Stimme. „Bleib. Es kann jetzt nicht mehr schaden."

Er dachte einen Moment darüber nach. „Du hast Anne gesehen? Du hast das ganze Gespräch mitbekommen?"

Nick hatte sich so weit an die Dunkelheit gewöhnt, dass er erkennen konnte, wie sie die Augen verdrehte. Er hätte fast darüber gelacht, weil es so wenig zu der makellosen Prinzessin passte, dies zu tun, während sie nackt in verknäuelten Laken lag. Doch dafür war seine Frage zu ernst.

„Natürlich habe ich Anne gesehen."

„Nerina nicht. Als ich Anne aus dem Bergfried folgte und Nerina und ich im Korridor fast zusammenstießen, hatte sie Anne nicht gesehen. Sie wusste nicht einmal, von wem ich sprach."

Anne hatte ihre Reise selbst organisiert. Sie war in einem Hotel statt im Palast untergebracht gewesen. Als er sie in Boston angerufen und gebeten hatte, zu kommen, hatte sie sich Nerinas Nummer notiert und gesagt, sie würde dafür sorgen, dass die notwendigen Papiere und Sicherheitsinformationen ausgefüllt wurden.

Das hatte sie nicht getan. Sie konnte es nicht getan haben. Und doch war sie im alten Teil des Palastes gewesen.

„Das habe ich mitbekommen." Isabella drückte seine Hand. „Verrät dir das nicht, was du glauben sollst? Rufina war real und ihre Kräfte waren es auch. Ich kann nicht behaupten, dass ich diese verstehe, aber ..." Isabella zuckte mit den Schultern und schenkte ihm dann ein strahlendes Lächeln, das die Wünsche eines jeden Fotografen wahr werden lassen würde. „Sie klang, als wäre auch sie verflucht gewesen. Und sie sagte, sie sei jetzt frei. Ich wette, dass der Fluch wirklich gebrochen ist. Ich wette meine Zukunft darauf. Bleib. Beende das Museumsprojekt. Geh zu meinem Arzt und lass deine Kopfschmerzen behandeln."

Nick fuhr mit dem Daumen über die Außenseite ihrer schlanken, manikürten Finger, die mit seinen vernarbten verschlungen waren. Er fühlte sich nicht anders, nicht losgelöst von dem, was er und Isabella gerade geteilt hatten. Wenn der Fluch gebrochen wäre, würde er sich dann nicht anders fühlen?

„Tu es für mich." Isabella strich ihm mit einer Hand über das Haar. „Auch wenn du glaubst, dass es ein Risiko für deine Privatsphäre ist. Auch wenn du denkst, dass ich verletzt werden könnte. Anne – Rufina – hat gesagt, dass ich dein Schicksal sein könnte. Triff sechs Monate lang keine Entscheidungen, bis das Museum eröffnet wird. Wenn man bedenkt, wie lange du schon lebst, sind sechs Monate gar nichts. Ich glaube, bis dahin wirst du wissen, ob der Fluch gebrochen ist. Wenn nicht, werden wir dann beschließen, was zu tun ist. Und wenn ja, dann wissen wir, was zu tun ist."

Freudentränen stiegen ihr in die Augen und Nick kämpfte um Selbstbeherrschung. Nach dieser langen Zeit hatte er all das kaum noch für möglich gehalten.

„Ich liebe dich, Isabella." Er zog sie an sich und hielt sie fest. „Ich werde dir sechs Monate schenken. Und wenn wir Glück haben, schenke ich dir den Rest meines Lebens."

EPILOG

NICKS HAND RUHTE AN ISABELLAS TAILLE, als sie sich auf der Tanzfläche im marmornen Atrium des Museums drehten. Das Licht des Vollmonds fiel durch die Glasdecke, fünf Stockwerke über ihren Köpfen. Um sie herum, auf den Balkonen, die das Atrium umgaben, unterhielten sich Paare, tranken Champagner und sprachen über die Artefakte, die sie bei ihrem Rundgang durch den neuen Flügel des Museums gesehen hatten. Dieser war nun offiziell eröffnet und Isabellas Mutter, der verstorbenen Königin Aletta, gewidmet.

„Es ist magisch, nicht wahr?", murmelte Isabella.

„Das ist es wirklich." Nick strich verstohlen mit seinem Daumen über Isabellas Rücken, während sie sich zu der schwungvollen Musik des Königlichen Orchesters bewegten, das auf der provisorischen Bühne auf der gegenüberliegenden Seite des Atriums spielte. „Du hast es geschafft. Und dem Gesichtsausdruck deines Vaters nach zu urteilen, hast du ihn heute Abend zu einem sehr glücklichen Mann gemacht."

„Das glaube ich auch." Ihr Gesicht schien von innen heraus zu strahlen, als sie zwischen zwei anderen Paaren hindurchtanzten und dann an Kronprinz Antony und seiner Frau Jennifer vorbeikamen. „Du scheinst auch ein sehr glücklicher Mann zu sein."

„Wie hast du das erraten?" Er lächelte und fügte einen Moment später hinzu: „Chiara Ascardi ist wahrlich eine beeindruckende Frau. Ohne ihre Hilfe wäre ich heute Abend nicht hier."

In den letzten Monaten hatte Chiara ihre Fähigkeiten und Kontakte genutzt, um die Lücken in Nicks Lebenslauf zu füllen. Wenn die Medien in Nicks Vergangenheit herumschnüffelten, fanden sie jetzt heraus, dass er ein ruhiges Leben geführt hatte und auf einer abgelegenen Farm im Westen von Massachusetts aufgewachsen war. Seine Eltern, die eine tiefe Liebe zur europäischen Geschichte hegten, hatten ihn zu Hause unterrichtet. Leider waren sie vor einigen Jahren verstorben. Er hatte sich seine Kunstexpertise als Autodidakt angeeignet und verfügte über ein umfangreiches Wissen über die Geschichte San Riminis. Seine Arbeit an der Katalogisierung der Artefakte für das Museumsprojekt hatte die Leitung des historischen Instituts der Universität von San Rimini so beeindruckt, dass sie ihm einen Lehrauftrag angeboten hatte.

Nick hatte fast einen Monat lang über das Angebot nachgedacht, bevor er sich entschloss, das Risiko einzugehen und es anzunehmen. Er verkaufte sein Unternehmen in Boston an Roger Farris, der jedem, der zuhörte, ein Loblied auf Nick sang.

Dank Chiara war Nicks Hintergrund vollkommen angemessen für einen Mann, der der einzigen Prinzessin von San Rimini einen Heiratsantrag machen wollte.

Isabella hob leicht ihr Gesicht, um ihm in die Augen zu sehen, und lächelte dann. Dies löste Aufregung unter den Medienvertretern aus, die sich an den Wänden des Atriums drängelten, um die ersten Fotos von der Prinzessin schießen zu können, wie sie einen Mann küsste.

Sie verschaffte ihnen nicht die Genugtuung. Noch nicht.

„Weißt du", neckte sie ihn, „ohne all das, was du getan hast, wäre niemand von uns heute Abend hier." Sie setzte an, ihm mit den Fingern durchs Haar zu streichen, hielt jedoch in der Bewegung inne.

„Machst du dir jetzt Sorgen wegen der Kameras?"

Sie lächelte, aber das Lächeln hatte etwas Seltsames. Sie erwiderte nichts, bis das Orchester zu einem neuen Lied überging. Dann sagte sie nahe an Nicks Ohr: „Folge mir."

Nick war verwundert über Isabellas plötzliche Ernsthaftigkeit, ließ sich aber von der Tanzfläche führen, wobei sie immer wieder stehen blieben, um Leute zu begrüßen. Schließlich huschten sie in einen der Gänge des Museums.

„Du versuchst doch nicht, dich heimlich davonzuschleichen, oder? Arturo und Paolo erwarten uns heute Abend nicht, Isabella."

„Ich weiß", antwortete sie. „Ich bin allerdings furchtbar neidisch, dass sie ihre Gute-Nacht-Geschichte jetzt lieber von dir hören möchten."

„Ich kann nichts dafür, dass ich mehr Geschichten kenne. Vielleicht erzähle ich ihnen morgen Abend von Napoleon und Joséphine."

„Wage es nicht!"

Er lachte. Bisher waren die gewagten Geschichten nur für Isabellas Ohren bestimmt gewesen. „Also, wohin führst du mich?"

„Hierhin." Sie blieb vor einem übergroßen vergoldeten Spiegel stehen, reckte sich etwas und legte ihre Hände auf seine Schultern, dann drehte sie ihn so, dass er dem Spiegel zugewandt war, während sie hinter ihm stand.

„Was?"

„Fällt dir etwas auf`?"

Er starrte sich an und erblickte dasselbe Spiegelbild, das er bereits seit fast tausend Jahren sah. „Nein."

Sie fuhr mit den Fingern durch sein Haar und ließ ihre Hand dann auf seine Schulter sinken. „Schau noch einmal hin."

Da bemerkte er es: In seinem schwarzen Haar war an der Schläfe ein einzelnes graues Haar.

Sie legte ihre Arme um seine Taille und drückte ihn von hinten, während er ungläubig in den Spiegel starrte. Die Kehle wurde ihm eng, als ihn eine Mischung aus Hoffnung und Vorfreude erfüllte.

Er war womöglich der erste Mann der Menschheitsgeschichte, der ein graues Haar als ein Zeichen seiner Wiedergeburt betrachtete.

„Ich weiß eine Geschichte, die du Arturo und Paolo erzählen solltest", sagte Isabella und ihre sonst so volle Stimme klang brüchig, als sie weitersprach: „Das Märchen vom verfluchten Ritter. Denn jetzt hat es ein Happy End."

Vielen Dank, dass Sie *Ein Ritter für Prinzessin Isabella* gelesen haben.

Wenn Ihnen das Buch gefallen hat, würde ich mich freuen, wenn Sie eine Rezension auf der Website Ihres bevorzugten Onlineshops oder einer Rezensionsplattform Ihrer Wahl hinterlassen. Das ist sowohl für mich als Autorin als auch für andere Leserinnen und Leser sehr hilfreich.

Besuchen Sie meine Website unter nicoleburnham.com und erfahren Sie mehr über meine nächsten Veröffentlichungen.

Der nächste Titel von Die Royals von San Rimini ist bereits im Verkauf. Lesen Sie weiter für eine Vorschau auf *Eine neue Liebe für Prinz Federico.*

EINE NEUE LIEBE FÜR PRINZ FEDERICO

Kapitel 1

„Ich werde nie eine Placenta praevia und eine Placenta accreta auseinanderhalten können."

Pia Renati ermahnte sich selbst, nicht zu laut zu murren, dann lehnte sie sich mit einer Schulter gegen die Leuchtreklame für Rasierwasser, die die Wand des internationalen Flughafens von San Rimini zierte, und blätterte zur nächsten Seite eines dicken Schwangerschaftsratgebers mit geblümtem Umschlag. Wie um alles in der Welt konnten Frauen ohne einen medizinischen Abschluss Babys bekommen?

Und warum um alles in der Welt war *sie* herbeigerufen worden, als ihre Freundin Jennifer Allen – jetzt Jennifer diTalora – jemanden brauchte, der ihr während der Bettruhe, die ihre Gynäkologin verordnet hatte, Gesellschaft leistete?

Im Falle einer Katastrophe wandten sich alle aus Pias Freundeskreis immer an sie. Als ihre ehemalige Vorgesetzte in dem Flüchtlingslager, wo sie vor etwas über zwei Jahren gearbeitet hatten, wusste Jennifer das besser als alle anderen. Essensausgaben einzurichten, war für Pia so selbstverständlich wie zu gehen. Beim Bau von Notunterkünften unter der heißen Sonne Afrikas helfen? Datenbanken anlegen, um Menschen, die vor Konflikten flohen, wieder mit ihren Angehörigen zusammenzuführen? Alles schon dagewesen, alles schon gemacht. Als Mitarbeiterin einer Hilfsorganisation hatte Pia keine Angst vor harter Arbeit und sie war längst in mehr als einem Feldlazarett gewesen. Aber sich um eine schwangere Frau zu kümmern, die jederzeit den jüngsten Thronfolger von San Rimini zur Welt bringen konnte? Was Pia über Schwangerschaft und Kinder wusste, hatte sie in der letzten Stunde gelernt.

Ihre eigene Mutter verkörperte nicht gerade den warmherzigen und liebevollen mütterlichen Typ, der in Fernseh-Sitcoms Standard war. Selbst die meisten Cartoon-Mütter wären eine Verbesserung gegenüber der ständig abwesenden Sabrina Renati gewesen. Aber Jennifer bestand darauf, Pia an ihrer Seite zu haben, und das konnte Pia einer schwangeren Freundin, die zufällig auch noch mit dem Kronprinzen ihres Heimatlandes verheiratet war, nicht abschlagen.

Sie blätterte weiter zum nächsten Abschnitt des Schwangerschaftsratgebers, den Jennifer ihr geschickt hatte, und hätte ihn im überfüllten Flughafenterminal beinahe auf den Boden fallen lassen, als sie ein ganzseitiges Schwarz-Weiß-Foto einer gebärenden Frau sah. Sie hatte angenommen, das Buch würde bestimmte Momente der Fantasie überlassen.

Nun ja, die Aufnahme hätte auch in Farbe sein können.

„Signorina Renati?"

Pia hörte die weiche Baritonstimme hinter sich kaum, denn genau in diesem Moment wurde ein Passagier lautstark über das Durchsagesystem des Flughafens aufgefordert, sich wegen eines verlorenen Gegenstandes bei der Sicherheitskontrolle zu melden.

Stattdessen ließ eine plötzliche Vorahnung Pia das Buch zuklappen. Das Summen der Gespräche um sie herum waren verstummt und die Blicke jeder einzelnen Person in der Eingangshalle richteten sich auf den Mann, der hinter ihr stand.

Ohne sich umzudrehen, begriff Pia, wem die markante, wohlklingende Stimme gehören musste. Es war nicht, wie sie erwartet hatte, ein Chauffeur des Palastes, der sie zu seinem Volkswagen Minivan bringen wollte, sondern der wohl begehrteste alleinstehende Mann der Welt, der kürzlich verwitwete Prinz Federico Constantin diTalora. Der Mann, den die Leserschaft der Boulevardpresse wegen seines guten südländischen Aussehens, seines makellosen Rufs und seines Pflichtbewusstseins als *Principe Perfetto* – der perfekte Prinz – kannte.

Typisch! Gerade dann, wenn sie ausnahmsweise mal nicht die Gelegenheit gehabt hatte, ein Pfefferminzbonbon zu lutschen oder ihr Make-up aufzufrischen, bevor sie nach einem Nachtflug aus dem Flieger gestiegen war.

In der Hoffnung, dass er ihren Lesestoff nicht über ihre Schulter hinweg begutachtet hatte, zwang sich Pia zu einem Lächeln, als sie sich Jennifers Schwager zuwandte, dem Mann, der an zweiter Stelle der tausendjährigen Thronfolge von San Rimini stand.

Dem Ausdruck seines oft fotografierten Gesichts nach zu urteilen, hatte der Prinz einen guten Blick auf das Foto im Buch werfen können.

Es war Jahre her, dass sie zu Hause gewesen war und ihre italienische Muttersprache sprechen konnte, und Pia hatte sich darauf gefreut, mit jemandem zu plaudern, der ihren kulturellen Hintergrund verstand. Jemand, der mit ihr über die Politik von San Rimini diskutieren, ihr den aktuellsten Klatsch und Tratsch über lokale Berühmtheiten erzählen und sie vielleicht über die neuesten Restaurants und versteckten Tanzclubs informieren konnte.

Aber der Anblick dieses berühmten Mitglieds der königlichen Familie – eines durchtrainierten Mannes, der in seinem schlichten schwarzen Anzug und dem blütenweißen Oberhemd so gut aussah wie jeder Actionstar auf dem roten Teppich bei der Oscar-Verleihung – verschlug ihr die Sprache und sie brachte nicht mehr heraus als ein schwaches „Prinz Federico. *Buon giorno. Come sta?*"

Was um alles in der Welt machte er hier? Jennifer hatte nie erwähnt, dass sie Federico zum Flughafen schicken wollte. Der Prinz überragte Pia nicht nur, er besaß auch diese nicht greifbare Eigenschaft, die jeder Mann begehrte: Charisma. Sie waren einander zwei Jahre zuvor bei Jennifers Hochzeit mit Kronprinz Antony vorgestellt worden und Pia war so nervös gewesen, dass sie die erforderlichen Nettigkeiten gesagt und sich überwältigt von der kurzen Begegnung schnell an den Tisch zurückgezogen hatte, an dem die anderen Hilfskräfte aus dem Haffali-Flüchtlingslager saßen.

Federico und seine elegante Frau Lucrezia waren durchaus höflich, aber beide schienen über der festlichen, romantischen Atmosphäre des Hochzeitsempfangs zu stehen. Lucrezia war alles, was Pia nicht war – groß, gertenschlank, strahlend, mit dunklem, glattem Haar, vollen roten Lippen und einem Gespür für Stil, der eines Laufstegs würdig war. Der Typ Frau, den jede Moderedaktion unbedingt in ihrer Zeitschrift haben wollte.

Und Federico? Nun, seine bloße Anwesenheit hatte sie in höchstem Maße eingeschüchtert. Sein ruhiges, gelassenes Auftreten in Verbindung mit seinen blank geputzten Schuhen, dem maßgeschneiderten Smoking und der königlichen Schärpe hatte ihr an diesem Abend den Atem geraubt.

Und dann waren da noch diese unglaublichen Wangenknochen. Die energische, glattrasierte Kinnpartie, die nie auch nur den Anflug eines Bartschattens aufwies. Die dunkle, olivfarbene Haut, die sich unter den Fingerspitzen einer Frau himmlisch anfühlen musste.

Pia drückte das Schwangerschaftsbuch gegen ihr salbeigrünes Baumwoll-T-Shirt und wünschte, sie hätte daran gedacht, sich ein bisschen eleganter zu kleiden als mit Khakihose und Sandalen. Beim letzten Mal, als sie Federico begegnet war, hatte sie zumindest ein Designerkleid und hochhackige Schuhe getragen.

Der Prinz machte eine leichte Geste mit seiner rechten Hand und ein schlanker Mann, der in der Nähe stand, eilte herbei und ergriff die Tasche zu Pias Füßen. „Mir geht es gut, danke. Aber wenn Sie nichts dagegen haben, würde ich es vorziehen, mich auf Englisch zu unterhalten. Ich versuche, meine Sprachkenntnisse zu verbessern, und ich habe nicht oft die Gelegenheit, mit jemandem zu üben, der sowohl unsere Sprache als auch Englisch so gut beherrscht wie Sie. Sie waren lange in den Vereinigten Staaten, richtig?"

Sie unterdrückte einen Seufzer. „Ja, das stimmt, und Englisch ist in Ordnung."

Für eine zwanglose Konversation hätte sie allerdings Italienisch bevorzugt. Sie hatte sich wie ein junges Ding gefühlt und weniger reif als ihre zweiunddreißig Jahre, als der Prinz sie *Signorina* genannt hatte. Es war ein Ausdruck, der in San Rimini von der Generation ihrer Großeltern verwendet wurde. Abgesehen davon war der Prinz sowieso niemand, mit dem man sich zwanglos unterhielt.

„Wunderbar. Ich habe veranlasst, dass Ihr aufgegebenes Gepäck von der Fluggesellschaft direkt zum Palast gebracht wird. Jennifer erwartet Sie schon sehnsüchtig. Wenn Sie also so weit sind, mein Wagen steht bereit." Er deutete auf eine Reihe dicker Metalltüren in der Wand der Eingangshalle. Rechts davon sah Pia durch die raumhohen Fenster einen glänzenden schwarzen Mercedes auf dem Rollfeld neben dem Flugzeug stehen, aus dem sie gerade ausgestiegen war.

Sie nahm an, das war das Privileg, wenn man ein Prinz war. Kein Kampf um einen Parkplatz, keine endlosen Sicherheitskontrollen, kein Warten auf den Koffer neben hundert anderen müden Reisenden, die sich am Gepäckband drängelten, um eine günstige Position zu ergattern.

Die Menge teilte sich vor Federico, als er sie durch den Wartebereich und die grauen Metalltüren führte. In der Sekunde, als die Füße des Prinzen die Treppe zur Rollbahn betraten, erwachte die Halle hinter ihnen wieder zum Leben. Die Reisenden fragten sich gegenseitig, ob der Mann, den sie gerade gesehen hatten, wirklich der Prinz war und ob jemand wüsste, wer die Frau war, die er abgeholt hatte.

Pia hielt sich am Geländer fest, als sie im Sonnenlicht die Treppe hinunterstieg, und zwang sich, nicht der Gruppe von Gaffenden zuzuhören, die sich an den Fenstern versammelt hatten. Sie wären enttäuscht, wenn sie die Wahrheit kennen würden. Pia war erleichtert, als sich die schweren Sicherheitstüren hinter ihr schlossen.

Sie blickte zu Federico auf, als der Fahrer ihr die hintere Tür öffnete, und sah dann, dass der Prinz ihr seine Hand hinhielt, um ihr auf den Rücksitz zu helfen.

„Oh. Danke." Fiel sie auf wie eine Gans unter Schwänen, oder was?

Sie legte ihre Hand in seine und war nicht überrascht, dass sein Griff fest und geübt war. Er musste sicher jeden Tag Frauen helfen, in schicke Autos einzusteigen. Sie zog den Kopf ein, betete, dass sie ihn sich nicht am Autodach stieß, und hoffte, dass er nicht merkte, wie nervös seine Anwesenheit – und erst recht seine Berührung – sie machten.

Nachdem sie sich auf den weichen Ledersitzen der Limousine angeschnallt hatten, stellte der Prinz ein paar freundliche Fragen darüber, wann sie das letzte Mal in San Rimini gewesen war, wie Jennifer und Antony ihrer Meinung nach das Baby nennen könnten und ob sie dächte, dass es ein Junge oder ein Mädchen würde. Jennifer und Antony hatten sich entschieden, es nicht vor der Geburt zu erfahren. Pia gelang es, ein paar höfliche Antworten zu geben, aber noch bevor sie das Flughafengelände verließen, versiegte das Gespräch. Er schien ganz zufrieden damit zu sein, stumm mitzufahren und gelegentlich aus dem Fenster auf seiner Seite des Wagens zu schauen. Je länger das Schweigen dauerte, desto angespannter wurde Pia.

Die Route zum Königspalast war malerisch und führte über die Strada il Teatro, die Hauptverkehrsstraße von San Rimini, die oberhalb der Nordküste der Adria verlief. Nachdem sie das renovierte Königliche Theater am östlichen Ende der Strada passiert hatten, fuhren sie die gewundenen, jahrhundertealten Kopfsteinpflasterstraßen hinauf auf einen breiten Hügel, wo La Rocca di Zaffiro, der berühmte Königspalast des Landes, die geschäftigen Casinos sowie die pittoresken Geschäfte und Häuser des winzigen europäischen Königreichs überblickte.

Pia lächelte in sich hinein und freute sich, dass sich seit ihrem letzten Besuch wenig verändert hatte. Sie erinnerte sich oft sehnsuchtsvoll an die azurblauen Wellen, die in der Bucht von San Rimini an den Strand plätscherten, die Lichter der Casinos an der Küste und den Glanz der noblen Hotels des Landes. Ihr lief das Wasser im Mund zusammen beim bloßen Gedanken an die reichhaltigen Desserts und die üppigen Gerichte mit Pasta und Meeresfrüchten, die San Rimini zu einem Mekka für Schlemmer machten. An den schwierigen Tagen, wenn die Arbeit in staubigen Lagern oder überhitzten Essenszelten in Kriegs- oder Seuchengebieten ihren Reiz verlor, ließen diese Tagträume von San Rimini ihre Seele zur Ruhe kommen. Seit sie mit neunzehn Jahren in die Vereinigten Staaten gegangen war, um dort zu studieren, hatte sie nicht mehr hier gelebt, aber es war ihre Heimat und sie genoss jeden Augenblick ihrer seltenen Besuche.

Oder das würde sie tun, wenn sie nicht Schulter an Schulter mit *Principe Perfetto* sitzen würde, der schweigsam blieb. Plötzlich kam ihr die kurze Fahrt wie eine Ewigkeit vor.

Aber hatte er nicht gesagt, er wolle sein Englisch verbessern? Vielleicht hatten ihn ihre einsilbigen Antworten auf seine Fragen abgeschreckt und er war zu diplomatisch, um sich das anmerken zu lassen.

Sie nahm all ihren Mut zusammen und versuchte, das Gespräch wieder in Gang zu bringen: „Wissen Sie, ich kann kaum glauben, dass Antony und Jennifer verheiratet sind, ganz zu schweigen davon, dass sie Eltern werden."

Der Prinz wandte sich vom Fenster ab und räusperte sich hörbar, sodass sie sich fragte, ob sie etwas Falsches gesagt hatte. Seine Antwort, die er in einem für das Thema viel zu ernsten Ton gab, beruhigte sie nicht gerade: „Sie sind recht glücklich."

Pia zwang sich, nicht auf dem Ledersitz zurückzuweichen. Sie wusste, dass sie ständig ins Fettnäpfchen trat, aber das hier bildete sie sich bestimmt bloß ein. Er konnte nicht so distanziert oder furchteinflößend sein, wie er ihr vorkam. Er war doch auch nur ein Mensch, oder? Ein Titel machte ihn nicht zu etwas Besserem als sie. Außerdem hatte Jennifer Prinz Federico des Öfteren als sanftmütigen, freundlichen Mann beschrieben und königliche Klatschkolumnisten schwärmten davon, wie sehr er an seinen beiden kleinen Söhnen hing.

Während diese Berichterstatter keine zuverlässige Informationsquelle darstellten, war Jennifer niemand, der falsches Lob aussprach.

Vielleicht, überlegte Pia, hatte sie seine Unnahbarkeit bei der Hochzeit einfach falsch verstanden. Das war durchaus möglich, denn sie waren einander erst spät am Abend vorgestellt worden, nachdem Prinz Federico den ganzen Tag damit beschäftigt gewesen war, seinem Bruder bei verschiedenen Gelegenheiten zu helfen. Und vielleicht hatte der Verlust seiner eigenen Ehefrau kurz nach dieser Hochzeit ihn verändert und ihn misstrauisch gegenüber Junggesellinnen gemacht – die wahrscheinlich meistens versuchten, ihn in eine Liebesbeziehung zu locken.

Wenn sie einen attraktiven, perfekten Mann geheiratet hätte und diesen dann früh durch ein Aneurysma verloren und sich plötzlich als junge, alleinerziehende Mutter und als Zielscheibe von Mitgiftjägern wiedergefunden hätte, wäre sie auch etwas zurückhaltend.

„Oh, ich bezweifle nicht, dass sie glücklich sind, Hoheit." Sie schob eine blonde Locke aus ihrem Gesicht, dankbar, dass die Luftfeuchtigkeit an der Adria ihr Haar nicht noch schlimmer aussehen lassen konnte, als es nach dem langen Flug von Washington, D.C., ohnehin schon aussah, und doppelt dankbar dafür, dass sie diesmal daran gedacht hatte, *Hoheit* hinzuzufügen, als sie ihn ansprach. „Ich meinte nur, dass es mir schwerfällt, mir vorzustellen, dass Jennifer bald Mutter wird. Sie müssen verstehen, während der Zeit, in der ich mit ihr im Haffali-Flüchtlingslager arbeitete, habe ich gesehen, wie sie Latrinen gegraben, die Böden von Essenszelten geschrubbt und in Arbeitsstiefeln und mit Wasserkrügen in jeder Hand Hügel erklommen hat. Sie ist widerstandsfähig und die Menschen in ihrem Leben liegen ihr am Herzen. Ich bin sicher, Sie haben genug Zeit mit ihr verbracht, um das zu erkennen. Aber das lässt sich nicht unbedingt mit Plüschhasen und Kinderliedern in Einklang bringen. Mehr wollte ich damit nicht sagen."

Federico strich die Vorderseite seines Jacketts glatt und nickte. „Ich verstehe. Dann bin ich froh, dass Jennifer eine Person mit mütterlichen Instinkten gefunden hat, die in den nächsten Wochen vor der Geburt des Babys bei ihr bleibt. Ich wollte nicht, dass sie allein ist."

Seine Miene war undurchdringlich, seinen Worten fehlte jeder Anflug von Sarkasmus. Sein Gefühl für das, was schicklich war, würde dies auch nicht zulassen. Aber wenn er wüsste, wie wenig Mutterinstinkte sie hatte, würde er seine Worte zurücknehmen. Nach der miserablen Leistung ihrer eigenen Mutter bei ihrer Erziehung – oder genauer gesagt, bei ihrer Nichterziehung – wollte Pia keinesfalls die Mutterrolle für jemanden spielen. Jennifer würde hundertmal besser im Bemuttern sein als sie.

„Der Palast verfügt über eine große Anzahl von Angestellten. Und Sie sind dort, also ist sie nicht wirklich allein. Ich weiß, dass sie großen Respekt vor Ihnen hat und vor der Art, wie Sie Ihre Söhne großziehen." Soweit Pia wusste, reiste Federico nicht so oft wie seine Geschwister, sondern blieb mit Rücksicht auf die Jungen lieber in der Nähe des Palastes.

„Was Sie über die Anwesenheit anderer sagen, ist wahr, aber ich glaube, Jennifer würde die Gesellschaft einer Frau vorziehen. Jemand, der sie versteht und ihr hilft, den Mut nicht fallen zu lassen." Er bewegte sich auf seinem Sitz, als wäre ihm unbehaglich. „Heißt es so auf Englisch?"

„Sehr nahe dran. Ich glaube, Sie meinen *den Mut nicht sinken zu lassen*."

„Ja. Das ist es. Vielleicht wünscht sie sich auch, dass eine Freundin sie ins Krankenhaus begleitet, falls die Wehen einsetzen, bevor Antony zurückkommt."

Pia versuchte zu ignorieren, was er über das Krankenhaus gesagt hatte, und auch die Tatsache, dass sein Knie nun ihres berührte, was ihre Hormone unweigerlich auf Hochtouren brachte. Sie riss sich zusammen und fuhr fort: „Ich bin überrascht, dass Sie Ihren Bruder nicht gedrängt haben, zu Hause bei ihr zu bleiben."

Eine senkrechte Falte erschien zwischen seinen dunklen Augenbrauen. „Manchmal muss man in Machtpositionen Opfer bringen, Signorina Renati. Die Bevölkerung erwartet, dass wir unsere Pflicht erfüllen. Diese muss Vorrang vor allen persönlichen Wünschen haben. Jeder, der zum königlichen Haushalt gehört, lernt, dass auch er dieser Pflicht nachzukommen hat. Und vor allem müssen sämtliche", er schien nach dem richtigen Wort zu suchen, „privaten Angelegenheiten des Palastes vertraulich behandelt werden."

Aha. Das war also die eigentliche Sorge des Prinzen. Jennifer hatte während des Telefonats betont, dass ihre Bettruhe aus den Zeitungen herausgehalten wurde, zumindest vorerst. Prinz Antony war in Israel als einer von drei unparteiischen Vermittlern, die versuchten, ein neues Gebietsabkommen auszuhandeln. Jennifer wollte nicht, dass die Öffentlichkeit schlecht von ihm dachte, weil er nicht zu Hause bei ihr war, oder dass die Delegierten befürchteten, Antony könnte mitten während der Gespräche abreisen. Der Kronprinz wäre nur zu gern in den letzten sechs Wochen der Schwangerschaft an der Seite seiner Frau gewesen, doch Jennifer und Antony wussten auch, dass Millionen Menschen auf seine Besonnenheit bei den Gesprächen zählten.

Und Federico hatte offenbar Zweifel, ob Pia diskret genug sein würde.

Sie kämpfte ihren Unmut nieder. Gerade sie verstand die Notwendigkeit, den Frieden zu bewahren, was durch die Gespräche hoffentlich erreicht werden würde. Sie hatte mehr als genug Zeit ihres Lebens damit verbracht, gegen die desaströsen physischen und emotionalen Verheerungen anzukämpfen, die politische Zusammenstöße anrichten konnten. Andererseits war sie nie der Meinung gewesen, man könnte Kinder großziehen und gleichzeitig die Welt retten. Obwohl Pia ihre Bedenken vor Jennifer nicht geäußert hatte, fragte sie sich, wie die beiden sowohl ihre öffentliche Rolle als Mitglieder einer engagierten königlichen Familie als auch ihre private Rolle als Eltern bewältigen würden.

Der Mercedes kam kurz vor dem hinteren Tor des Palastes zum Stehen und fuhr weiter, nachdem sich die Wachen von der Identität der Insassen überzeugt hatten. Pia lehnte sich so weit nach vorne, wie es ihr Sicherheitsgurt zuließ, und nahm den Anblick des königlichen Rosengartens und dahinter der beeindruckenden rückwärtigen Fassade des Palastes in sich auf. Durch das offene Schiebedach konnte sie irgendwo in der Nähe das Lachen von Kindern hören, die das spätsommerliche Wetter und die warme Brise, die von der Adria herüberwehte, genossen, und sie fragte sich, ob das vergnügte Geschrei von Federicos beiden Söhnen kam.

Sie lehnte sich in ihrem Sitz zurück und widerstand dem Drang, aus dem Fenster zu schauen, um die Quelle des fröhlichen Lärms zu identifizieren. „Hoheit, Sie brauchen mich nicht *Signorina* zu nennen. Mir ist klar, dass diese Anrede gelegentlich noch verwendet wird, aber sie vermittelt mir das Gefühl ... nun, ich bin solche Förmlichkeit nicht gewöhnt. Davon abgesehen, verstehe ich vollkommen die Notwendigkeit für Diskretion. Bitte machen Sie sich darüber keine Sorgen. Aber sagen Sie mir, wenn Sie in Antonys Lage wären, würden Sie fortbleiben und verhandeln oder nach Hause kommen, um bei Ihrer Familie zu sein?"

Federico schaute aus dem Fenster, als ob auch er das Lachen der Kinder gehört hätte. „Ich bin nicht in Antonys Lage. Er ist der Kronprinz und wird eines Tages dieses Land führen. Seine Verpflichtungen unterscheiden sich von meinen."

„Aber wenn Sie es wären?"

„Ich würde dasselbe tun wie Antony. Es ist notwendig für das Wohl aller." Federico richtete sich im Sitz auf und zog sein Knie von ihrem weg, während er weitersprach: „Im Moment respektieren die Delegierten auf allen Seiten des Verhandlungstisches meinen Bruder und die Arbeit, die er leistet. Das ist etwas Ungewöhnliches und könnte den Prozess zum Nutzen vieler, auch der Bürger von San Rimini, vorantreiben. Jennifer versteht das. Und auch das Kind von Antony und Jennifer wird das eines Tages verstehen."

Er sprach mit solcher Überzeugungskraft, dass Pia ihm zustimmte – größtenteils. Sie konnte nicht anders, als zu bewundern, wie er seinen älteren Bruder verteidigte. Federicos elegantes Auftreten und seine ausdrucksvollen Augen zogen sie in ihren Bann und immer, wenn er sprach, umspielte ein feines Lächeln seine Lippen, als ob er glaubte, er könnte sie nur mit einem Blick von seinen Argumenten überzeugen.

In Anbetracht des Kontrasts zwischen seinen unglaublichen himmelblauen Augen und seiner olivfarbenen Haut funktionierte das wahrscheinlich in neun von zehn Fällen.

Sie lächelte. „Ich verstehe die Zusammenhänge, Hoheit, und ich bewundere Antonys und Jennifers Pflichtbewusstsein. Und natürlich die Unterstützung, die Sie ihnen geben. Aber meinen Sie nicht auch, dass alle, die Eltern werden –"

Das Knirschen von Kies unter den Rädern der Limousine und das Herannahen einer älteren Frau in einem gerade geschnittenen Wollrock boten dem Prinzen die Gelegenheit, sie zu unterbrechen.

„Entschuldigen Sie, Miss Renati, das ist Harriet Hunt. Sie ist Prinz Antonys persönliche Assistentin und kümmert sich um Antonys und Jennifers Terminpläne. Wenn Sie während Ihres Aufenthalts im Palast irgendetwas benötigen, wird Mrs. Hunt Ihnen sicherlich weiterhelfen können."

Der Fahrer hielt am Fuße der Palasttreppe, wo die Assistentin wartete, dann stieg er aus und ging zum hinteren Teil des Fahrzeugs, um Pia und Federico den Wagenschlag zu öffnen. Der Prinz reichte ihr noch einmal die Hand, um ihr aus dem Auto zu helfen. Sie dankte ihm mit einem Lächeln und erinnerte sich daran, dass sie sich nicht an solch eine noble Behandlung gewöhnen durfte. Sie trug Trekkinghosen und Wanderschuhe, keine Armani-Kleider und Jimmy-Choo-Pumps.

Nach der Vorstellung richtete Federico seine Aufmerksamkeit wieder auf Pia und nickte ihr kurz zu. „Ich lasse Sie in guten Händen zurück. Und noch einmal, ich schätze sowohl Ihre Hilfsbereitschaft als auch Ihre Diskretion in dieser Angelegenheit, ebenso wie mein Vater, König Eduardo."

Das war's also. Eine königliche Ermahnung, den Mund zu halten, und ein Abschiedsgruß. Pia sah ihm zu, wie er die breite

Treppe zum Palast hinaufstieg, wobei er zwei Stufen auf einmal nahm und dabei seine aufrechte, korrekte Haltung und sportliche Eleganz beibehielt.

Erstaunlich.

Sie hatte ein so persönliches Thema berührt, dass die meisten nicht wagen würden, es gegenüber einem Mitglied der königlichen Familie anzusprechen, und doch schien es an ihm abzuperlen, als hätte sie nichts Strittigeres als das Wetter erwähnt. Sie vermutete, dass die Notwendigkeit, seine Gefühle zu verbergen, Teil seiner Erziehung war.

Hätte sie nur halb so viel Sinn für gutes Benehmen wie er, hätte sie nicht nachgehakt, aber sie musste seine Antwort hören und sich vergewissern, dass ihm seine Söhne wichtiger waren als seine Arbeit. Dass er tatsächlich neben seiner Pflichterfüllung auch Gefühle hatte und dass die Kinder, deren Lachen sie auf dem Weg ins Palastgelände gehört hatte, ihr munteres Treiben fortsetzen würden, wenn sie ihren Vater sahen. Dass sie wussten, sie waren mehr als nur ein Erbe und dessen Ersatz, die als königliche Platzhalter fungierten, bis Antony und Jennifer Eltern wurden.

Sie hoffte, sie wussten, dass er sie mehr als alles auf der Welt liebte.

„Miss Renati, wie schön, Sie wiederzusehen", unterbrach die Assistentin Pias Gedanken. Ihr markanter britischer Akzent schien in San Rimini fehl am Platz. „Wir sind uns kurz vor Prinz Antonys Hochzeit begegnet. Sie haben mir geholfen, die Floristen in der Kathedrale anzuweisen, als sie zur gleichen Zeit wie die niederländische Königsfamilie eintrafen."

Pia riss ihren Blick von Federicos Rücken los und lächelte Harriet an, deren Tüchtigkeit sie zu einer geschätzten Angestellten von Antony und Jennifer gemacht hatte. „Wie nett, dass Sie sich daran erinnern. Und bitte, nennen Sie mich Pia. Das Verhalten Seiner Hoheit auf der Fahrt hierher war förmlich genug."

„Ich verstehe. Federico hält sich noch mehr an die Etikette als sein Vater." Ihr Ton war professionell, doch ihre Augen verrieten Belustigung. Während sie darauf warteten, dass der Fahrer Pias Tasche brachte, fügte Harriet hinzu: „Ich habe begonnen, Amerikaner und Amerikanerinnen, die durch unsere Tür kommen, besonders im Auge zu behalten. Sie neigen dazu, in die Familie diTalora einzuheiraten."

„Das habe ich auch schon gehört." Amanda Hutton war Jennifers Trauzeugin gewesen und nach der Hochzeit als eine Art diplomatische Angestellte im Palast geblieben. Pia kannte Amanda nicht gut, doch sie wusste, dass Prinz Marco, der jüngste und ungestümste der vier diTalora-Geschwister, Amanda bald darauf einen Heiratsantrag gemacht hatte. Und Prinzessin Isabella hatte erst letzten Monat einen Amerikaner geheiratet.

„Zum Glück wird das mit mir nicht passieren", versprach Pia. „Ich klinge zwar amerikanisch, stamme aber aus San Rimini und bin nur hier, um einer schwangeren Freundin zu helfen."

Doch als Harriet sie durch die Doppeltüren auf der Rückseite des Palastes und dann durch einen mit Spiegeln und Kunstwerken ausgestatteten Korridor nach dem anderen führte, musste Pia wieder an Prinz Federico denken. An den glatten Baumwollstoff seines gestärkten Hemdes, die breiten Schultern, den energischen Zug um seinen Mund, als er Antony und Jennifer in Schutz nahm.

Als sie an einem Porträt vorbeikamen, das Federico lachend mit seinem Vater bei einer Staatsparade zeigte, kam Pia zu dem Schluss, dass es sich lohnen könnte, den Prinzen näher kennenzulernen, wenn er sich dazu durchringen würde, ein wenig lockerer zu sein und sich nicht so zu verhalten, als folge sein Leben einem sorgfältig ausgearbeiteten Skript. Vielleicht, nur vielleicht, hatten die Frauen, die über Fotos von *Principe Perfetto* in der Boulevardpresse aus dem Häuschen gerieten, nicht ganz unrecht.

Pias Hand wanderte bei diesem Gedanken sofort zu ihrem Magen. Wie kam sie nur auf diese Idee? So kühn war sie nicht – sie hatte kaum die Fassung bewahren können, als ihr der Mann auf den Rücksitz eines Wagens half.

Okay. Es war lange, lange her, dass sie in einer Beziehung gewesen war. Ihr Job ließ ihr in dieser Hinsicht nicht viel Spielraum und die Arbeit bedeutete ihr alles. Was brachte es also, wenn Prinz Federico Selbstvertrauen ausstrahlte und mit seiner ruhigen Eleganz alle Aufmerksamkeit auf sich zog? Er hielt eindeutig nichts von ihr und sie hatte auch nicht vor, diesen Mann mit einem zweiten Blick zu bedenken, was sie genau dahin bringen würde, wo Jennifer jetzt war.

So beneidenswert die meisten Jennifers Situation auch finden mochten, Pia hatte nicht die Absicht, jemals eines dieser Bücher mit geblümtem Einband für sich selbst zu benötigen.

Warum hatte er ihr einen zweiten Blick geschenkt?

Federico diTalora starrte aus dem Fenster oberhalb der Treppe zu dem Flügel, in dem sich die Privaträume seiner Familie befanden. Von hier aus konnte er sehen, wie Harriet auf der Außentreppe stand und sich mit Pia Renati unterhielt, während der Fahrer die abgenutzte Reisetasche der blonden jungen Frau aus dem Kofferraum des Mercedes holte.

Sie wirkte ein wenig ungepflegt. Kurze, ungebändigte Locken. Offene Sandalen – etwas, was sich niemals in seiner Garderobe finden würde. Kleidung, die ... wie hieß das noch gleich? Hippie waren? Nein, sie war kein Hippiemädchen, nicht so wie er den Ausdruck verstand. Aber sie war nahe daran.

Bodenständig. Authentisch.

Sie beunruhigte ihn. Als sie bei Jennifers und Antonys Hochzeit vor fast achtzehn Monaten vor ihm davongehuscht war, hatte er sich gefragt, ob die vornehme Gesellschaft sie verunsicherte. Diese Reaktion war ihm mehr als einmal begegnet. Die Medien ließen ihn und andere Mitglieder der königlichen Familie großartiger erscheinen, als sie in Wirklichkeit waren. Unantastbar. Perfekt.

Wie sehr er dieses Wort hasste: *perfekt*. Lucrezias Tod hatte ihn gelehrt, dass er alles andere war als das.

In Anbetracht ihrer Herkunft sollte Pia eigentlich wissen, dass der Adel Fehler machte. Sie mochte eine Bürgerliche sein, aber wenn er sich recht erinnerte, war Visconte Angelo Renati – ein Freund von Antony – ihr Cousin ersten Grades. Angelo, mit seinem Ruf als Frauenheld, brauchte nie zu befürchten, dass die Boulevardpresse ihn als perfekt bezeichnete. Und wenn nicht Angelo, dann hätte Pias Mutter ihr sicherlich einiges über den Adel beibringen können, da die europäische Oberschicht den Großteil von Sabrina Renatis Klientel ausmachte. Das legte nahe, dass Pias merkwürdiges Verhalten ihm gegenüber etwas anderes zu bedeuten hatte.

Er vermutete eher, dass Pia in der Gegenwart von Mitgliedern der königlichen Familie nicht scheu war, sondern ihn angesehen, seine perfekte äußere Erscheinung durchschaut und ihn für unwürdig befunden hatte.

Federico zog den schweren Vorhang so zurecht, dass er besser beobachten konnte, wie Pia Harriet die hintere Treppe hinauf in den Palast folgte. Als die Frauen außer Sichtweite waren, ließ er den Samtvorhang fallen und wandte sich vom Fenster ab. Er sollte an seine Söhne denken und an die Probleme, die er mit ihrem Kindermädchen hatte – dem dritten seit dem Tod ihrer Mutter. Aber er ertappte sich dabei, dass er lieber das Gespräch mit Pia wiederaufnehmen würde.

Er wusste, dass er seine Pflicht über die Liebe gestellt hatte, als er Lucrezia heiratete. Sie verkehrten seit ihrer Kindheit in denselben Kreisen, verstanden sich, wussten, was es bedeutete, zur königlichen Familie zu gehören, und dass Prinzen sich gut verheiraten und Erben zeugen mussten. Sie waren nicht verliebt gewesen, aber das hatte sie nie gestört.

Zumindest hatte es ihn nicht gestört, bis sie gestorben war und ihm bewusst wurde, welchen Unterschied die Liebe im Leben seiner beiden Brüder und seiner Schwester machte.

Lucrezia starb, nur zwei Wochen nachdem sie Zeuge geworden waren, wie Antony und Jennifer glückstrahlend ihre Ehegelübde gesprochen hatten. Seitdem hatte Federico sich gefragt, ob seine Entscheidung, der Pflicht zu gehorchen und jemanden aus dem Adel von San Rimini zu heiraten, Lucrezia um einen liebevollen Ehemann betrogen hatte, einen wie Antony es für Jennifer war. Als er gegenüber Marco – dem jüngsten seiner Geschwister – seine Zweifel geäußert hatte, schwor Marco Stein und Bein, dass Lucrezia mit offenen Augen in die Ehe gegangen war, dass Federico sich kein bisschen schuldig fühlen musste und dass er sie nicht betrogen hatte. Federico und Lucrezia, so hatte Marco betont, hatten ihren Entschluss gefasst und Antony und Jennifer ihren. Beziehungen seien so einzigartig wie die beteiligten Personen und dürften nicht miteinander verglichen werden.

Federico hatte genickt, nicht weil er zustimmte, sondern um das Gespräch zu beenden. Lucrezia war intelligent, schön und wortgewandt gewesen. Dutzende von Männern hätten sie aus Liebe geheiratet und das hätte sie auch verdient. Eine romantische, leidenschaftliche Liebe war nicht dasselbe wie eine Liebe, die aus Respekt und Vertrautheit erwuchs.

Er hatte sie nicht genug geliebt, um sie zu heiraten. Er hatte es in Lucrezias Augen gelesen, als sie beide zusahen, wie Antony auf der Hochzeitsfeier mit Jennifer tanzte.

Er wollte verdammt sein, wenn er seine Kinder betrügen würde, weil er sie nicht von ganzem Herzen liebte.

Federico ging den Hauptkorridor des zweiten Stocks entlang und bog dann in einen anderen, schmaleren Gang ein, der zu seiner Privatwohnung führte. Die Sache mit den

Kindermädchen beunruhigte ihn. Waren die Frauen, die er eingestellt hatte, eine Enttäuschung gewesen, weil er sich nicht ausreichend über sie informiert hatte? Hatte er nicht genügend Zeit mit seinen Söhnen verbracht, um ihre Bedürfnisse zu kennen?

Er glaubte nicht, dass dies zutraf. Paolo und Arturo waren aufgeweckte, liebenswerte Kinder und er genoss es, bei ihrem Musikunterricht dabei zu sein oder mit ihnen Ausflüge in die örtlichen Parks und Museen zu unternehmen. An Tagen, an denen er sich fragte, ob es in seinem Leben noch etwas anderes gab als seine öffentlichen Pflichten, wurde ihm bei dem Geplänkel der Jungen leichter ums Herz.

Aber Pias Worte – Worte, die ihm gegenüber sonst niemand auszusprechen gewagt hatte – machten ihn stutzig.

Nein, schalt er sich selbst, er fühlte sich nur schuldig, weil Pia Renati sich frei äußerte, was er nicht gewöhnt war. Die Blondine war wie keine andere Frau, der er je begegnet war, aber das bedeutete nicht, dass sie recht hatte.

Ein Schmerzensschrei, der nur von Arturo, seinem siebenjährigen Sohn, stammen konnte, ließ Federico wie angewurzelt stehen bleiben. Er warf einen Blick aus dem nächstgelegenen Fenster, hörte dann einen weiteren Schrei und erkannte, dass das Geräusch aus seinen Räumlichkeiten kam. Obwohl Arturo sich ständig verletzte – wie jeder Junge, der sich dem reifen Alter von acht Jahren näherte –, beschleunigte Federico seine Schritte, sodass er den Korridor mit dem Marmorboden eher entlangjoggte, als dass er ging. Als er den Wachmann erreichte, der in der Nähe des Eingangs zu seiner Privatwohnung postiert war, hörte Federico auch den kleinen Paolo weinen und die schrille Stimme des frustrierten Kindermädchens, das sie bat, still zu sein.

„Hoheit." Der Wächter nickte grüßend und ließ dann seinen Blick zur Tür des Wohnbereichs schweifen.

„Was ist passiert?"

Der Wächter zuckte die Schultern. „Ich weiß es nicht, aber ich nehme an, nichts Ernstes. Signorina Fennini ist drinnen."

Federico bedankte sich, betrat die Wohnung und ging direkt zum Spielzimmer der Jungen. Das Kindermädchen wusste, dass in einer ernsten Situation der Wachmann gerufen werden sollte. Dies war schon einmal notwendig gewesen.

Als Federico die Tür zum Spielzimmer aufstieß, erwartete ihn Chaos.

ÜBER DEN AUTOR

Nicole Burnham ist die preisgekrönte Autorin von über zwanzig Romanen.

Wenn Sie mehr über ihre Bücher erfahren oder ihren deutschsprachigen Newsletter mit Bonusmaterial und Informationen zu kommenden Veröffentlichungen erhalten möchten, besuchen Sie bitte nicoleburnham.com.